GUARDIÃ
DE
HISTÓRIAS

SALLY PAGE

GUARDIÃ DE HISTÓRIAS

Tradução
Isabela Duarte Britto Lopes

1ª edição

Rio de Janeiro | 2024

CIP-BRASIL. CATALOGAÇÃO NA PUBLICAÇÃO
SINDICATO NACIONAL DOS EDITORES DE LIVROS, RJ

P149g   Page, Sally
           Guardiã de histórias / Sally Page ; tradução Isabela Duarte Britto Lopes. - 1. ed. - Rio de Janeiro : Bertrand Brasil, 2024.

           Tradução de: The keeper of stories
           ISBN 978-65-5838-193-8

           1. Romance inglês. I. Lopes, Isabela Duarte Britto. II. Título.

23-86910   CDD: 823
                              CDU: 82-31(410.1)

Meri Gleice Rodrigues de Souza - Bibliotecária - CRB-7/6439

Copyright © Sally Page, 2022

Título original: *The Keeper of Stories*

Texto revisado segundo o Acordo Ortográfico da Língua Portuguesa de 1990.

Todos os direitos reservados.
Não é permitida a reprodução total ou parcial desta obra, por quaisquer meios, sem a prévia autorização por escrito da Editora.

Direitos exclusivos de publicação em língua portuguesa somente para o Brasil adquiridos pela:
EDITORA BERTRAND BRASIL LTDA.
Rua Argentina, 171 — 3º andar — São Cristóvão
20921-380 — Rio de Janeiro — RJ
Tel.: (21) 2585-2000,
que se reserva a propriedade literária desta tradução.

Seja um leitor preferencial.
Cadastre-se no site www.record.com.br e
receba informações sobre nossos lançamentos
e nossas promoções.

Atendimento e venda direta ao leitor:
sac@record.com.br

Para meu pai,
com todo o meu amor.

Pessoas queridas,

Tenho certeza de que, assim como eu, vocês já ouviram uma história surpreendente de alguém que conhecem e ficaram com ela na cabeça. Todo mundo tem uma história para contar.

Este foi o meu ponto de partida para o *Guardiã de histórias*. Eu imaginei uma mulher que achava que não tinha nenhuma história para contar (ou pelo menos uma que não estivesse pronta para contar); uma mulher que, por causa disso, começou a colecionar histórias de outras pessoas. Eu não sabia direito quem era essa personagem até um dia, quando estava assistindo à premiação do Oscar e vi a atriz britânica Olivia Coleman fazer seu discurso de agradecimento. Em sua fala, ela contava sobre a época em que, quando jovem e otimista, havia trabalhado como faxineira. Ela parava em frente ao espelho do banheiro da casa das pessoas segurando o desinfetante como se fosse uma estatueta do Oscar. Fiquei me perguntando se haveria alguém vendo aquilo que ainda trabalhasse com faxina, cuja vida não tinha progredido como havia imaginado. O que essa pessoa estaria pensando? Foi assim que minha protagonista, Janice, nasceu.

Este é um livro sobre histórias, mas também sobre como é possível encontrar simplicidade em algo extraordinário. Também gosto de dizer que este é um livro sobre esperança.

Para minha alegria, no Reino Unido, onde moro, meu livro fez um sucesso surpreendente (quando minha agente estava procurando uma editora, apenas uma pessoa havia se mostrado interessada). Agora o livro é um *best-seller* do *Sunday Times* e foi traduzido em 22 países. Estou muito feliz pela Editora Bertrand estar trazendo o *Guardiã de histórias* para o Brasil. Espero muito que vocês gostem dele.

— *Sally*

Prólogo

Todo mundo tem uma história para contar.

Mas e se você não tiver uma história? O que acontece?

Se você for a Janice, será uma colecionadora das histórias de outras pessoas.

○━🔑

Um belo dia, ela assistiu ao discurso de agradecimento de uma atriz inglesa famosa na entrega do Oscar. Em seu discurso, a atriz famosa contou sobre sua juventude como faxineira e como, quando jovem e otimista, ela parava em frente ao espelho do banheiro da casa das pessoas segurando o desinfetante como se fosse uma estatueta do Oscar. Janice se perguntou o que teria acontecido se a outra não tivesse sido bem-sucedida como atriz. Será que ainda seria faxineira como ela? Ambas têm mais ou menos a mesma idade — quarenta e tantos anos —, e ela acha até que são um pouco parecidas. Bem (ela não consegue conter o sorriso), talvez não tão parecidas assim, mas com a mesma estatura baixa que prenuncia um físico mais corpulento no futuro. Ela se perguntou se a atriz famosa também acabaria se tornando uma colecionadora das histórias alheias.

Ela não se lembra do que deu início à sua coleção. Talvez tenha sido alguém cuja vida ela vislumbrou enquanto andava de ônibus pelos bairros afastados do centro de Cambridge a caminho do trabalho? Ou alguma conversa que escutou por acaso enquanto limpava uma pia? Não demorou muito até que ela percebesse que, enquanto espanava uma sala ou descongelava uma geladeira, as pessoas estavam lhe contando suas histórias. Pode ser que sempre tenham feito isso, mas agora é diferente, agora as histórias vão até Janice e ela as coleciona. Ela sabe que é uma boa ouvinte. Enquanto escuta as histórias, o leve aceno de cabeça que oferece prova o que ela sabe ser um fato: para muitos, ela é uma simples tigela na qual podem despejar seus segredos.

Muitas vezes as histórias são inusitadas; outras são engraçadas e envolventes. Em alguns momentos, são repletas de arrependimentos e, em outros, podem ser inspiradoras. Janice acha que talvez as pessoas conversem com ela porque acredita em suas histórias. Ela se encanta com o inusitado e deixa os exageros passarem. Quando está em casa à noite, com um marido que a enche de sermões em vez de histórias, ela pensa nas suas favoritas, saboreando-as, uma de cada vez.

1
O começo da história

As segundas-feiras seguem uma ordem específica: começam com risadas, e a tristeza fica mais para o fim do dia. Como aparadores de livros descasados, são essas duas coisas que delimitam as segundas-feiras de Janice. Ela organizou o dia dessa maneira de caso pensado, pois se lembrar das risadas a ajuda a levantar da cama e lhe dá forças para o que vem depois.

Janice aprendeu que uma boa faxineira pode muito bem escolher seus dias e horários de trabalho — além da ordem em que fará as faxinas de cada dia, outro fator importante para manter o equilíbrio de suas segundas-feiras. Todo mundo sabe como é difícil encontrar faxineiras confiáveis, e uma quantidade surpreendente de pessoas em Cambridge pelo visto descobriu que Janice é uma profissional excepcional. Ela não sabe como se sente com o elogio "excepcional" (como ouviu sem querer um de seus clientes comentar quando recebeu um amigo para um cafezinho). Sabe que não é uma mulher excepcional. Mas uma boa faxineira? Sim, isso ela acha que é. Sem dúvida, tem bastante experiência. Ela só espera que a história de sua vida não se resuma a isto: "Ela fazia uma ótima faxina." Ao sair do ônibus, ela acena com a cabeça para o motorista, tentando afastar esse pensamento que vem se tornando cada vez mais recorrente. Ele retribui o gesto, e ela tem a leve impressão de que ele vai dizer algo, mas então as portas do ônibus soltam uma lufada de ar, como se estivessem suspirando, e se fecham com solavancos.

Enquanto o ônibus se distancia, ela fica observando o outro lado da rua, uma avenida longa e arborizada, cercada de casas. Algumas janelas estão iluminadas; outras, sombreadas e escuras. Ela imagina que haja muitas histórias escondidas por trás de todas aquelas janelas, mas hoje ela só quer saber de uma. E esta é a história do homem que mora na labiríntica casa eduardiana que fica logo ali na esquina: Geordie Bowman. Até onde ela sabe, seus outros clientes não chegaram a conhecer Geordie, e isso é improvável de acontecer por meio dela (não é assim que Janice acha que as coisas devem ser). Mas é claro que já ouviram falar de Geordie Bowman. Todo mundo já ouviu falar de Geordie Bowman.

Geordie mora na mesma casa há mais de quarenta anos. Primeiro, ele alugou um quarto — os aluguéis em Cambridge eram bem mais baratos do que em Londres, onde ele trabalhava. Depois, quando se casou, acabou comprando o imóvel da proprietária. Sua esposa e ele não aguentariam ter de expulsar os outros inquilinos, então sua família começou a crescer ao redor de um misto de pintores, acadêmicos e estudantes, até que eles foram se mudando, cada um no seu tempo. Foi aí que começou a luta pelo quarto vago.

— John era o mais esperto. — Geordie lembra às vezes, com orgulho. — Ele só pegou as coisas dele e colocou no quarto, antes que os outros moradores terminassem de fazer as malas.

John é seu filho mais velho e, hoje em dia, mora em Yorkshire com a família dele. Os outros filhos de Geordie estão espalhados pelo mundo, mas o visitam sempre que podem. Sua amada esposa, Annie, faleceu há muitos anos, mas nada na casa mudou desde que ela se foi. Toda semana, Janice rega as plantas dela — algumas já cresceram

bastante — e tira o pó de sua coleção de romances de autores norte-
-americanos. Geordie incentiva Janice a pegá-los emprestados, e às
vezes ela leva Harper Lee ou Mark Twain para casa e os acrescenta à
sua seleção de leituras prazerosas.

Geordie já abriu a porta antes de ela pegar a chave.

— Dizem que timing é tudo — diz ele com seu vozeirão. Geordie
possui um porte magnífico e uma voz condizente. — Entre, e vamos
tomar um café primeiro.

Essa é a deixa de Janice para fazer um café forte para eles — com
muito leite quente, do jeito que Geordie gosta e do mesmo jeito que
Annie costumava fazer. Ela não se importa em fazer aquilo. Geordie
se vira sozinho na maior parte do tempo (a não ser quando está em
Londres, em outro país ou no pub), e ela acha que Annie ia gostar que
Janice o mimasse de vez em quando.

A história de Geordie é uma de suas favoritas. Ela a faz lembrar
da força que as pessoas possuem. É lógico que também tem algo a ver
com o uso dos próprios talentos, mas ela não gosta de pensar muito
nisso. Lembra demais as histórias da Bíblia que ouvia quando era
criança e faz com que ela pense nos talentos que não tem. Então, ela
afasta esses pensamentos e se concentra na força, tendo como exemplo
a do menino que viria a se tornar Geordie Bowman.

Geordie cresceu em Newcastle, como não poderia deixar de ser,
considerando que as pessoas nascidas e criadas lá são chamadas por
esse mesmo apelido. Ela acha que seu nome, na verdade, é John, ou
talvez Jimmy, já não se lembra direito; com o tempo simplesmente se
tornou "Geordie". Ele morava em uma das ruas perto das docas, onde
seu pai trabalhava. Eles tinham um cachorro que seu pai adorava
(mais do que ao filho) e um armário de bebidas com várias prateleiras
que era motivo de orgulho e alegria para a família (até as televisões
de plasma serem inventadas). Quando tinha catorze anos, Geordie
estava andando pelas ruas de Newcastle num fim de tarde. O cachorro

da família havia mordido o vizinho, e seu pai estava com sangue nos olhos — o sangue do vizinho. Como a razão e o bom senso tinham ido para o brejo, Geordie escapuliu pela porta dos fundos. Era uma noite fria, o chão estava coberto de neve e ele estava apenas com um casaco fino. Ainda assim, não tinha a menor vontade de ficar em casa, então, em vez de virar à direita em direção às docas, ele entrou em uma ruela à esquerda e esgueirou-se pela porta lateral do Newcastle City Hall.

Na sala de concertos, Geordie subiu até a galeria, onde estava quente e corria menos risco de ser encontrado. E ali ficou, escondido atrás de um holofote (bem aquecido), comendo uma barra de chocolate que havia surrupiado da bombonière, quando a cantoria começou. A primeira nota ascendente atingiu o peito de Geordie como um dardo, deixando-o paralisado. Ele nunca havia ouvido falar em ópera, que dirá escutado uma, mas a música o tocou. Mais tarde, nas entrevistas para a televisão, Geordie diria que, quando ele morresse e abrissem seu corpo, encontrariam a partitura de *La Bohème* embrulhada em seu coração.

Ele voltou para casa por uns dias, ou algumas semanas — nem sentiu o tempo passar. Durante esse período, bolou um plano. Ele nunca havia ouvido falar de ópera no nordeste da Inglaterra, então presumiu que aquele não era o lugar onde deveria estar. Só poderia ser Londres. Lá com certeza era o berço da ópera, não? O berço de tudo que era sofisticado. Ele precisava ir para Londres. Mas, sem dinheiro, trens ou ônibus estavam fora de cogitação. Então, a solução seria ir a pé. E foi exatamente isso que fez. Ele encheu uma mochila de comida, guardou nela uma garrafa roubada do armário de bebidas e seguiu rumo ao sul. Ao longo do caminho, conheceu um andarilho que lhe fez companhia em boa parte de seu trajeto. Nesse período, o andarilho lhe ensinou coisas que poderiam ser úteis na cidade e mostrou a ele como estar sempre com as roupas limpas. Isso consistia em pegar roupas que estavam secando num varal e trocar pelas roupas sujas que usavam. Então, repetiam o ato no varal seguinte e, assim, eles seguiam.

Quando chegou a Londres, Geordie foi a várias salas de concerto (o andarilho lhe dera uma lista de lugares para visitar), até que, por fim, conseguiu um emprego como auxiliar de camarim. O resto da história todo mundo já conhece.

O marido de Janice, Mike, nunca conheceu Geordie. Mas isso não o impede de falar dele no pub como se fossem grandes amigos. Janice não contraria o marido em público — não que Mike reconheça isso; na cabeça dele, Geordie já conversou com ele várias vezes. Enquanto Mike fala sobre o tenor mundialmente famoso ("Ele era o favorito da Rainha, sabia?"), ela se apega ao pensamento de que esse encontro nunca, em hipótese alguma, irá acontecer. Às vezes, quando ele precisa "tirar água do joelho" e a deixa pagar a conta sozinha (o que acontece com certa frequência), Janice fica pensando em Geordie cantando uma de suas árias favoritas enquanto ela limpa o fogão dele. Nos últimos dias, a cantoria de Geordie anda mais alta do que nunca, e isso começou a deixar Janice preocupada, já que ela reparou que precisa gritar de vez em quando para atrair sua atenção e que ele não entende tudo que ela diz.

Depois do café, Geordie começa a seguir Janice pela casa. Ele fica parado na soleira da porta enquanto ela limpa o calefator e o enche de gravetos e lenha. Ele parece estar precisando de um empurrãozinho. Para um homem tão grande, ele pode ficar surpreendentemente tímido na hora de se expressar.

— Estava viajando? — pergunta Janice, na esperança de que isso faça com que ele diga o que está pensando.

Ela consegue uma resposta logo de primeira. Ele sorri para ela.

— Dei um pulo em Londres. Ah, lá tem muita gente inconveniente.

— Eu imagino.

Ela espera que esse empurrãozinho seja suficiente.

E é.

— Eu estava no metrô, e tinha um imbecil lá. Estava cheio, mas não abarrotado de gente. Todo mundo estava tentando lidar com a situação da melhor maneira possível. Esse imbecil esnobe entrou no vagão um minuto antes de as portas se fecharem e começou a reclamar...

Nesse momento, Geordie faz uma ótima imitação do imbecil esnobe, fazendo Janice sorrir. Ela estava certa; sabia que deveria começar seu dia e sua semana na casa de Geordie.

A imitação do imbecil esnobe continua.

— "Ah, vai. Chega só um pouquinho para o lado. Tenho certeza de que tem espaço para todo mundo se as pessoas se espremerem só um pouquinho. Tem espaço suficiente. É sério. Qual é, vão mais para o fundo."

Geordie pausa para ter certeza de que ela está prestando atenção.

— Então, eu ouvi uma voz vindo do fundo do vagão. Era outro rapaz, acho que um londrino mesmo. Enfim... Ele gritou: "Se você abrir a boca mais um pouquinho, eu acho que dá para colocar algumas pessoas aí dentro, amigão."

Janice dá uma gargalhada.

— Num instante ele ficou quietinho.

Geordie fica feliz com a reação de Janice.

Ela não se deixa enganar. Sabe que foi Geordie que respondeu ao esnobe no metrô. Foi ele que colocou aquele imbecil em seu devido lugar. É modesto demais para admitir, mas ela sabe. Ela consegue até ouvir a voz dele ecoando pelo vagão e a explosão de risadas ao seu redor.

Satisfeito com a reação dela, ele a deixa trabalhar. Janice pega o espanador. Talvez ela devesse ficar feliz de estar com pessoas como Geordie, não? A maioria dos seus patrões e das suas patroas acrescenta algo de especial à sua vida, e ela espera acrescentar à deles também, nem que seja um pouquinho. No meio da prateleira, ela para de espanar. A verdade é que ela não tem certeza disso, não está totalmente convencida. Essas histórias são de outras pessoas. Se realmente faz parte delas, tem um papel muito pequeno, como o de uma figurante. Ela pensa de novo na atriz famosa e tenta imaginá-la na sala de música de Geordie, com o espanador erguido sobre as prateleiras de partituras. Será que ela ficaria satisfeita? Será que a atriz famosa se contentaria com essa vida? Janice volta a tirar o pó, com vergonha de ter pensado nisso.

Janice encontra Geordie outra vez quando ela está saindo para almoçar mais cedo e, depois, a caminho da próxima faxina. O dia está nublado, e ela consegue sentir o ar gelado de fevereiro se infiltrando pela fresta da porta. Geordie a ajuda a vestir o casaco.

— Obrigada, vou precisar dele. Deu uma esfriada lá fora.

— É melhor você se cuidar, se estiver ficando resfriada — sugere ele.

— Não, eu estou bem — responde ela, desta vez bem alto. — É só o dia que deu uma esfriada.

Ele entrega à Janice o cachecol dela.

— A gente se vê semana que vem. E cuide desse resfriado.

Ela desiste.

— Eu já estou me sentindo melhor — diz a ele, o que era verdade.

Quando ele fecha a porta, ela se pergunta se a história de sua vida é uma comédia trágica ou uma tragédia cômica.

2

Histórias de família

— É claro que toda biblioteca tem fantasma. Todo mundo sabe que fantasmas gostam de ler.

O rapaz descendo a escada da biblioteca conversa seriamente com sua amiga — uma moça que parecia ter uns vinte e cinco anos. Janice queria estar com tempo para segui-los, escutar mais da conversa deles e aprender sobre os fantasmas. Ele está muito convicto, como se estivesse dizendo que pássaros voam e que há nuvens no céu. Janice está fascinada com o pensamento de fantasmas na biblioteca e se pergunta se verá algum hoje. De vez em quando, ela dá um pulo lá na hora do almoço para pegar um livro novo e comer um sanduíche escondido, sentada à mesa que fica nos fundos, entre as estantes.

Hoje não tem nenhum fantasma lá, só as irmãs; é muito evidente que as duas bibliotecárias são irmãs. Elas têm o mesmo tom ruivo de cabelo — um misto de loiro-avermelhado com mechas acobreadas. O cabelo de uma delas vai até os ombros e é cacheado nas pontas; a outra tem o cabelo longo e está com uma trança apoiada no ombro. O penteado faz Janice pensar em uma menininha, embora a irmã deva ter uns cinquenta anos. Janice acha que o cabelo combina com ela e gosta da maneira como entremeou fios coloridos em sua trança.

Janice não sabe muito sobre elas, exceto que são mesmo irmãs e que são quatro filhas no total. A caçula (a de cabelo solto) dissera a ela uma vez:

— Minha mãe pariu quatro meninas. Meu pai nunca conseguiu o menino que tanto queria.

A irmã mais velha acrescentara, dando mais ênfase:

— Quatro, acredita? Coitado. Uma casa cheia de mulheres.

A caçula continuara explicando que todas as irmãs eram muito próximas e muito parecidas de rosto.

— Mas tínhamos personalidades muito diferentes — pontuara a irmã mais velha. A caçula havia assentido. — Nós nos chamávamos de Espertinha, Bonitinha, Mandoninha e Bebezinha. — Ambas riram. — É uma piada interna.

— Sim, piada interna — repetira a outra, sorrindo para a irmã.

Janice havia pensado na própria irmã e tentara visualizar as duas trabalhando juntas, organizando livros em uma biblioteca em Cambridge. Ela sabe que é uma ilusão — há centenas de quilômetros e de lembranças não compartilhadas separando as duas —, mas, às vezes, ela traz esse pensamento à tona da mesma forma que faz com as histórias que escolhe revisitar. As irmãs não fazem a menor ideia de que ela também tem uma irmã, mas sabem que ela ama livros e conversam com Janice sobre seus favoritos. As irmãs não são do tipo que acham que as pessoas devam ficar em silêncio em uma biblioteca.

— É lógico que pessoas que amam livros vão querer falar deles — dissera a caçula certa vez.

Janice tentou adivinhar qual era o apelido de cada irmã, mas preferiu não perguntar por medo de errar. Na cabeça dela, a caçula é a Bonitinha e a irmã mais velha, a Espertinha, ou talvez a Mandoninha. Janice já a viu expulsar em menos de dois minutos todo mundo que estava na biblioteca quando chegara a hora de fechar.

Hoje, as duas a cumprimentam ao mesmo tempo:

— Janice, seu livro chegou.

No momento, Janice está relendo seus clássicos favoritos e havia solicitado um exemplar de *Fazenda maldita*, de Stella Gibbons.

Ela pega o livro, agradece e pergunta:

— Vocês já pensaram que pode ter um fantasma aqui na biblioteca?

Assim que faz a pergunta, ela se sente uma tola e se pergunta como o rapaz pôde ter falado aquilo com tanta certeza.

A irmã mais velha se inclina um pouco por cima do balcão.

— Que curioso você perguntar isso... Você é a segunda pessoa que passa aqui hoje e fala sobre a biblioteca ser mal-assombrada.

Ah, o rapaz.

— E é? Quer dizer, é mal-assombrada?

Elas refletem sobre a pergunta com seriedade. A irmã mais velha diz:

— Bem, não sei. Às vezes eu penso que os livros têm vida própria. Mas acho que é só o Sr. Banks, que nunca põe nada de volta no lugar.

A caçula assimila o que a irmã disse por um instante.

— Mas todo mundo sabe que fantasmas gostam de ler. Então talvez...

Antes que Janice faça outra pergunta — "Como você sabe?" Ou: "Como todo mundo sabe disso menos eu?" Ou: "Isso é só algo que você ouviu o rapaz dizer?" —, elas são interrompidas por um grupo de jovens mães acompanhadas de seus filhos pequenos que precisavam da ajuda das irmãs.

Janice leva seus pensamentos, seu exemplar de *Fazenda maldita* e seus sanduíches de queijo para a mesa escondida nos fundos da biblioteca.

Ela fica lá por um tempo, com o livro fechado à sua frente, refletindo sobre a pergunta: será que as histórias das pessoas são definidas por seus papéis dentro de suas famílias? Se for esse o caso, onde ela se encaixa? Janice não quer continuar pensando nisso, então imagina um fantasma explorando as prateleiras depois que a biblioteca fecha.

Ela acha essa cena reconfortante em vez de assustadora — qualquer fantasma que goste de livros não pode ser tão mau assim. E esse consolo é um alívio para Janice. A verdade é que ela vive preocupada com alguma coisa. E a lista de coisas que a preocupam cresce a cada dia que passa. Ela se preocupa com a situação dos oceanos, sacolas de plástico, mudanças climáticas, refugiados, manifestações políticas, a extrema direita, a extrema esquerda, pessoas que dependem de bancos de alimentos para dar o que comer aos filhos, carros a diesel, será que ela conseguiria reciclar mais? Será que deveria comer menos carne? Ela se preocupa com o sistema de saúde, os contratos de trabalho sem carga horária definida, com o fato de tantas pessoas que ela conhece sofrerem descontos no salário quando ficam doentes ou não receberem férias remuneradas. Ela fica extremamente preocupada com todo mundo que aluga um imóvel sem ter muita estabilidade financeira, ou com quem mora com os pais até os trinta e tantos anos. Ela sempre se pergunta por que alguém ofenderia um ser humano ou gritaria com uma pessoa na rua só por causa do seu tom de pele.

Ela costumava ler o jornal e gostava de fazer as palavras cruzadas. Agora só dá uma olhada rápida em seu tablet todo dia de manhã, para ver se houve algum terremoto ou se alguém importante da realeza morreu. Mas não consegue continuar lendo. Cada notícia aumenta sua lista de preocupações. E a preocupação se estende ao restante da vida dela. Em vez de se aventurar em leituras novas e emocionantes da biblioteca, ela se contenta com a familiaridade de seus clássicos favoritos: Austen, Hardy, Trollope, Thackeray e Fitzgerald.

Ela abre seu exemplar de *Fazenda maldita*, pronta para se jogar na divertida história já conhecida. Sem contar que aqui tem uma heroína com quem ela realmente se identifica: Flora Poste é uma mulher que gosta de que tudo esteja em ordem, assim como Janice.

Meia hora depois, Janice sai da biblioteca, refazendo o percurso do rapaz que acredita em fantasmas. Ela está a caminho da próxima faxina — na casa da Dra. Huang — e, depois, finalmente, irá para a última do dia. Está descendo a escada quando avista uma silhueta familiar do outro lado da rua. O jeito de andar do homem alto é inconfundível. Ele transfere o peso do corpo de um pé para o outro enquanto caminha. Janice nunca entendeu como seu marido, Mike, anda de um jeito tão ritmado e dança tão mal. Mas o que ele está fazendo aqui? Ela olha o relógio. Ele deveria estar no trabalho há horas. Ao vê-lo desaparecer de seu campo de visão, Janice sente um alívio ao se dar conta de que não precisa adicionar seu marido à lista de preocupações. Ele já está no topo dela.

3

Histórias em vários andares

Já são quase quatro horas da tarde quando Janice chega à última casa de segunda-feira: tristeza. Alegria para começar o dia, melancolia para encerrá-lo. A casa geminada de tijolos vermelhos fica afastada da rua e é espaçosa e rústica, como se tivesse se acomodado e decidido ficar por ali mesmo. A fachada modesta engana; assim como as outras casas do bairro, a propriedade se estende até os fundos, com cozinhas longas e iluminadas ou com salas de jantar que vão até o quintal. Nos sótãos ao longo da rua, há escritórios, brinquedotecas, quartos de hóspedes, e nesta casa em particular é o cômodo favorito de Janice, o lugar que ela acredita ser o cerne de uma história. A história de Fiona.

Só de abrir a porta, Janice se dá conta na mesma hora de que Fiona e seu filho, Adam, não estão em casa. Uma casa vazia tem uma sonoridade peculiar. É como se a casa se ausentasse com seus habitantes, como se ela fosse para outro lugar. O silêncio é tão absoluto que dá para ouvi-lo. Ela já tinha reparado nisso em outras residências algumas vezes. Uma casa numa manhã de Natal pode ficar silenciosa — mas não por completo. Adormecida definitivamente não está (ao contrário de seus moradores), respirando levemente, e Janice quase consegue ouvir pelas paredes a súplica por "só mais cinco minutinhos", antes que a confusão comece. Uma casa na manhã de um funeral tem uma sonoridade específica — ou talvez seja uma sensação, ela nunca soube descrever exatamente: tensão, apreensão, inércia. Dois anos atrás, ela sentiu isso aqui. Quando Fiona enterrou o marido. A última vez que Adam se despediu do pai.

Há um bilhete de Fiona na mesa do hall de entrada.

Levei Adam ao ortodontista (mais problemas com o aparelho!)
O dinheiro está na mesa da cozinha.

Janice solta o ar com uma enorme sensação de alívio e se sente culpada na mesma hora. Ela gosta de Fiona e anseia pelos cafés com ela, mas a verdade é que às vezes Janice torce para que Fiona não esteja em casa. Pensando melhor, Janice acha que existem três motivos para isso. Primeiro, ela sabe que consegue limpar a casa mais rápido quando Fiona não está por perto. Segundo — e ela sabe que essa é a origem de sua culpa —, quer evitar a tristeza que vê na simpática mulher de meia-idade sentada à sua frente, tomando o café da prensa francesa vermelha que acabou de servir a ambas. A verdade é que se preocupa com Fiona (mais uma coisa para acrescentar à lista). Mas é claro que ela não tem nada a ver com a vida de Fiona. Janice é só a faxineira, como seu marido gosta de lhe lembrar.

O—⚹

Quando está quase terminando seu trabalho, o terceiro motivo pelo qual está feliz por Fiona ter saído lhe ocorre. Pode passar mais tempo em seu cômodo favorito da casa — a área comprida e rebaixada do sótão. Ela continuará limpando a casa, é claro (Janice tem regras bem rigorosas quanto a isso), mas, durante esse tempo, pensará na história de Fiona também.

No sótão, na mesa larga na qual ficava uma ferrovia de brinquedo — as marcas dos trilhos ainda são visíveis no feltro verde —, há uma casa de boneca. É uma casa grande, estilo regencial, de três andares e — assim como a casa de Fiona — com um sótão. No entanto, no primeiro andar, em vez de salas de jantar, cozinhas e despensas, há um estabelecimento comercial. Moradia na parte de cima, negócios na parte de baixo. Com tinta dourada, Fiona criou uma plaquinha elegante para seu negócio: *Jebediah Jury — agente funerário*. Janice não tem a menor ideia de onde surgiu esse nome, mas tem de admitir que é uma boa escolha.

Ela senta e abre a fachada da casinha. A maioria dos cômodos está completa, perfeitos em seu formato em miniatura. Quartos, uma sala de estar, um quarto de bebê e o favorito de Janice: uma linda cozinha rústica com uma massa de confeitaria enrolada na mesa ao lado de uma bacia de ameixas do tamanho de cabeças de alfinetes. E há uma nova aquisição que não estava ali na semana passada; Fiona finalizou um dos banheiros. Janice acha que o papel de parede estampado com tons de azul e bege ficou perfeito com a mobília de mogno e a banheira vitoriana. Janice se estica e ajeita o pequeno tapete azul-marinho pendurado no toalheiro térmico. Ela também repara em outra novidade. No primeiro andar, na pequena oficina nos fundos da casa, ela vê que Fiona fez outro caixão — madeira de nogueira, com minúsculas alças de latão. Ela pensa que esse não é o tipo de coisa que se encontra em lojas de artigos para casas de boneca. Por que venderiam isso, se a maioria das pessoas procura por vestidos em miniatura, um piano ou até mesmo uma caminha para cachorro? Não, ela sabe que foi Fiona que fez. Janice fica encarando o objeto com o cenho franzido, sem saber exatamente o que pensar.

Quando o marido de Fiona morreu, ela trabalhava como contadora em uma empresa de advocacia. Dois meses depois da morte dele, ela já havia se demitido e estava estudando para virar agente funerária.

Enquanto tomavam café, Fiona explicou para Janice que essa era uma profissão que ela sempre quisera exercer, mas nunca havia contado para ninguém pois pensava que achariam muito esquisito.

Janice não achava aquilo nem um pouco esquisito. Ela reconhece que, quando as pessoas se casam, existem revistas e dicas na internet para ajudá-las. Todo mundo tem uma opinião para dar e os conselhos nunca terminam. Mas, quando alguém morre, você se vê sozinho em um mundo tomado por um silêncio perturbador. Às vezes, Janice dava uma força na empresa de buffet de uma amiga e, com o passar dos anos, se dera conta de que sempre se voluntariava para ajudar nos velórios e evitava os casamentos. Em um funeral, as pessoas geralmente se sentem perdidas, não apenas por causa do luto mas, como no caso dos ingleses, também ficam sem saber como agir por medo de dizer ou fazer algo errado. Na maioria das vezes, uma gentileza dita por um "funcionário", em vez de outra pessoa que também esteja de luto, era bem-vinda. Então, sim, ela conseguia entender por que Fiona tinha vontade de ser agente funerária.

Fiona tinha começado a trabalhar meio período, depois passado para tempo integral, para uma agência funerária, cumprindo os pré-requisitos para exercer a profissão, e Janice não tinha motivos para achar que ela havia se arrependido de sua decisão. Mas outro caixão? Já não tinha um monte empilhado nos fundos? Desde então, fez vários cursos práticos e parou de atuar como agente funerária para se especializar como cerimonialista, focando em funerais sem cunho religioso. Janice também compreende isso — a necessidade de trazer consolo e oferecer suporte para aqueles que não têm um ritual religioso a seguir. Ela conhecia pessoas — ateias — que tiveram funerais religiosos simplesmente porque a família resolvera seguir a crença consagrada, por não conhecer as outras opções.

Janice tira um tubo longo e fino do bolso de seu avental e puxa uma haste de metal que prende uma fileira de minúsculas penas verdes.

Fiona não é a única que sabe fazer coisas. Ela começa a espanar os cômodos, um de cada vez, encantando-se com os detalhes de cada um deles. Será que construir esse pequeno universo possibilita que Fiona tenha mais consciência do mundo ao seu redor? Ela não tem como saber.

Janice realmente acha que esse novo trabalho ajudou Fiona e sabe que ela consolou e aconselhou outras pessoas com muito carinho no momento de choque e tristeza causado pela morte. E foi por causa do novo trabalho que Janice havia escutado Fiona rir pela primeira vez depois que o marido morreu.

Estavam tomando café juntas no escritório de Fiona. Ela estava encolhida na poltrona de couro, os pés escondidos embaixo de sua saia de tweed. Estava com um suéter verde-claro, e Janice pensou que só faltava um colarinho clerical para que ela ficasse igual a uma pastora de igreja. Vai ver era isso que trazia paz àqueles que tinham acabado de perder um ente querido. Fiona pôs os óculos no cabelo curto loiro--acinzentado e tirou do colo os papéis com suas anotações. Ela havia explicado que eram suas diversas tentativas de escrever um elogio fúnebre para um homem que era odiado por todos que o conheciam.

— Você não iria acreditar — dissera ela, olhando para Janice — se eu te dissesse a quantidade de famílias que deixam o elogio fúnebre para mim.

— Talvez elas tenham medo de falar em público? — sugerira ela.

Além de se preocupar com tudo, Janice também é uma pessoa introvertida.

— Isso não as impede de gritar e brigar em público — respondera Fiona, sorrindo.

Janice assentira. Já tinha visto isso acontecer em funerais também. Para alguém introvertido, ela sabia separar brigas como ninguém.

— O que você acha? — perguntara Fiona, pegando a folha que estava no topo de suas anotações. — "Ele era um homem clássico."

— Hmm, não sei.

— "Ele era uma figura" — sugerira Fiona, incerta.

Janice refletira por um instante.

— Que tal?... — Ela fizera uma pausa enquanto encarava a janela. — "Quem o conheceu nunca vai esquecer."

Janice virara a cabeça na mesma hora ao ouvir o som da risada de Fiona. Fazia meses que não ouvia sua gargalhada. Ela se dera conta de que havia ficado com vontade de chorar.

— Nossa, perfeito! — dissera Fiona, sorrindo.

Ela termina de tirar o pó da linda casa de boneca e fecha a porta. Quer que a história de Fiona seja representada por esse belo item. Uma alegoria para um novo rumo inesperado a caminho da cura e da recuperação. Essa é uma narrativa que ela gostaria de ter em sua coleção. Mas está perdendo as esperanças de que a história de Fiona tenha um final feliz. Existe uma melancolia por trás dessa história — algo grande, implícito, que ela acha que está sendo deixado de lado. Há algo à espreita. Isso a tira de sua zona de conforto, fazendo com que ela pense na própria infância, e, se tem uma época de sua vida que ela não faz a menor questão de relembrar, é essa.

4

Todo mundo tem uma música
para cantar (e uma razão para dançar)

Enquanto espera o ônibus, Janice se pergunta se o motorista será o mesmo de hoje de manhã. Ela não consegue se livrar daquela sensação de que algo não foi dito naquela fração de segundo logo antes de as portas suspirarem e se fecharem aos solavancos. Ela começa a pensar no motorista suspirando com as portas. O que ele ia dizer? Quando o ônibus chega e ela embarca, Janice quase cai na gargalhada. O motorista é o completo oposto do homem de hoje de manhã. Ela se pergunta se alguém lá em cima (seja lá o que isso signifique) está rindo da cara dela. O motorista da noite é um homem de uns trinta anos e ele é um armário — mais músculo do que gordura. Ele é careca, tem uma barba imensa e tatuagens no pescoço. Esse homem parece fazer parte de um daqueles clubes de motoqueiros. O motorista de hoje de manhã parecia um professor de geografia.

É só quando se senta que percebe o quanto está cansada e pondera por um tempo se deveria tirar os sapatos de seus pés inchados. O problema é que pode ser difícil colocá-los de volta. Em vez disso, ela se joga no banco e relaxa o corpo para que ele balance de vez em quando com o movimento do ônibus. Janice passa a desanuviar seus pensamentos e se prepara para sintonizar com as conversas ao seu redor de maneira despretensiosa. Ela não acha que está sendo enxerida; está apenas deixando a conversa dominá-la. Assim, sua mente pode ser atraída por uma pessoa e acabar encontrando alguma coisa pelo caminho. Às vezes, esses caminhos não a levam a lugar algum, mas, quando está com sorte, ela encontra uma história encantadora. O trajeto do centro de Cambridge até seu bairro leva apenas meia hora, então fica a cargo dela completar as lacunas das histórias com a imaginação. Ela fica mais do que feliz em preenchê-las — isso faz o tempo da caminhada do ponto de ônibus até sua casa passar mais rápido. No entanto, ela é muito rigorosa com o armazenamento dessas histórias: elas são arquivadas em um lugar entre ficção e não ficção em sua mente.

Janice não está muito esperançosa com o percurso desta noite. O ônibus está mais ou menos lotado, e só o que se ouve são conversas sussurradas. Não que ela tenha desenvolvido um sexto sentido para saber onde uma história vai aparecer — essa é a graça de colecionar histórias, você pode se surpreender em qualquer lugar. Ela pensa na senhora frágil e idosa na lavanderia (Janice tinha ido lavar o edredom de um cliente) que havia trabalhado como aeromoça no primeiro voo comercial de Londres para Nova York. Enquanto a mulher dobrava com cuidado seus cobertores com bordas de cetim (seu marido odiava edredom), ela tinha contado para Janice sobre o momento em que aterrissaram.

— A PanAm tinha feito propaganda dizendo que eles seriam os primeiros a bater o recorde, mas meu chefe na BOAC tinha me puxado no canto, mais ou menos uma semana antes, me fez assinar um documento de confidencialidade e disse que nós bateríamos o recorde primeiro... E perguntou se eu queria estar naquela tripulação. Você já deve ter adivinhado o que eu disse.

Ela se lembra da senhora fazendo uma pausa para alisar seu casaco impermeável. Por um milésimo de segundo, sua mão fora em direção à cabeça, como se quisesse ajeitar seu chapéu. Em vez disso, ela prendera seu cabelo grisalho atrás da orelha e continuara:

— Nós, mulheres, estávamos sempre arrumadas. Um estilo mais militar do que o uniforme que as aeromoças usam hoje em dia. Ah, mas naquele dia nós arrasamos. Ainda lembro o nome da cor do batom vermelho que usei: Alegria Elegante. Achei bem apropriado para a ocasião. Bem, nós conseguimos. Quando pousamos e saímos do avião, toda a tripulação da PanAm saiu e nos vaiou. Mas nós não estávamos nem aí. Atravessei aquela passarela como se eu tivesse dois metros de altura.

A mulher sorrira para ela, e Janice tentara imaginá-la mais jovem exibindo o mesmo sorriso triunfante. Ela ajudara a senhora a levar as cobertas até o carro, e esta foi a última vez que a viu. Mas ainda tem sua história. Janice a relembra nos dias em que não consegue encontrar um motivo para sorrir. A mulher tinha um sorriso tão radiante que poderia ter iluminado um espaço muito maior que uma lavanderia numa ruazinha de Cambridge. Teria iluminado algo maior que... Maior que um avião. E Janice acreditava nisso. Ela observa o próprio reflexo na janela do ônibus salpicada pelas gotas da chuva. Consegue ver o indício de um sorriso em seu rosto. Sim, uma boa história. Mas também um lembrete — não que ela ache que precise dele, mas não faz mal repetir — de que *nunca* se deve subestimar um idoso.

De repente, ela se vê envolvida por uma conversa. Não tinha como não ficar — o homem está falando muito alto. Um casal de jovens. "Amigos, e não namorados", pensou ela.

Ele: — Sabia que existe Jack Daniels de banana?

Ela: — Que nojo!

Ele: — Que nojo mesmo. Eu não consigo parar de tomar.

E é isso. A conversa termina aí, e ela não tem o menor interesse em continuar prestando atenção.

Ela escuta duas mulheres conversando atrás dela. Um tom de voz mais baixo, classe média. Pareciam simpáticas. Amigas.

— Eu estava andando no estacionamento do teatro, e lá estava ele.

— Quem?

— Aquele ator. Ele está em todos os filmes.

— Hugh Bonneville?

"Bom palpite", pensou Janice, "sem ter muita informação".

— Não, ele não. Ele fez *The Observer*. Você deve ter visto.

Por que deveria?

— Bill Nighy?

— Não, ele não. Ele é negro.

— Bill Nighy não é negro. Ah, você quer dizer o homem do estacionamento. Idris Elba?

Esse também teria sido o primeiro palpite de Janice.

— Não, mais velho, estava naquele filme com a...

E neste instante a mulher menciona a atriz famosa, e por um milésimo de segundo Janice acha que sabiam que ela estava escutando sua conversa. Ela se mexe de um jeito meio desconfortável no assento.

— Ah, eu adoro ela...

E elas começam a conversar sobre a atriz famosa. Dá para entender; ela realmente é uma ótima atriz. Mas Janice não quer se prender àquela conversa, então volta a analisar as gotas de chuva na janela. E é então que a vê.

Primeiro, vê seu reflexo. Janice vira a cabeça devagar para poder observá-la com o canto do olho. Já tinha reparado na moça, pois ela sempre fica em pé mesmo quando há vários assentos livres. Ela é jovem, provavelmente tem seus vinte e muitos anos, é alta e esbelta. Está com um vestido listrado de lã e um cardigã longo combinando, em tons de verde e dourado. Sua meia-calça preta é um pouco mais escura que a pele de suas mãos, mas é do mesmo tom de seu cabelo. Ela parece estar parada, os olhos estão quase fechados. Imóvel — mas não tanto. Uma perna está mais à frente da outra, e Janice consegue ver seus músculos se flexionando levemente. A cabeça dela também está se mexendo, bem pouquinho. Curtos movimentos para a frente e para trás. É nesse momento que ela repara no fone de ouvido por baixo de seus cachos definidos. De repente, como um espasmo, ela faz um movimento de onda com o braço. É um movimento elegante e prazeroso, e Janice se pergunta se a moça é dançarina. Então, um dos braços volta para a lateral de seu corpo, mas os outros movimentos milimétricos continuam.

Janice se pergunta o que a jovem está escutando. Ela faria de tudo para ouvir a música que fez seu braço se mover e dançar sozinho. Janice ama dançar. Ela nunca teve um porte de bailarina como o daquela mulher, mas, quando escutava certas músicas, seu corpo se movia com elas. Os músculos de Janice se flexionavam, seus pés batiam e ela sabia que estava em total sincronia com a canção, independentemente do que os outros achassem. Nesses momentos preciosos e gloriosos em que sua cintura se remexia com ritmo e seus braços desgrudavam da lateral de seu corpo, ela não ligava para a opinião de ninguém que estivesse no mesmo recinto, ou até no mundo. Quando ela dança, é uma leoa.

Conforme seu ponto de ônibus se aproxima, ela se levanta com relutância. Odeia ter de abandonar a moça, mas, nesse momento, nesta vida, ela é introvertida demais para interromper seu devaneio particular e perguntar o que ela está ouvindo. Ao pisar na calçada, ela escuta as portas do ônibus suspirarem e, naquele intervalo entre a última lufada de ar e o barulho que fazem ao fechar, escuta uma voz. Ela se vira depressa.

— Boa noite, princesa — diz o jovem motorista do ônibus, com alegria.

Enquanto se afasta, ela pensa que talvez os deuses realmente estejam rindo da cara dela.

5

A história de um marido

Tem dias em que, quando está chegando em sua pequena casa geminada (que é bem pequena mesmo), Janice se dá conta de que precisará das duas mãos para passar pela porta. Uma de cada lado do batente para empurrar seu corpo relutante pela soleira. Se seu marido falar com ela antes de subir o primeiro degrau, talvez Janice precise de toda a força que tem nos dois braços para conseguir entrar em casa. Ela se pergunta se um dia precisará de um empurrão no meio das costas. Sabe que não pode contar com uma ajuda extra, uma mãozinha solidária do marido. Ela não se permite escutar o sussurro que às vezes cochicha em seu ouvido. "Você não pensa em dar meia-volta, Janice, e voltar pelo caminho por onde veio?" Por algum motivo, o sussurro tem um sotaque irlandês. Ela acha que isso pode ter algo a ver com a generosidade da Irmã Bernadette — uma das poucas freiras que ela já conheceu que realmente amava o próximo.

Hoje a casa está silenciosa quando ela abre a porta, e passar pela soleira fica mais fácil. Não é o silêncio absoluto e estático de uma casa vazia, e sim a quietude sussurrada de uma casa na qual tem alguém dormindo. Ela encontra o marido, Mike, sentado no sofá, a cabeça inclinada para trás. Seus pés estão apoiados na mesa de centro, e ele equilibra na barriga uma tigela de batatas chips meio vazia. Janice volta para o hall de entrada, tira os sapatos, flexiona os dedos dos pés e vai até a cozinha. Ela sabe que a primeira coisa que ele vai dizer quando acordar é: "O que vamos jantar?" Ele não pergunta com um tom crítico nem autoritário, e sim com alegria, como se aquilo fosse do interesse dos dois. Ela já não cai mais nessa.

Quando ele aparece na porta, com os olhos quase fechando de sono, ele a surpreende — surpreende mesmo — ao lhe perguntar como tinha sido seu dia. Isso a distrai da aflição que sentiu ao vê-lo perto da biblioteca mais cedo no horário em que devia estar trabalhando. Assim que começa a responder, ela se pergunta por que, dentre todas as noites, ele escolheu logo essa para querer saber como foi seu dia. Então, a resposta lhe vem. Mike começa a falar por cima dela, e Janice se dá conta de que ele não estava prestando atenção. Janice não acredita que, mesmo depois de todo esse tempo, caiu nessa, que seu coração palpitou quando ele demonstrou interesse por ela.

— Que bom que você gosta do seu trabalho!

Ela falou isso?

— Que bom que está ocupando a mente! Ah, o que vamos jantar? — Ele sorri para ela.

— Torta de carne.

Ela tinha pensado em fazer panquecas para a sobremesa. A ideia surgiu naquele momento, naquela palpitação, em que ele perguntara sobre seu dia.

— Não tem sobremesa hoje?

Mike é um homem grande que ama doce, e a mãe dele faz sobremesas maravilhosas; ele sempre a lembra disso.

— Tem iogurte na geladeira.

Ela sabe que isso é um patético ato de rebeldia.

— O que você estava falando sobre o meu trabalho? — pergunta ela.

Janice se pergunta por que o está ajudando. Talvez para acabar logo com aquilo.

— Ah, é! Então, na verdade, Jan...

Lá vem ele com esses apelidos carinhosos que ela odeia.

— Não sei se vou conseguir ficar nesse emprego por muito tempo.

E lá estava: a história de seu marido.

Nos trinta anos em que conhece Mike, ele teve vinte e oito trabalhos diferentes. A única coisa que ela tem a dizer sobre ele — e talvez seja isso que a faça continuar entrando por aquela porta — é que o homem não é um encostado. Os vinte e oito empregos que teve foram completamente diferentes. Ele já foi vendedor, técnico em segurança e saúde ocupacional, motorista, instrutor de academia, barman, porteiro hospitalar e agora é porteiro de uma das maiores faculdades de Cambridge. Ele já trabalhou como motorista para pequenas empresas, grandes organizações e por conta própria; em diferentes épocas do casamento deles, tiveram de tudo, desde BMWs até vans seminovas estacionadas na garagem. Em certo verão, foi uma van de sorvete. Mike também já dirigiu tratores e empilhadeiras, mas ainda bem que nunca trouxe nenhum desses para casa. Com suas diferentes habilidades e seu andar gingado, ele passou por lojas, fábricas, armazéns, padarias, faculdades e hospitais, dando a todos ao seu redor o privilégio de seus conselhos. Já trabalhou até como consultor financeiro por um tempo, e essa ironia não passa despercebida por Janice.

Mike é um homem agradável. Tem um bom senso de humor e não impõe seus ideais aos outros logo de cara. Janice acha que esse é um dos motivos de ele arranjar emprego tão rapidamente. Mike é um cara simpático, que sabe apresentar bons motivos que justifiquem sua carreira tão diversificada, e Janice não tem dúvidas de que muitos recrutadores já o contrataram por pena. Ela tem certeza de que umas duas chefes dele achavam que ele era só um homem incompreendido.

Apesar da barriga volumosa e das bochechas rechonchudas, Mike ainda é um homem bonito.

O que todos os seus chefes percebem, mais cedo ou mais tarde, é que Mike é mais sabido que eles. As primeiras semanas podem correr bem. Às vezes, isso se estende por meses. Só que Mike logo passa a corrigi-los. Ele vai começar com uma sugestãozinha, mas em pouco tempo vai implicar com alguém que, em sua opinião, está fazendo um péssimo trabalho e achar que isso precisa ser debatido. Ele fica irritado com a situação e diz que fala pelo bem da empresa. Aponta os problemas e, em determinadas situações, consegue fazer com que o indivíduo seja demitido. Com um obstáculo a menos em seu caminho, só ficavam faltando mais alguns.

Com o tempo — e, às vezes, demora bastante —, seus chefes começam a se perguntar como Mike arruma tanto tempo para criticar os outros. Ele geralmente chega atrasado e, quando precisam que faça uma tarefa, entregar uma encomenda dentro do prazo, por exemplo, ele some sem motivo algum. (Ela o visualiza de novo em sua mente, passando pela biblioteca no meio do dia na hora em que deveria estar na portaria da faculdade.) Então, começam a surgir as dúvidas. Janice conhece essa fase de transição melhor do que ninguém. No início do casamento, ela se interessava por todos os trabalhos de Mike, se comovia quando ele resolvia os problemas, ficava irritada com os colegas que o decepcionavam, com raiva dos chefes que não o valorizavam. Foi só quando ele foi demitido de seu quarto emprego que uma luzinha se acendeu em sua cabeça, com uma epifania alarmante: talvez o problema não sejam eles, talvez seja Mike.

Com o passar dos anos, o timing de Mike melhorou e ele aprendeu a pular fora antes de ser mandado embora. Não que seu timing tenha sido bom para Janice — como na vez em que ela estava grávida de seu filho, Simon, ou quando eles tinham acabado de hipotecar a casa, e agora, quando ela está... Está o quê? Ela não faz nem ideia. Mas sabe que não é uma boa hora para ele vir reclamar dos problemas que tem com os chefes da faculdade, ainda mais com a Irmã Bernadette sussurrando em seu ouvido.

Janice deixa Mike se queixar do mais novo culpado da história e por que deveriam lhe dar outra chance. Não está mais escutando. Ela se pergunta qual seria a verdadeira história de seu marido? Será que é apenas o homem dos mil empregos? Será que ele é como Walter Mitty, um homem que imagina a vida do jeito mais fantasioso possível? Pelo que ela vê, ele vive em outro mundo. Ou será que é algo mais macabro que isso? Seria a história de um ilusionista? De um hipnotizador? Pois, por mais que Janice tente se afastar do universo que ele construiu em sua mente, ela não consegue ignorar a sensação de que ele aprisionou uma parte dela também. Mike pode não segurar sua mão, mas sem dúvida está segurando firme seu pé e não vai deixá-la escapar. Quando Janice se pergunta se deveria sentir medo dele, já sabe a resposta. Mike não é um homem com um físico intimidador. Ele é grande demais e muito lento para ser ameaçador. Ela sabe que é dos homens pequenos e magros que deve sentir medo.

Quando terminam de jantar e Mike vai se deitar, deixando-a limpar tudo sozinha ("Você não vai ficar chateada, né, Jan? Eu estou com a cabeça cheia."), ela fecha a porta da cozinha e fica parada olhando fixamente para as casas idênticas enfileiradas, formando um semicírculo, e para o verde no fundo. Janice se pergunta onde deve estar a moça do ônibus agora e qual música deve estar dançando. Ela gostaria de ouvir música na cozinha enquanto arruma as coisas, mas não quer que Mike desça reclamando. Então, ela se lembra do fone de ouvido que Simon comprou para o pai no Natal. Seu filho está com vinte e oito anos e trabalha em Londres, com algo que ela nem sabe. Já faz muitos anos desde a última vez que eles se viram. Um dos princípios que Mike tinha estabelecido em seu universo imaginário era que seu filho único teria de frequentar uma escola particular, e uma da qual as pessoas já tivessem ouvido falar.

— Você não quer privá-lo do melhor, Jan. Você não gostaria de vê-lo sofrer porque nós — ele quisera dizer *ela* — não fizemos tudo que podíamos.

E foi assim que ela começou a fazer faxinas. Não havia muita coisa que ela pudesse fazer, e a ideia de estudar para conseguir novas oportunidades foi descartada logo de cara.

— Você precisa priorizar o menino, Jan. E com esse emprego dando errado... Eles realmente são os maiores incompetentes com quem trabalhei. Eu queria dizer umas poucas e boas para a diretoria sobre como a empresa funciona...

A ironia é que agora o filho culto não quer saber dela nem do próprio pai. Talvez por ter percebido quem seu pai era de verdade. Já em relação a ela, Janice teme que ele a culpe por deixar que ele fosse mandado para o colégio interno. Simon raramente visitava os pais e, nos últimos Natais, ele parou de mandar presentes e começou a enviar cheques para eles. Eram cheques gordos, mas ela os rasgava em pedacinhos antes de jogá-los no lixo reciclável. Simon notou que o valor não era sacado, porque desde então lhes dá vales-presente da John Lewis. São fáceis de enviar e nunca vai saber se eles foram utilizados. O vale que ele mandou no último Natal ainda está guardado na carteira de Janice, mas ela lembra que o marido usou o dele para comprar fones de ouvido caros.

— Olhem só, rapazes — dissera ele para os homens no pub —, o presentão do nosso Simon. Ele compra tudo do bom e do melhor.

Enquanto Janice procura pelos fones de ouvido de Mike, ela se pergunta se é pena, ou quem sabe um desejo de reparação por ter participado do conluio que levou Simon para longe, que a faz viver com um homem que não ama mais nem de quem sequer gosta.

O Sr. Mukherjee (que jogou críquete na seleção indiana sub-21) parou para esperar sua cachorra, Booma. Ele desvia os olhos da silhueta canina agachada ao seu lado e observa pela janela da cozinha iluminada sua vizinha, Janice, dançando. Ela rodopia e ergue um dos braços, formando um arco sobre a cabeça. Há algo muito bonito naqueles movimentos ritmados, o que, para o Sr. Mukherjee, não é nenhuma surpresa. Ele cogita parar de olhar, mas a dancinha com a cabeça e com os ombros (é tudo que ele consegue ver) é hipnotizante e ele se vê parado na grama, no ar frio do inverno, sorrindo.

6

Toda história precisa de um vilão
(com uma ilustre exceção)

Uma faxineira de respeito geralmente pode escolher seus clientes. Janice gosta de todas as pessoas para quem trabalha, com uma ilustre exceção.

O casarão moderno à sua frente é composto por blocos de concreto interligados, formando um V. Tem um ar imponente e fica num terreno que era propriedade de uma das universidades mais modernas da região. A casa lembra um homem grande com as pernas abertas de um jeito espaçoso e mal-educado. Enquanto caminha pelos ladrilhos de ardósia que dão acesso à casa, ela sente um misto de horror e empolgação.

A dona da casa abre a porta (ali não a deixam ter uma cópia da chave). A mulher à sua frente é bonita, tem cinquenta e poucos anos. Está com uma das peças que ela mesma criou — um vestido azul-marinho, cheio de recortes com zíperes presos a um tecido amarelo em volta. Pelos recortes, dá para ver o forro de seda néon com estampa de cabeças de cavalo. Toda semana ela está com um vestido diferente, e Janice descobriu que ela vende algumas peças em bazares organizados pelas amigas em suas casas. Quando não está vendendo seus vestidos, ela gosta de fazer "doações" para a caridade. Isso consiste em reunir membros de diversas instituições de caridade em sua casa e doar toda a sua sabedoria. "Você não consegue determinar o preço disso. Isso valeria literalmente milhares de libras." No fim, ela acaba doando um vestido para a caridade. Janice gosta de estar presente quando ela organiza esses encontros só para ver a cara dos membros das instituições que compareceram.

A mulher tem um nome, mas para Janice ela sempre será a Sra. Sim-Sim-Sim. É isso que ela diz quando está falando ao telefone, conversando com amigas, e quando está no meio de uma conversa culta com o representante da instituição de caridade que estiver em alta. Janice acha que, na verdade, a mulher quer dizer apenas um "sim", ou um "aham", mas uma vez só nunca é suficiente para a Sra. Sim-Sim-Sim.

O marido da Sra. Sim-Sim-Sim também trabalha de casa. Janice desconfia de que ele era muito bem-sucedido em Londres e, depois de juntar muito dinheiro, gastou parte dele construindo a monstruosidade arquitetônica que hoje chamam de lar. É uma casa com cômodos grandes e bancadas vazias e lustrosas — então, de certa forma, ela não tem do que reclamar. Pode ser grande, mas é muito fácil de limpar. Nos fundos da casa, há uma casinha que o marido usa como escritório. Se Janice ameaça se aproximar daquela área para limpar (seguindo as ordens da Sra. Sim-Sim-Sim), o marido balança um papel/pasta/dedo para ela, sem nem olhar para cima, e brada:

— Não, não! Agora não.

Logo, a Sra. Sim-Sim-Sim é casada com o Sr. Não-Não-Agora--Não. Ela se pergunta se o marido é o motivo de eles nunca terem tido filhos.

A Sra. Sim-Sim-Sim paga bem pelos serviços de Janice. Não grita com ela nem deixa panelas/privadas/banheiras/fogões nojentos para ela limpar, mas ela tem condutas bem desagradáveis de que Janice não gosta. Na cozinha, uma das poucas coisas que podem ficar na bancada é a cafeteira italiana toda moderna. É linda. Janice a desmonta e limpa todas as peças, mas nunca foi convidada para tomar um café da máquina. No armário acima da cafeteira, tem um pote com café instantâneo da Tesco só para Janice. Até onde ela sabe (e até onde ela viu), essa é a única coisa que a Sra. Sim-Sim-Sim já comprou na Tesco.

A segunda conduta é que ela chama Janice de "Sra. P". Ela não se lembra de ter deixado — mas também sabia que nunca teria encontrado palavras para protestar. E agora já é tarde demais. Janice pode achar o que quiser da Sra. Sim-Sim-Sim, mas é muito tímida para dizer qualquer coisa e até para tocar nesse tipo de assunto pessoalmente.

Por todos esses motivos, a Sra. Sim-Sim-Sim não tem uma história. Por uma questão de princípios, Janice não vai demonstrar o menor interesse por ela além do que for extremamente necessário, e é óbvio que ela não entrará na biblioteca preciosa de sua mente. Janice lhe concede um "episódio", o que não chega nem perto de ser uma história, mas resume bem a Sra. Sim-Sim-Sim.

Alguns representantes de uma instituição de caridade para crianças estavam na casa, porque a Sra. Sim-Sim-Sim tinha marcado uma dinâmica de grupo. A atividade consistia em imaginar que todos estavam em um barco a remo à deriva. Em vários pedacinhos de papel, havia descrições de pessoas imaginárias que estavam no barco com eles. Elas variavam entre filantropos, ativistas defensores dos direitos da criança, diversas crianças e algumas personalidades mais polêmicas, como políticos e jornalistas. O objetivo da dinâmica era decidir — já que o barco estava afundando — quem, incluindo os funcionários e a Sra. Sim-Sim-Sim, deveria continuar no barco e quem deveria ser expulso.

Ninguém estava disposto a começar, até que uma moça de cabelo curto e escuro da instituição de caridade sugeriu com cautela que, para tornar a discussão mais fácil, eles deveriam pelo menos manter as crianças no barco e pensar só em quais adultos acabariam sendo sacrificados. A Sra. Sim-Sim-Sim protestou na mesma hora, exasperada:

— Por quê? Você acha que minha vida vale menos do que a de uma criança?

E então eles continuaram. No fim da dinâmica, a Sra. Sim-Sim-Sim tinha jogado várias pessoas para fora do barco, incluindo uma criança imaginária com fibrose cística.

— Eles não iam viver muito tempo mesmo.

Janice sentiu-se representada ao ouvir a moça de cabelo curto e escuro dizer que ia se jogar logo depois da criança. Mas a Sra. Sim-Sim-Sim não gostou.

— Você não pode fazer isso. Você não pode pular do barco. Ninguém faria isso na vida real.

A moça bateu o pé e se recusou a voltar para o barco. Janice não tinha certeza se a discussão era porque ela teria pulado de qualquer barco em que a Sra. Sim-Sim-Sim estivesse ou porque ela realmente acreditava que uma pessoa se sacrificaria por uma criança. Janice preferiu acreditar que era a última opção e lhe deu mais biscoitos de chocolate quando foi chamada para distribuir mais café.

Hoje, a Sra. Sim-Sim-Sim está em casa enquanto Janice faz sua faxina, o que é incomum — na verdade, é mais do que incomum: é irritante. Isso a está deixando muito incomodada. A Sra. Sim-Sim-Sim está falando basicamente sobre sua semana e sobre uma peça que foi ver. Está conversando com Janice como se ela fosse alguém que vai ao teatro ou até mesmo uma mulher que poderia tomar um cappuccino feito na cafeteira moderna. Isso é algo fora do comum, e, enquanto ela fala, Janice se sente muito desconfortável, prestando atenção nos movimentos circulares que faz no chão de madeira com o esfregão sofisticado (com filamentos de caxemira). Se a Sra. Sim-Sim-Sim, assim como Mike, chegar a perguntar como foi seu dia, ela vai pegar seu casaco e vai embora.

Em vez disso, a Sra. Sim-Sim-Sim, por fim, diz:

— Sra. P, eu tenho uma proposta a fazer.

Por um breve instante, Janice se pergunta se a Sra. Sim-Sim-Sim e o Sr. Não-Não-Agora-Não praticam swing, o que logo depois lhe parece ridículo. Ela varre o chão fazendo um semicírculo exagerado para ficar de costas para sua patroa e esconder a risada. Ela não diz mais nada. Janice não consegue pensar em nada para responder.

Mesmo de costas para a mulher, Janice percebe que a Sra. Sim-Sim-Sim está excepcionalmente nervosa (algo que deveria ter servido de alerta para Janice quando ela se virasse).

— Sra. P, eu sei que um dinheirinho a mais é sempre bom, então por isso a considerei.

Janice não consegue pensar em nada. O que será que ela vai pedir? O que poderia deixá-la tão nervosa?

— Não é algo que vá tomar muito do seu tempo, e nós vamos garantir que o dinheiro seja bom. Escolha os horários que lhe forem mais convenientes, cinco ou seis horas por semana já estariam de bom tamanho. A questão é que minha sogra precisa muito de ajuda. Ela já tem lá seus noventa anos e... A casa dela... — A Sra. Sim-Sim-Sim estremece e não consegue terminar a frase, mas então percebe seu erro e se recompõe rapidamente. — Não é tão ruim assim. O lugar está uma bagunça, mas tenho certeza de que já viu coisa pior, e, assim que conseguir dar conta dessa parte, vai ficar muito mais fácil. — Depois de uma pausa, ela acrescenta: — A casa fica em um dos campi da universidade e é muito bonita.

Janice continua varrendo bem devagar, tentando ganhar tempo.

— Infelizmente, já estou com a agenda lotada. — É tudo que consegue responder.

— Mas deve ter um tempinho livre. — A Sra. Sim-Sim-Sim enxerga uma brecha e se prepara para atacar.

— Digo, eu já trabalho todos os dias — insiste Janice.

— Pode ser no dia que quiser e seria uma grana boa.

Isso faz com que ela hesite por um instante. Pelo visto, Mike está desempregado outra vez e não vai deixar de marcar presença no pub por causa disso.

A Sra. Sim-Sim-Sim não tinha terminado.

— Acontece, Sra. P., que ou arrumamos alguém para ajudá-la em casa ou teremos que procurar um asilo para ela. Não queremos fazer isso, mas com noventa e dois anos...

Ótimo. Agora ela precisa acrescentar à sua lista de preocupações o fato de ser o motivo pelo qual uma senhora será expulsa da própria casa e irá morar num asilo que fede a xixi.

— Acho que eu consigo visitá-la. Mas não estou prometendo nada.

A Sra. Sim-Sim-Sim já não está mais escutando.

— Perfeito, Sra. P. Eu sabia que poderia contar com a sua ajuda. Vou lhe informar todos os detalhes. — Ela passa a ponta dos dedos na bancada algumas vezes antes de acrescentar: — Não se esqueça de que ela é muito idosa, e tenho certeza de que sabe como senhoras de idade são. Mas sei que nada disso vai abalá-la, sendo assim sempre tão calma e serena!

Janice nem presta atenção direito nessa última parte, já que, de repente, ali, sentado em seu pé, está o motivo pelo qual ela continua limpando a casa da Sra. Sim-Sim-Sim. A fonte de sua empolgação. Um pequeno fox terrier todo desgrenhado está sentado ali olhando para ela. Ele é muito expressivo, e às vezes (sendo bem sincera, várias vezes) é como se estivesse conversando com ela. Seu semblante diz tudo. Nesse momento, ela acredita que ele esteja censurando sua dona por achar que conhece Janice. Ele encara a Sra. Sim-Sim-Sim, e, pelo seu olhar, Janice escuta as palavras não ditas: "E como é que você sabe o que a Janice é ou deixa de ser? Você nem conversa com ela, porra!"

7

A história do cachorro peludo

— Este é Decius, ele é um fox terrier. — Essa foi uma das primeiras coisas que a Sra. Sim-Sim-Sim disse a ela. Seguida de: — Tomara que goste de cachorros, nós gostaríamos que passeasse com ele.

Não "tomara que goste de cachorros". Pausa. "Nós gostaríamos que passeasse com ele." Ou até: "Será que, por um acaso, poderia passear com ele?" Assim como os seus sim-sim-sim, ela engatou uma frase na outra, com pressa de falar tudo de uma vez e se livrar do cachorro.

Tudo que Janice conseguiu dizer foi:

— Decius?

— Sim, é em homenagem a um imperador romano.

E foi quando se deu conta. Ela olhou para Decius. Ele a encarava, e sua expressão dizia, com a mesma ênfase de um latido: "Fica quieta. Não quero ouvir nem um pio." Ela não o julgou, mas, depois de todo esse tempo, ainda se impressiona com o linguajar dele, considerando que é um fox terrier.

Ela conhece Decius já faz quatro anos e não tem medo de admitir (pelo menos para si mesma) que o ama. Ama a sensação da cara peluda e dos pelos ásperos em suas mãos; gosta do jeito que ele anda, como se fosse uma bailarina prestes a ficar na ponta. Adora o jeito que ele saltita, como se tivesse uma corda presa na barriga, e ela se sente a pessoa mais feliz do mundo quando passeia com Decius pelos parques e gramados de Cambridge. Ela está pensando em abrir uma seção em sua biblioteca para histórias de animais, só para poder incluir Decius.

Uma vez tentou chamá-lo de "Decy", já que Decius é um nome muito formal. E é ela, não a Sra. Sim-Sim-Sim nem o Sr. Não-Não--Agora-Não, que tem de ficar gritando o nome dele nos parques. No entanto, ele lhe lançou um olhar por baixo das sobrancelhas peludas que dizia, de maneira silenciosa porém eloquente: "Por favor. Só pare." Enquanto ele se afastava, chutando lama com as patas traseiras para tudo que era lado, ela podia jurar que o ouviu murmurar: "Pelo amor de Deus."

No início, Janice passeava com Decius quando ia lá fazer a faxina ou trabalhar servindo bebidas em um evento beneficente — umas duas vezes por semana. Mas não era suficiente, para nenhuma das duas. Então Janice se dispôs a ir mais vezes para passear com o cachorro, e a Sra. Sim-Sim-Sim aceitou num piscar de olhos. Logo, ela encaixa os passeios no meio das faxinas e, no fim de semana, vai de carro até lá. Na primeira vez que a Sra. Sim-Sim-Sim a viu estacionando na garagem, exclamou:

— Nossa, você dirige!

Como se (Janice disse a Decius depois) ela tivesse visto um macaco adestrado ao volante. Eles estavam sentados em um banco no parque dividindo pedacinhos de frango. Decius deveria ter uma alimentação vegana (apesar de nem a Sra. Sim-Sim-Sim nem o Sr. Não-Não-Agora-Não serem adeptos do veganismo), e, para Janice, o cachorro a ama (ou seja, era recíproco) porque ela lhe dá comidas que ele realmente quer comer. Janice se lembra de que Decius tinha lhe lançado um olhar curioso e ela sentira a necessidade de explicar a ele por que não ia de carro todo dia já que sabia dirigir — principalmente quando o tempo não estava muito bom para... Bem, passear com ele. Ela confessou que era complicado.

Janice e Mike tinham um carro. Uma perua antiga da Volkswagen. Ele sempre ficava com o carro para ir trabalhar. Ela se dá conta de que pode ser que isso mude agora, já que vai ficar desempregado, mas por algum motivo ela duvida que isso aconteça.

— Você não quer ficar com o carro, Jan, não vale a pena a dor de cabeça. É um inferno achar vaga na cidade.

Isso é verdade, mas também é verdade que a maioria de seus patrões tem vaga para visitantes. Ela já havia argumentado isso no passado.

— Que seja, ainda acho que você vai ver que eu estou certo. — Ele deu um sorrisão para ela. — Tive uma ideia: eu posso te dar carona quando estiver saindo de casa ou do trabalho.

Ela havia sido ingênua e acreditado que isso realmente daria certo. Ele podia deixar o carro no estacionamento da faculdade onde era porteiro, e uma carona a deixaria mais tranquila por reduzir a emissão de carbono no mundo. Mas ele nunca saía de casa no mesmo horário que ela. E, sempre que Janice aparecia na faculdade perto do fim do expediente dele, na esperança de arranjar uma carona para casa, ele nunca estava lá. Ela se cansou dos olhares dos outros funcionários, que com certeza estavam ficando cada vez mais irritados com seu marido e sua incapacidade de cumprir seu horário.

Janice relembra aquele dia no parque, Decius sentado ao seu lado no banco, a cabeça em seu colo. Ela afundara o rosto no pelo do cachorro em busca de consolo, pois o problema do carro só fazia com que ela pensasse em outro problema: ela tem pouquíssimos amigos. Acontece que Cambridge é um ovo para alguém que já passou por tantos empregos, como no caso de Mike. Janice fica impressionada com o fato de que ele não vira as costas quando encontra colegas do trabalho e pessoas com as quais teve alguma ligação profissional. Ela realmente acredita que o homem não sente vergonha de nada e que, na cabeça de Mike, ele é muito mais bem-sucedido do que os outros. Então, ela se sente culpada pelos dois e percebe que este fardo faz com que seu corpo se curve para baixo e a impeça de encarar as pessoas nos olhos — até que gostaria de ter conhecido melhor algumas delas. Ela se lembra do alívio que sentiu quando encontrou um amigo de Geordie Bowman, que estava passando por lá para entregar uns baldes de gelo prateados para garrafas de vinho. Ela sabia que ele conhecia Mike, mas ele não fazia ideia de que eram casados. Quando o nome de Mike surgiu na conversa, ele dera uma gargalhada (o que Janice considerou perdoável quando se lembrou de como o marido o tratara). Ele tinha bufado e exclamado:

— O cara é maluco! Total e completamente maluco.

Ele, então, voltara a organizar os baldes no antigo forno de pedra no qual Geordie guardava seus vinhos, e ela tinha voltado a tirar a ferrugem da porta do forno com sua lixadeira. No entanto, Janice se sentira mais leve. Foi bom saber que outras pessoas compartilhavam sua percepção sobre Mike e que ela podia conversar sobre esse assunto. Isso fez com que ela se sentisse menos sozinha.

Agora, ela está sozinha com Decius na cozinha (ou seja, não estava totalmente sozinha) e já está quase terminando a faxina. Depois da "conversa" que tiveram, a Sra. Sim-Sim-Sim anotou as informações sobre a sogra o mais rápido que sua Mont Blanc permitiu e saiu para fazer compras. Janice tira a coleira do cachorro do gancho na área de serviço e destranca a porta dos fundos. Ela decidiu levar Decius para passear no parque e ir até a casa de Fiona. Janice estava preocupada com ela. Sua próxima faxina lá é só na segunda que vem, mas espera que Fiona não se importe se ela aparecer uns dias antes já que tem um presente para lhe dar.

A casa está escura e parece vazia quando Janice toca a campainha. Ela pensa em tentar colocar o presente na caixa de correio, mas é muito pequeno e pode ficar soterrado no fundo. Então, depois de bater e tocar a campainha outra vez, ela usa sua chave para entrar. Tem certeza de que Fiona não vai se importar e acha que seu presente a fará sorrir na próxima vez que vir a casa de boneca. Janice limpa o pé de Decius delicadamente com o pano que leva no bolso do casaco e o segura bem perto de si pela coleira enquanto segue em direção ao sótão. Uma coisa é ela dar uma passadinha de dois minutos lá para deixar um presente, outra coisa é deixar o cachorro de um desconhecido explorar a casa da mulher.

Quando abre a casa de boneca, vê que Fiona andou ocupada. A parte elétrica foi instalada, e minúsculos abajures de mesa e de chão foram cuidadosamente posicionados em alguns cômodos. Ela repara no interruptor na mesa à direita da casa de boneca e aperta o botão. A faísca e o "crac" em algum lugar da casa dão um susto nela, e, atordoada, ela abre mais a porta para ver o que aconteceu. Não demora muito para achar o problema: um fio encostou no outro e a faísca provocada fez com que eles se partissem e quebrassem o circuito.

Um fio ela acha que consegue remendar, mas o outro vai precisar de solda. O filho de Fiona, Adam, tem um ferro de solda em seu quarto, que ele usava em seus robôs em miniatura, mas entrar no quarto de um menino de doze anos e mexer nas coisas dele, com certeza, é uma violação de sua ética de trabalho.

Ela está tão concentrada em tentar entender se consegue remendar os fios sem o ferro de solda que demora a escutar a voz que vem do andar de baixo. Olha para o pé da cadeira, mas Decius sumiu e a porta do sótão está entreaberta. Janice se levanta, o rosto todo vermelho só de pensar na explicação que teria de dar. Ela o encontra no outro andar, sentado ao lado de Adam, que está ajoelhado, falando com ele. Decius está com as patas apoiadas nas coxas do menino e está esfregando o focinho na mão de Adam.

— Adam, me desculpe. Eu não fazia ideia de que tinha alguém em casa. Eu só queria deixar um presente que trouxe para a sua mãe.

Adam não está nem um pouco abalado com sua aparição repentina (ela presume que ele deva estar acostumado com o fluxo de pessoas entrando e saindo da casa sem se dirigir muito a ele). Pelo visto ela faz parte desse grupo. Ele está muito mais interessado em Decius.

— Esse cachorro é seu?

Ela fica tentada a dizer que sim. Na verdade, "claro que sim" é o que lhe vem à mente, mas, em vez disso, conta a verdade:

— Eu só passeio com ele.

Decius se vira para encará-la, e ela acha que ele parece um pouco ofendido. Antes que Janice consiga pensar no que acrescentar, Adam continua:

— Ele é meio estranho e anda na ponta dos pés. É normal?

Janice torce para que Decius não fale palavrão, mas ele parece gostar de Adam e sobe mais em seu colo. Ela sabe o que vai acontecer em seguida: ele vai se aconchegar em Adam. É exatamente isso que acontece, e o menino ri. Nesse momento, Janice sente um aperto no peito. Ela se recompõe ao se sentar ao lado deles no chão.

— Ele é um fox terrier, e eu acho que isso é sinal de que veio de uma boa linhagem.

— Eita, achei meio esquisito.

Janice nem se atreve a olhar para Decius. Mas Adam reverte a situação ao acrescentar:

— Até que ele é maneiro, né.

É uma afirmação, não uma pergunta, e Decius olha para ela como se dissesse: "Eu te avisei." Então, Janice se dá conta de que ele nunca xingaria na frente de uma criança, e, apesar das pernas longas e dos pés grandes, Adam ainda é um menino. O pescoço emergindo de seu casaco é longo e magro, e, por mais que seu cabelo seja longo e muito liso, seu rosto é pequeno e sem espinhas. Na verdade, tem uma pele de pêssego. Ele também entregou sua idade quando disse "eita" e "maneiro". Adam também adora usar as expressões que sua mãe (que parece uma pastora) usaria.

— Eles ajeitaram seu aparelho? — pergunta ela.

— Ah, eles... — respondeu, passando a língua pelos dentes automaticamente, mas sem acrescentar mais nada.

Isso a faz lembrar das outras conversas que teve com Adam, respostas que não levavam a lugar algum até se transformarem em um silêncio constrangedor. Então, ela se lembra da risada e diz a si mesma que só precisa se esforçar um pouco mais.

— Você tem um ferro de solda?

Ele desvia o olhar de Decius, surpreso.

— Tenho?...

— Me empresta?

— Acho que pode ser. — Ele se levanta, hesitante, se mantendo agarrado ao corpinho quente de Decius até não poder mais, e o coloca no chão. — Vou lá pegar.

Adam vira e olha para ela um pouco ansioso.

— Ele vai ficar aqui? Ele não vai embora?

Ah, esse menino. Ela sente um aperto no peito de novo. Dessa vez por Adam, e acha que um pouco por causa de Simon e dela também. Janice responde com o tom de voz animado:

— Acho que ele quer ir com você.

Adam abre um sorriso para Janice, e Decius a encara, como quem diz: "O quarto de um menino fedorento? Está falando sério? É claro que eu quero ir."

Ela deixa os dois juntos no quarto de Adam e volta ao andar de cima para remendar a fiação da casa de boneca. Não demora muito. Assim que coloca tudo em seu devido lugar, ela pega em sua bolsa o presentinho que trouxe para Fiona. É a miniatura de um bolo de aniversário. É claro que não tinha como colocar quarenta e cinco velas nele, mas acha que Fiona vai sacar quando abrir a casa — que é o que Janice espera que ela faça amanhã — e o vir na mesa da cozinha. Antes de fechar a casa de boneca, ela repara na nova miniatura de um caixão na oficina de Jebediah Jury. Uma inquietação familiar a consome. Ela sabe (melhor do que ninguém) que é só a faxineira. Isso não é da sua conta. Não pode fingir que sabe como a família está lidando com a morte de John: pai de Adam e marido de Fiona. Mas um mal-estar a domina como uma névoa preenchendo o espaço.

John era cirurgião torácico no Hospital de Addenbrooke. Ele amava acampar e andar de bicicleta com a família. Tinha construído uma ferrovia de brinquedo para o filho e o ajudou a montar os robozinhos em seu quarto. Ela não tem como sentir na pele a dor de perdê-lo, mas tem a forte sensação de que há uma pergunta não respondida pairando entre eles e que isso está arruinando essa família, destruindo essa casa. E a questão que sempre acaba retomando é: por que aquele homem tão querido se matou?

Quando vai devolver o ferro de solda para Adam, ela o encontra na cama com Decius deitado em cima dele.

— Obrigada, Adam. É melhor a gente ir nessa.

Decius pula da cama e volta para seu lado.

— Você quer me ajudar a passear com Decius qualquer dia desses? — Ela olha para o rosto de Adam e, assim que faz a sugestão, Janice se pergunta no que está se metendo. Confusão, com certeza.

— Eu posso ir? — pergunta ele, e ela acha que o olhar de Decius foi de aprovação, já que a reação de Adam claramente significa um "com certeza absoluta!". Mas então ele estraga tudo ao acrescentar: — O nome dele é meio feio.

E ela sabe que essa é a deixa para eles irem embora. Antes que a paciência do fox terrier acabe.

8

Nunca julgue um livro pela capa

A pequena poça de cuspe atinge o chão a menos de dois centímetros do sapato dela. Ou a mira dela é muito boa ou a sogra da Sra. Sim-Sim-Sim não acertou onde queria. Janice encara a senhora baixinha na porta aberta, tentando ignorar a Irmã Bernadette sussurrando em seu ouvido: "Olha só o estado dessa mulher." Seguido por um inevitável: "Você não vai dar meia-volta e ir embora, Janice?" Ela acha que a Irmã Bernadette tem razão. Ela precisa mesmo estar ali? E que roupa é essa que essa mulher está usando? Um quimono por cima de uma calça masculina de veludo cotelê (dobrada várias vezes na altura do tornozelo) e um chapéu vermelho com cerejas de mentira. As cerejas estavam cobertas por algo que parece mofo.

— Eu não preciso de faxina nenhuma, não. Esta é a *minha* casa, e eu não quero ninguém me dizendo como devo arrumar as minhas coisas. — A voz da mulher é ríspida, e as palavras bem articuladas são lançadas como cuspe para fora de sua boca. Ela parece uma jornalista da BBC de 1950, só que muito, *muito*, brava.

Janice não consegue se segurar e pergunta:

— Como a senhora sabe que é por isso que estou aqui? Que eu sou a faxineira?

— Está na cara, mulher. — Com isso, a idosa aponta para um pacote de sacos de aspirador e para as luvas de látex à mostra na sua bolsa. — O que mais poderia ser?

Janice ouve a Irmã Bernadette bufar em seu ouvido em sinal de reprovação. Então, de repente, repara na cor do quimono — um roxo claro e cintilante. Já tinha percebido, óbvio, mas não havia *visto*, visto. Ela se lembra daquele poema famoso sobre a velhice — algo sobre vestir roxo, um chapéu vermelho e aprender a cuspir. Ela busca em sua memória por outro verso e pergunta:

— Por acaso a senhora gasta sua pensão com conhaque e luvas?

A senhora a observa da porta por um tempo antes de responder em um tom mais educado:

— Eu gosto de conhaque, mas não preciso de mais luvas. — Então, encara Janice por mais alguns segundos antes de dizer: — Não quero nenhuma idiota frequentando a minha casa. E a minha nora é a maior idiota que existe.

Com isso, ela vira de costas e se arrasta pelo hall de entrada. Janice presume que deve segui-la, então entra e fecha a porta.

Há tantas coisas entulhadas no espaço apertado que fica até difícil de passar: revistas — pilhas delas —, tacos de golfe, um abajur Anglepoise com a base quebrada, malas, um esquilo de pelúcia, duas escadas retráteis e um didjeridu — instrumento de sopro aborígene — apoiado em dois tacos de sinuca. O lado mais prático de Janice a domina — essa mulher precisa de mais espaço para suas coisas. Ela se pergunta se tem um depósito em algum lugar na faculdade que possa ser alugado. A senhorinha chega ao fim do hall de entrada, e Janice a observa pegar duas bengalas que estavam escondidas ali. Quando apoia o peso sobre as duas, ela solta um grunhido de dor e Janice percebe o esforço que ela fez para dar seu pequeno show sem precisar de ajuda. Antes de fazer a curva para o principal cômodo da casa, a mulher tira o chapéu e o quimono, e os joga no chão ao lado das outras coisas espalhadas. Janice se controla para não se abaixar e pegá-los. Em vez disso, ela pisa neles de propósito e a sensação de esmagar a cereja artificial com o pé foi prazerosa. Ela *não* vai trabalhar para essa mulher. Se as contas não fecharem no fim do mês, ela pode pegar outro trabalho com seus clientes regulares.

O muro da casa é colado em uma das faculdades mais antigas de Cambridge. A porta que Janice atravessou ficava em uma parede cujo exterior era formado por tijolos vermelhos, de frente para a rua. Ao entrar na sala principal depois do hall, ela vê que a casa fica em um dos cantos de um terreno quadrado. O cômodo em que ela entra é amplo. É todo aberto desde o chão até o teto e só tem um andar, exceto pelo mezanino que rodeia todo o cômodo. Uma escada caracol liga os espaços, e nos fundos do mezanino ela consegue ver os pés de uma cama desarrumada. Logo abaixo, há uma cozinha pequena. Pelo menos ela acha que é uma cozinha; tem uma pilha de coisas cobrindo a bancada, mas, como a maioria é de pratos e panelas, presume que seja isso. A cor das paredes da sala é terracota, assim como os tijolos do lado de fora. Há três janelas logo acima da altura de sua cabeça que ficam de frente para a rua. Na parede da sala que fica de frente para a área externa, há uma janela de treliça enorme. Há mosaicos de brasões enfileirados no topo dela. A luz da sala é gloriosa, mas não ajuda a esconder a sujeira. A poeira paira no ar, e Janice só consegue ver as pilhas de livros. Sem falar nos livros nas diversas estantes que ocupam o cômodo.

Um grunhido faz com que ela volte a prestar atenção na dona daqueles livros. A mulher está curvada sobre as bengalas que a sustentam — por um fio. Ela olha para Janice com suas sobrancelhas grisalhas e desgrenhadas, mas não diz nada. Tudo nessa mulher é hostil — desafiador. Janice se pergunta como a mulher sobe a escada caracol toda noite; deve ser pura teimosia de gente idosa. O coração de Janice fala mais alto, e ela faz um gesto para que se sentem. Não chega a se oferecer para fazer um café para ambas; ela não tem a menor vontade de chegar perto daquela cozinha.

A senhora se arrasta até a poltrona de couro, próxima a uma pequena lareira elétrica, e relaxa no assento. Ela se aconchega, parecendo ainda menor e mais frágil do que quando estava na porta de roxo e vermelho. Seus pezinhos aparecem ao fim da calça dobrada como se fossem os pés de uma criança. Janice se senta na poltrona de frente para ela, mas a mulher brada:

— Não! Não. Aí, não.

E, de repente, ela se lembra de quem ela é mãe. Então, pega uma das poucas cadeiras desocupadas, que não tem nenhum livro em cima — uma linda cadeira de mesa de jantar que suspeita ser uma Chippendale original —, ela a puxa para perto da lareira e se senta. E se dá conta do erro que cometeu. Tudo que quer dizer é que, já que não precisará dos seus serviços, ela se despedirá com um bom-dia e irá embora. Quanto tempo isso poderia levar?

Janice não consegue nem pronunciar a primeira palavra. A senhora bufa e pergunta:

— Então, qual é a sua história?

Ninguém nunca lhe perguntou isso. E fica surpresa ao perceber que os pesadelos nos quais está nua diante de uma multidão e as lembranças de Mike insistindo que ela fosse ao karaokê com ele só para deixá-la lá sozinha no palco não se comparam com o que está sentindo agora. Janice tenta se convencer de que a senhora estava só puxando assunto (apesar de, considerando a situação até agora, ela duvidar muito). Seus patrões (ao contrário de seu marido) costumam perguntar sobre o dia dela e conversar com ela sobre filmes, músicas, o tempo que não muda e as férias — deles, não dela. Mas ninguém nunca lhe perguntou sobre sua vida. Se é que é isso mesmo que essa mulher desagradável está fazendo.

— Você não escuta? Achei que era só eu que tinha esse privilégio.

Isso obriga Janice a dar uma resposta.

— Eu faço meu trabalho muito bem e acho que isso é tudo que a senhora precisa saber.

Por que ela disse isso? Ela não vai trabalhar para essa mulher. E onde foi parar sua timidez? As duas sabem que isso é uma afronta. Meu Deus, a essa altura, se não sair correndo dali, vai acabar ouvindo essa senhora desagradável a chamando de Sra. P também.

— Ah, mas todo mundo tem uma história — insiste a mulher, fazendo vista grossa à afronta e piorando as coisas para o lado de Janice.

É como se ela estivesse cravando as unhas (bem sujas) em um pedaço de pele, tentando se agarrar a ele para arrancar outros pedaços do corpo de Janice.

A reação de Janice é dar uma risada nada convincente e dizer:

— A senhora me acharia sem graça. Eu não tenho uma história.

Ela queria ter sido mais assertiva, mas a timidez voltou a dominá-la. Queria deixar bem claro que quem coleciona as histórias é *ela*. Que monta sua coleção porque não tem uma história sobre si mesma. Ela queria gritar mais alto que a vozinha na cabeça dela, que está tentando acrescentar: "Com certeza não uma história que eu contaria para a senhora."

Elas chegam a um impasse. A senhora está olhando para o teto. Janice está olhando para a outra olhando para o teto. Ela se sente grata pelo fato de a cadeira Chippendale (provavelmente original) estar segurando suas pernas bambas.

Janice não tem certeza se consegue se levantar, mas consegue dizer:

— Acho melhor eu ir. Pelo visto a senhora não quer uma faxineira.

A mulher toma uma decisão.

— Eu não disse isso. Disse que não quero ninguém me dizendo como devo arrumar as minhas coisas. Posso ser velha, mas não sou boba. Sei que não sou muito organizada e que, se nada mudar, meu filho vai me botar num asilo. Eu já fui muito respeitada na faculdade, meu falecido marido foi diretor por alguns anos, mas hoje quase ninguém se lembra dele, e os chefões querem esse prédio de volta para "fins mais lucrativos" — diz ela, ainda olhando para o teto. Então, encara Janice.

— Acredito que meu filho esteja financiando algum projeto desses. Ele quer que a nova empreitada coletiva seja batizada em sua homenagem.

Janice olha para ela também e — sem saber o que dizer — recorre a um assunto que lhe seja mais confortável.

— Pelo visto a senhora teve uma vida muito interessante. Tenho certeza de que tem uma história para contar. — Então, ela acrescenta automaticamente: — Quer que eu faça um café para a gente?

A senhora se inclina para a frente e se levanta com dificuldade.

— Não, dê uma olhada nos livros. Eles vão lhe dizer tudo que precisa saber sobre mim. Comece por ali. — Ela aponta para uma pilha na mesa de jantar. — Eu vou fazer o café.

Com isso, ela sai da sala se arrastando. Janice vê que ela não coloca nem a água para ferver, e sim senta-se numa banqueta perto da pia. Janice se pergunta se a mãe do Sr. Não-Não-Agora-Não está lhe dando um tempo para pensar. E percebe que pode simplesmente se levantar e ir embora. Mas ela também poderia fazer isso depois de ver os livros na mesa. Desde que chegou, está com vontade de dar uma olhadinha naquela biblioteca deslumbrante.

Há vários livros enormes empilhados na mesa — e, pelo que está vendo, aquilo é apenas uma pequena parte do que está lá. Tem livros em francês e em russo. Romances ingleses clássicos — uma linda coleção de capa dura de couro de *As crônicas de Barchester*, de Trollope. Calhamaços de capa dura sobre Caravaggio e Bernini. Livros sobre a Muralha de Adriano e um guia sobre as casas de banho romanas em Herculano. Na parte mais baixa da pilha, há mais livros de arte, só que sobre artistas mais modernos.

— Então?

Sem que Janice reparasse, a mãe do Sr. Não-Não-Agora-Não se aproximou e sentou-se à cabeceira da mesa.

— A senhora é viajada e culta, obviamente. — Janice olha para cima e aponta para o restante da sala com a cabeça. — Gosta de arte e história e a senhora e/ou seu marido sabem falar russo e francês.

— Nós dois sabemos... Sabíamos.

Janice acha que esta é a hora de ir embora: a pausa, a mudança do tempo verbal a estão deixando curiosa. E ela não quer ficar ali com aquela mulher complicada mais tempo que o necessário.

De repente, Janice solta uma gargalhada quando repara em um dos livros de arte moderna.

— O que foi? — pergunta a mulher, mas Janice acha que a senhorinha já sabe.

Ela não consegue se livrar da sensação de que está sendo avaliada. Janice pega o livro e lê o título, uma obra de um autor contemporâneo:

— "Sua saliva é a minha roupa de mergulho no oceano da dor."

Ouve-se uma risada no fim da mesa.

— Sim, eu comprei isso para me lembrar de como as pessoas conseguem ser ridículas para caralho.

Antes que consiga se controlar, Janice pergunta:

— A senhora já conheceu Decius?

— Quem?

E então Janice se sente burra. Ela não sabe o que responder. "Eu conheço um fox terrier que, na minha imaginação, vive falando palavrão, igual à senhora. As suas sobrancelhas são parecidas com as dele."

— Ah, nada de mais. É o cachorro do seu filho, só isso.

A senhorinha apoia as mãos na mesa e repousa a cabeça nelas. Um chiado assusta Janice, e ela fica se perguntando se isso é uma crise de asma e se tem um remédio que possa lhe dar. Então, se dá conta de que é uma risada, ou melhor, uma gargalhada. Por fim, a senhora enxuga os olhos e diz:

— Quer dizer que o Tiberius batizou o cachorro de Decius. O pai dele teria amado isso. — Ela acrescenta uma explicação: — Meu marido adorava ler sobre história romana.

Tiberius? Janice não quer saber essas coisas. Ela não quer que vilões tenham uma história. Não quer pensar em um menininho indo para a escola com um nome tão horripilante nem se perguntar por que o menino cresceu e nomeou o cachorro em homenagem a um imperador romano. (Uma piada sobre seu pai? Uma memória dele?) De repente, ela se pergunta se, ao querer que a nova empreitada coletiva leve seu nome, ele estava pensando em "Tiberius" ou no sobrenome da família — o sobrenome de seu pai.

Ela se levanta. Com certeza não precisa passar por isso.

— Tenho que ir — afirma ela, pegando sua bolsa.

No entanto, a mãe de Tiberius não tinha terminado aquela conversa.

— Última pergunta. Você tem que se imaginar em uma ilha deserta. — Ela vê a expressão no rosto de Janice (a expressão de uma pessoa encurralada) e continua, depressa: — Se você pudesse ter apenas um livro, um romance, numa ilha deserta, qual seria?

— *Feira das vaidades.* — Ela não tinha intenção de responder, mas quando vê as palavras já saíram.

A mãe de Tiberius fica impressionada. Então, assente devagar.

— Boa escolha, muitas histórias dentro de histórias. Bem escrita, bom senso de humor, uma ótima noção do que é ridículo e *que* personagens maravilhosos.

Janice está começando a se sentir ofendida com todos esses comentários sobre seu livro favorito e segue em direção à porta da sala.

— Então, me diga, você se identifica mais com Becky Sharp ou com Amelia?

Janice não responde, pois receia que sua resposta saia com um tom de: "Quem você pensa que eu sou?" Ela queria ser mais parecida com Becky Sharp, mas sabe que é a iludida da Amelia.

A essa altura, Janice já está na soleira da porta da sala, mas não consegue fugir da senhora que se arrasta até ela.

— Eu tenho uma história incrível para você. Sim, é a história perfeita, só para você. É sobre uma menina, uma moça, igual a Becky Sharp. Na verdade, vamos chamá-la de Becky para construirmos nossa narrativa. É uma história sobre dois príncipes e uma pessoa muito pobre. Bem, um deles é um príncipe de verdade que se tornaria rei depois e o outro nunca chegou a ser um príncipe de fato. Então já dá para ver que vai ser uma história cheia de intrigas e mistérios.

Janice passa por cima do quimono roxo e segue seu caminho por entre as malas e o esquilo de pelúcia.

A mulher atrás dela é persistente.

— Então, Becky, nossa heroína, cresceu em Paris, uma cidade muito bonita. A mãe dela era chapeleira, e o pai era secretário de um advogado. Um amor de família. Ela tinha dois irmãos mais velhos, meninos fortes e corajosos, que a protegiam e que seguiram carreira militar.

A essa altura, Janice está na calçada e, por força do hábito, se vira para se despedir da mãe de Tiberius.

— Mas estamos falando de Becky. E toda essa história, todo esse papo sobre família, irmãos e coragem... Bem, naturalmente, é tudo mentira.

E, com isso, ela bate a porta na cara de Janice.

9

Em busca de uma heroína

É quinta-feira, e Janice está parada em frente à entrada de um prédio bem conservado, com apartamentos em estilo art déco. Ela tenta se concentrar na história da mulher que mora no primeiro andar, mas a história de Becky continua invadindo seus pensamentos. Sobre o que ela havia mentido? E por que a senhora achava que aquela história era perfeita para ela?

Enquanto tira os sapatos com um movimento rápido dos pés e pisa na maciez da lã em camada dupla, Janice fica impressionada com a diferença entre a entrada desta casa e a da sogra da Sra. Sim-Sim-Sim. É tudo branco, tudo impecável. Ela consegue ouvir Carrie-Louise a chamando da pequena cozinha, que fica à direita da porta.

— Querida... É você? Janice... Você precisa ter muita paciência comigo hoje.

A fala de Carrie-Louise é lenta e arrastada. Sua voz falha ao pronunciar a palavra "muita", tremulando como suas mãos que já não têm mais firmeza, mesmo quando estão apoiadas em seu colo. Ela surge da cozinha com movimentos serenos e decididos — destoando estranhamente de sua voz e mãos. Quando Janice pensa em Carrie-Louise, a palavra que lhe vem à mente é "engomadinha". Ela não é o tipo de mulher que usaria um chapéu com cerejas cheias de mofo. Suas roupas estão sempre passadas sobre sua silhueta um pouco robusta devido à idade, mas que ainda apresenta as curvas delicadas dos velhos tempos. Os porta-retratos prateados que Janice limpa toda semana são testemunhas de sua jovem beleza estonteante. Janice não faz ideia de quantos anos Carrie-Louise tem, mas chutaria uns oitenta e tantos. Não era tanta diferença de idade para a... Mas não queria ficar pensando nela.

Carrie-Louise continua — com sua risada trêmula e seu jeito elegante e arrastado de falar:

— Querida, eu... sinto muito... estou passando meio mal hoje. Pareço uma tartaruga velha. Ontem à noite... eu fiquei *tão* bêbada... Sério, por pouco eu não vou parar debaixo da ponte. — Ela assente e ergue a sobrancelha. — E Mavis vem aqui em casa hoje.

Mavis é a amiga mais antiga de Carrie-Louise. Elas se conheceram no primeiro dia do colégio interno e décadas atrás decidiram se estabelecer ali em Cambridge, afastadas do centro da cidade — onde tiveram tempo suficiente para descobrir todas as manias de cada uma. E, mesmo que não andem mais com a mesma velocidade da época em que corriam pelo campo de lacrosse, elas ainda conseguem identificar as fraquezas que surgem uma na outra rapidamente. No momento, Mavis gosta de esfregar sua ótima mobilidade na cara de Carrie-Louise.

— Ir a Madeira em maio, ficar uns dias lá passeando pelo verde, vai ser revigorante. Uma pena que seja muito complicado para você agora. A gente costumava se divertir tanto, nós quatro, lembra? Quando Ernest ainda estava entre nós. Sempre nos lembramos de vocês dois quando estamos lá no meio das flores.

Mavis não chega a se vangloriar de seu marido roliço, George. Se ela tivesse feito isso, Janice acha que Carrie-Louise cairia na gargalhada. Na verdade, Janice está surpresa que Carrie-Louise não tenha mencionado George no meio da troca de farpas. Talvez exista um limite para alguns comentários. E lembrar sua amiga de que ela é casada com o homem mais chato do mundo por mais de cinquenta anos talvez seja um deles.

Para esta visita, Carrie-Louise escolhe uma de suas fraquezas favoritas mais antigas. Ela recorre ao seu livro de receitas. Mavis é uma péssima cozinheira, e ambas sabem disso.

— Querida... será que fazemos... umas *madeleines* deliciosas?

Risadas gorgolejantes agora. Mavis nunca conseguiu fazer esses bolinhos franceses delicados direito.

— Ah, pode ser. — Com a cabeça meio escondida no armário do hall de entrada, Janice não consegue conter o riso enquanto pega o aspirador. — Deixa só eu arrumar a sala de estar para vocês primeiro, aí eu posso preparar os bolinhos e ficar de olho enquanto limpo a cozinha. — Existe um acordo tácito entre elas de que Mavis não pode saber que é Janice que faz os pratos mais elaborados hoje em dia. Janice sabe que Carrie-Louise não tem com o que se preocupar. Mavis acha que ela é o tipo de mulher que compraria bolinhos industrializados. Esse pensamento faz com que ela acrescente: — Você quer que eu faça dois tipos de *madeleine*?

Carrie-Louise ri alegremente.

— Ah, sim. Não é melhor nós...? — Ela dá uma espiada pelo canto da porta da sala, onde Janice está ligando o aspirador neste momento. — Ela... vai ficar de boca aberta.

Carrie-Louise volta para a cozinha, e Janice consegue ouvi-la abrindo e fechando os armários, falando sozinha, toda contente, até que o aspirador abafa os sons ao seu redor. Mais tarde, enquanto afofa as almofadas com bordados em azul e branco no sofá, ela escuta uma cantoria e se pergunta se a grandiosidade e a complexidade de Carrie-Louise podem mesmo ser retratadas em uma única história. Ao colocar a última almofada no lugar, Janice deixa esse pensamento no sofá. Ordem é importante (há momentos em que é isso que a impede de entrar em pânico). Regras são importantes. Ela ajeita a ponta de uma das almofadas. A regra dela é: uma pessoa, uma história. E é melhor ter uma do que nenhuma.

A história de Carrie-Louise é uma das mais antigas da coleção de Janice. Ela a descobriu logo no início de suas interações, muito antes de se tornar uma colecionadora de verdade (ela limpava o rejunte, enquanto Carrie-Louise estava sentada na borda da banheira). É uma boa história, e Janice a revisita sempre que precisa se lembrar de que, pelo menos para algumas pessoas, o amor pode durar a vida inteira.

Uma versão muito mais jovem de Carrie-Louise andava pelo bairro teatral de Londres, quando se deparou com um homem sendo atacado por uma gangue com tacos de beisebol. Tirando a cena horripilante à sua frente, a rua estava completamente deserta. Carrie-Louise enfiou a mão na bolsa e agarrou a primeira coisa que encontrou — seu cartão da loja Harvey Nichols. Com o frágil pedaço de plástico erguido, ela correu até eles gritando: "Polícia!" Os homens fugiram dela, mas não antes de acertá-la na lateral da cabeça. O golpe fez com que desmaiasse, e ela caiu ali mesmo onde estava. Quando recuperou os sentidos, bem à sua frente havia o rosto de um médico jovem, que tinha se juntado às pessoas que saíam do teatro e que formavam uma multidão ao redor das duas figuras deitadas.

Janice se lembra do tom de profunda satisfação na voz de Carrie-Louise enquanto ela batia os calcanhares com delicadeza na lateral da banheira, dizendo:

— Querida, eu achei que tivesse morrido e ido para o céu. O rapaz mais bonito do mundo estava ali, segurando minha mão, me dizendo que ficaria tudo bem e que não me abandonaria. — A risada de Carrie-Louise reverberou pelo pequeno banheiro. — Ele tinha razão. Eu pensei "não vou te soltar", então só segurei a mão dele com força. E, cinquenta anos depois, ainda estava segurando a mão dele. — Ela suspirou e, com a voz totalmente desprovida de alegria, disse: — Segurei a mão dele até o fim. Mas — continuou ela, e Janice conseguiu ouvir a alegria voltando para sua voz — o desgraçado do meu pai entrou em cena. Ele tinha ficado completamente horrorizado com tudo aquilo. Ernest era só um mero residente na época. E não era isso que o desgraçado do meu pai tinha em mente para mim. Mas eu continuei segurando a mão dele bem apertado, e no fim não sobrou ninguém que achasse que nós não tínhamos dado certo. Até o desgraçado do meu pai admitiu que ninguém cuidava de mim tão bem quanto Ernest.

Janice sacou a sutil referência de Carrie-Louise às inúmeras idas a hospitais no decorrer dos anos ("Não vale a pena falarmos sobre esse assunto, querida"). Hoje em dia, ela sabe que os neurologistas acreditam que o que está causando a deterioração irreversível da sua fala e de seus movimentos motores é uma sequela daquela primeira lesão.

Às vezes, quando revisita a história de Carrie-Louise em sua mente, ela muda uns pequenos detalhes (geralmente acrescentando um segundo médico que cuida do homem que fora atacado). Mas tem uma coisa que ela nunca muda. A seguinte frase: "Segurei a mão dele até o fim." Janice não consegue se lembrar da última vez que alguém segurou a mão dela.

O temporizador do forno interrompe seus pensamentos. Enquanto confere se as *madeleines* cresceram, ela se dá conta de que talvez a história de Carrie-Louise não seja sobre um acontecimento isolado, e sim sobre a coragem que teve durante toda sua vida. Uma coragem excepcional que a fez correr na direção do perigo e que a fez segurar a barra enquanto encarava as consequências físicas de seu ato. Será que ela não deveria se inspirar um pouco em Carrie-Louise? Ao limpar e lustrar seus pertences ao longo dos anos, Janice esperava que parte da coragem daquela mulher mais velha tivesse passado para ela.

Com o cenho franzido, ela arruma os *dois* tipos de *madeleines* em perfeita simetria na melhor bandeja de todas. Lindos bolinhos perfeitamente organizados. Em seguida, veste um avental branco limpo e força um sorriso. Um sorriso que, conforme ela amarra o avental, se suaviza e deixa seus lábios mais naturais. Tudo que tem é o aqui e o agora, e, diante da coragem de Carrie-Louise, ela sente que o mínimo que pode fazer é participar da brincadeira. E, quando Mavis aparece, o papel de Janice é ser uma serviçal leal — uma "empregada" de novela dos anos 1950. Ela entra na personagem muito bem, tirando a reverência que realizara uma vez para fazer a patroa sorrir e Carrie--Louise achara demais. Tinha funcionado direitinho, e Mavis havia ficado impressionada, o que obviamente fez Carrie-Louise rir ainda mais. Enquanto ajeita o avental e arruma o cabelo, Janice pensa que, o que quer que aconteça no futuro, ela não tem a menor dúvida de que Carrie-Louise sempre poderá dizer que foi a heroína da própria história. Ah, como ela queria poder dizer isso sobre si mesma.

Ao abrir a porta da sala de estar e ouvir a voz chata e monótona de Mavis descrevendo sua última viagem para as Ilhas do Canal, ela ergue a cabeça e toma uma decisão.

10

Toda história pode ser melhorada

Janice se arrepende de estar com os enormes fones de ouvido verde-limão quando entra no ônibus. Ela sabe que é besteira, mas, quando vê que é o professor de geografia que está dirigindo, deseja que seu cabelo não estivesse tão preso e apertado pelos fones verdes que a deixam parecendo um sapo. Ele faz um gesto simpático com a cabeça, mas não diz nada. Por que diria? Está na cara que ela não consegue ouvi-lo. No entanto, ele também não dá a entender que ela poderia ser uma mulher com quem ele gostaria de conversar, e, para falar a verdade, pensar que ele soltaria suspiros de amor por ela quando as portas do ônibus se fechassem é ridículo. Suas mãos ficam suadas de tanta vergonha, e ela repete para si mesma mentalmente: "Ninguém sabe. Está tudo bem, ninguém sabe. Ele não faz a menor ideia." O que piora a situação é que ele é mais simpático do que ela se lembrava. Lembra *muito* um professor de geografia — um que está perto de se aposentar —, um homem que tem fotos com seus alunos sorridentes a caminho de montanhas, como Snowdon ou Ben Nevis, em sua sala. Ela vai mais para o fundo do ônibus. Não tem por que continuar observando o motorista; só a está deixando constrangida e exposta — e essa é a última coisa que ela quer que aconteça.

Ela aumenta o volume da música e tenta se concentrar nela. Ela comprou os fones de ouvido há pouco tempo (com o vale-presente da John Lewis que Simon lhe deu) e sabe que precisará deles para encarar o que vem pela frente. Eles estão longe de ser tão caros quanto os de Mike — a teoria dela é que estavam mais baratos porque o verde era muito chamativo —, mas funcionam perfeitamente. Janice espera que eles a ajudem a cumprir a promessa de ser mais corajosa que fez para si mesma na casa de Carrie-Louise. Sua playlist no Spotify foi montada com muito carinho. Uma lista dançante que se inicia com Sam Cooke (um começo leve e agradável, uma boa melodia), indo para George Ezra (animado, alegre), depois mudando para uma mistura de Walk the Moon, T. Rex, Paolo Nutini e outros. Quando chega a The Commitments e "Mustang Sally", ela se sente invencível e pronta para encarar a mãe de Tiberius. Pois Janice tem uma coisa para dizer a ela. Bem, quatro coisas, na verdade.

Ela havia tentado conversar com Mike sobre o assunto, mas ele está com a cabeça cheia. Está muito ocupado tentando descobrir o que fazer da vida. Ela não faz a menor ideia de quais serão as consequências disso; ele fala de "fechar acordos", "preparar o terreno", "mantê-la por dentro das coisas". Ela não acredita em nada disso, mas tenta ser otimista, encorajá-lo e não deixar seu pessimismo transparecer. A única informação que ele registrou sobre a situação dela foi o nome do pai de Tiberius. Ao que parece ele foi um homem importante — não só na universidade, mas no país — e recebeu muitas honrarias no decorrer da vida.

— Sabia que ele foi diretor do MI6, ou algo assim?

Ela não sabia, mas, levando em consideração os livros em russo, não se surpreende. Isso naturalmente a fez pensar na esposa dele. Será que também havia sido uma espiã? Para falar a verdade, ela não duvidava de nada vindo daquela mulher.

Janice pensou muito nela nos últimos dias: o quimono roxo, suas travessuras, a bagunça, a sala linda e repleta de livros e — odeia ter de admitir — a história intrigante de Becky. Ela também se lembrou dos seus olhos de águia e daquela pergunta: "Qual é a sua história?" Isso a incomoda muito mais que sua tremenda grosseria. Mas, no fim das contas, ela é uma senhora de noventa e dois anos. Quão assustadora realmente pode ser? Ela sempre tem a opção de pegar suas coisas e ir embora. Não é como se a mulher pudesse correr atrás dela. Mas Janice estava desconfortável, indecisa. Será que deveria pegar esse trabalho? A Sra. Sim-Sim-Sim havia deixado uma mensagem na caixa postal dizendo que ela *está* apta para trabalhar na casa da sua sogra. Janice não retornou a ligação e por sorte não encontrou a Sra. Sim-Sim-Sim em casa quando foi fazer a faxina ou passear com o cachorro.

No parque com Decius, ela tentou elencar os prós e contras de aceitar o trabalho, mas pela primeira vez não conseguiu decifrar a expressão do cachorro. Às vezes, ele parecia estar pensando: "Dê uma chance, é só um trabalho. Por que esquentar a cabeça com isso quando existem coisas mais importantes no mundo, como eu?" Outras vezes, era definitivamente um: "Foda-se aquela velha rabugenta." Talvez ele também esteja indeciso.

Por fim, ela se lembra da promessa que havia feito a si mesma quando estava na casa de Carrie-Louise — de tentar ser mais corajosa, ter mais controle de sua vida, e aí, quem sabe, ela pudesse ser a heroína da própria história. Com isso em mente, toma uma decisão. Vai aceitar o trabalho se, e apenas se, a velha rabugenta der as respostas certas às suas quatro perguntas.

Janice entra pela porta da frente com David Bowie aos berros nos fones de ouvido. Ela realmente acredita que consegue fazer isso. A mulher que abre a porta é muito diferente da louca de quimono roxo e chapéu vermelho de uns dias atrás. Ela ainda está com as calças velhas dobradas em seus tornozelos e um suéter masculino de gola V, mas seu cabelo curto e branco está penteado e suas unhas estão impecáveis. Ah, ela é mesmo danada — então tudo aquilo também fazia parte de sua encenação. Antes de perder a cabeça, Janice começa:

— Obrigada por me oferecer esse trabalho, mas, antes de aceitar, tenho quatro perguntas para a senhora.

A mãe de Tiberius encara Janice com a cabeça levemente inclinada.

— Diga lá.

— A senhora vai me contar a história de Becky?

— Sim.

Até aqui tudo bem.

— A história de Becky é real?

Essa é uma pergunta importante já que Janice só coleciona histórias verdadeiras. Ela refletiu bastante sobre isso e por muito tempo. Acha que as histórias precisam ser baseadas na vida real, pois isso a faz acreditar que o inesperado pode acontecer, que existe uma força e uma bondade extraordinárias nas pessoas comuns, e é por isso que a esperança é a última que morre.

— Sim, é uma história real. Mas, assim como qualquer história contada e recontada, algumas partes são mais exageradas que outras.

Janice está de acordo. Afinal de contas, ela é uma mulher que aceita exageros com o maior prazer. Conhece a arte e as regras da narração de histórias. Ela assente.

A mulher continua:

— Na história recontada, alguns detalhes foram adicionados, para dar um pouco mais de brilho. Parto do mesmo princípio da romancista e sufragista Mary Augusta Ward de que "toda história pode ser melhorada", mas acredito que os fatos mais importantes da história sejam reais, sim. — Ela ajeita o corpo apoiado nas bengalas enquanto fala, e Janice percebe que ela está ficando desconfortável. Janice gostaria de dizer: "Sente-se, podemos conversar aí dentro." Mas sabe que, se parar agora, não irá até o fim. — Pergunta número três?

— A senhora vai deixar eu ajudá-la a organizar seus livros?

— Vou.

Agora vem a pergunta difícil. Em um primeiro momento, ela havia pensado em pedir uma quantia exorbitante pelo serviço da faxina, mas não se sentiria bem com isso. Sua ética vem sempre em primeiro lugar, e ela pretende continuar assim. Não quer cometer nenhum deslize com essa mulher por perto. Em vez disso, diz:

— Eu aceitarei o trabalho se a senhora me chamar de Janice. E eu a chamar de Sra. B.

— Isso não é uma pergunta — dispara ela para Janice.

Ela tem uma expressão impassível no rosto, mas Janice pensa que a contração no lado esquerdo de sua boca pode ser um sorriso reprimido.

— Sei que não é uma pergunta. Mas a senhora se importa?

— Faria alguma diferença se eu me importasse?

Encorajada por Paulo, David, John, Paul, Ringo e George, Janice responde:

— Não, não faria.

— Então pode me chamar de Sra. B.

E, com isso, ela faz uma pequena reverência e bate a porta na cara de Janice outra vez.

A pergunta quatro, que acabou sendo a frase quatro, era importante para Janice por três motivos. Primeiro, pelos anos em que a Sra. Sim-Sim-Sim a chamou de Sra. P. Ela sabe que a Sra. Sim-Sim-Sim ficará furiosa quando sua sogra comentar que Janice a chama de Sra. B. E ela tem certeza de que a Sra. B vai contar para a nora — é o tipo de coisa que uma barraqueira faria. O segundo motivo é que Mike já está falando sobre sua nova cliente para todo mundo do pub, Lady B, esposa do ex-diretor do MI6, que logo seria sua amiga íntima. O fato de Janice ter reduzido o título da mulher daquele jeito fará seu marido espumar de raiva. O último motivo para o Sra. B é pura vingança por ela ter dito que Janice só poderia ser a faxineira. Pelo menos uma vez, Janice queria que a faxineira risse por último.

Janice se afasta da porta com as pernas tremendo. Não sabe como conseguiu fazer isso. Mas precisa admitir que gostou da sensação. Ela coloca os fones de ouvido e aumenta o volume.

O—🔑

O motorista (que nunca foi professor de geografia, mas que já escalou o Snowdon e Ben Nevis) observa do outro lado da rua a mulher de fones verdes (com olhos bonitos e um belo traseiro) na calçada dando um pulinho e um passo para o lado antes de seguir caminho. Ele faria de tudo para descobrir o que ela está ouvindo. Então, volta a prestar atenção na rua, fecha as portas do ônibus e, assim como elas, deixa escapar um leve suspiro.

11

Escolhendo a própria história

Decius está no quarto de Adam, e Janice está tomando café com Fiona no andar de baixo.

— Obrigada pelo bolo de aniversário. Eu me lembrei de *O sapateiro e os elfos* quando o vi. Você leu esse livro quando era criança?

Ela não tinha lido. Havia muitos outros tipos de histórias naquela época.

— Que bom que gostou! Você não ficou chateada por eu ter entrado para colocá-lo na casa de boneca?

— Não, nem um pouco — garantiu Fiona. — Adam ainda teve a oportunidade de conhecer... Como é mesmo o nome dele? Decius? — Ela olha para cima com um olhar ansioso, como se quisesse enxergar através do teto e ver se está tudo bem com Adam em seu quarto. — É grego ou algo do tipo?

— Não, é por causa de um imperador romano. — Não acrescenta "que um homem chamado Tiberius escolheu". Em vez disso, ela decide confirmar uma coisa com Fiona. — Eu disse a Adam que ele poderia passear comigo e com Decius de vez em quando. Tem algum problema?

— Nenhum.

Fiona se inclina para a frente a fim de servir mais café, mas, quando as xícaras já estão cheias, ela não encosta de novo na cadeira, e sim fica encarando as superfícies lisas e escuras. Janice preferia estar tirando o pó das persianas ou lustrando a mesa; seria mais fácil para Fiona se abrir com ela se estivesse prestando atenção em outra coisa. É assim que Janice costuma colecionar histórias — não é exatamente uma regra, é mais um método eficaz. Como não é uma opção no momento, ela fica sentada em silêncio, imóvel.

— Está sendo muito difícil para ele não ter John por perto. Eu dou o meu melhor, mas ele não fala comigo sobre isso de jeito nenhum. Tudo bem que eu consegui convencê-lo a fazer terapia, mas depois da primeira sessão ele não quis mais ir. Disse que o psicólogo era "um idiota que acreditava em qualquer coisa que ele dissesse". — Fiona olha para cima e tenta sorrir. — Acho que John... Perdão, Adam. — Ela fica imóvel. — Nossa, desculpa, eu estou fazendo isso o tempo todo, chamando Adam de John. Isso deve acabar piorando a situação.

Ela dá de ombros, ainda tentando sorrir. Janice está com o coração partido.

— Enfim, Adam me contou que falou para o psicólogo tudo que ele queria ouvir e que ele é burro por ter acreditado. Disse que seu pai o teria achado um babaca. — Ela sacode a cabeça. Não está mais sorrindo. — Mas, quando você veio aqui com Decius, ele ficou todo animado. Ele me ensinou como identificar se um fox terrier vem de uma boa linhagem. Queria que eu te ligasse e pedisse a você que o trouxesse aqui.

Janice está chocada; faz pouco mais de uma semana que ela apresentou Decius a Adam.

— Pode me ligar a qualquer hora. Consigo passar lá e pegar Decius, sem problemas. Eu sou a única pessoa que passeia com ele mesmo. Adam pode levá-lo para passear comigo quando quiser.

Janice se pergunta se adiantaria alguma coisa se Adam recebesse um dinheirinho para fazer isso; ela poderia lhe dar uma parte do que a Sra. Sim-Sim-Sim lhe paga para passear com Decius. Mas então se dá conta de que isso não tem nada a ver com dinheiro. Tem a ver com amor. E isso não pode ser comprado.

Fiona volta a estudar as xícaras com café. Janice não se atreve a pegar a sua, por mais que quisesse muito.

— O problema é que eu não quero que isso o defina. Não quero que ele seja eternamente conhecido como o filho do homem que se matou.

E lá estava sua confissão, jogada na mesa, ao lado das xícaras de café azul-bebê (de um ceramista local) e do prato de biscoitos amanteigados com recheio de avelã do supermercado.

— Eu vivo falando isso para ele — repete Fiona. — Que isso não pode defini-lo.

— E o que ele diz?

— Ele diz que não é assim que funciona. Diz que não dá para escolher a própria história.

O que Janice pode dizer? Que ela teme que Adam possa estar certo?

— E você? — pergunta Janice, com delicadeza.

— Ah, eu. — Fiona suspira. — Você sabe, eu comecei a trabalhar como agente funerária como uma forma de me punir. Eu me forcei a fazer algo doloroso para tentar compensar o fato de que decepcionei John e Adam.

Janice balança a cabeça em protesto, mas Fiona a ignora e continua:

— A questão é que... É estranho, mas acho que trabalhar com o luto realmente ajuda. E eu já organizei alguns funerais para pessoas que se mataram. Minha mãe não consegue entender como aguento fazer isso, mas é uma forma de ver que a morte faz parte da vida. É algo que faz com que eu não deixe John perdido na escuridão. Posso falar dele, e as pessoas saberão que eu compartilho as mesmas dores.

Janice percebe que Fiona está com a cabeça nas nuvens. Ela se conforma em tomar o café gelado. Não faz a menor diferença.

Fiona continua:

— Acho que talvez seja mais fácil para mim porque vivenciei muito mais do que John estava passando. Eu sabia da depressão, dos medicamentos, dos dias de incerteza e desesperança. Nós escondemos isso de Adam o máximo que conseguimos. Para mim, por mais que o que ele fez tenha sido um choque terrível, eu já esperava por isso, de certa maneira, havia anos. — Ela olha para Janice. — Não me entenda mal, imaginar a situação não é a mesma coisa que vivê-la. Não tem como você se preparar para o que irá sentir, mas, no fim das contas, você tem um contexto. E Adam não tem. Para ele, John era o melhor pai do mundo e ele escolheu abandoná-lo. Como ele conseguiria aceitar uma coisa dessas?

Janice não sabe o que responder, apesar de se questionar se Adam realmente era tão alheio ao que seu pai estava passando. Como ela mesma sabe, crianças entendem muito mais do que os adultos pensam.

Como não consegue explicar isso para si mesma, que dirá para Fiona, há duas coisas que Janice pode fazer.

— Se não tiver problema, posso trazer Decius amanhã depois que Adam chegar da escola para fazermos um passeio mais demorado. — Em seguida, em um tom mais prático, ela acrescenta: — Depois disso, você quer que eu descongele seu freezer? Não dá nem pra fechar a porta.

O—ᛘ

No ônibus, voltando para casa naquela noite (nenhum sinal do professor de geografia; talvez ele só trabalhe de manhã?), Janice pensa em Fiona. Ela entende que ter um propósito em seu trabalho pode ajudá-la. Ela se lembra da história de uma moça (uma amiga do filho de Geordie, John) que, depois de vários abortos espontâneos, acabara desistindo de ter filhos. Seu marido, que era zoólogo, e ela se mudaram para Botswana, e hoje ela é uma mulher que deixa elefantes irritados. É basicamente uma arte, porque ela pode querer que eles fiquem levemente incomodados, um pouco irritados, bem zangados, ou, como Decius diria, putos da vida. É lógico que tudo isso sem ser esmagada. Seu marido estuda como os elefantes se comunicam com as orelhas, e a raiva é um dos sentimentos mais fáceis de se identificar. A última vez que soube dela por Geordie, ele havia lhe contado que o filho deles estava com nove meses.

Janice tenta ser analítica e pragmática em relação à sua coleção de histórias — assim como o casal que estuda orelhas de elefantes —, mas a verdade é que adora um final feliz. Ela só não sabe como Fiona vai arrumar um final feliz para Adam.

12

Toda história tem um começo

Na sua segunda visita à Sra. B, Janice arrumou o hall de entrada cheio de tralhas. Foi uma tarefa relativamente fácil. Ela estava certa: tinha mesmo um depósito na faculdade que a Sra. B poderia usar. Conversando com os porteiros e com o pessoal da limpeza da universidade (uma mulher baixinha e de meia-idade é uma confidente perfeita e inofensiva), ela descobriu que a direção da faculdade espera que isso sirva como um incentivo para que a Sra. B mude seu acordo com a instituição e, se tudo der certo — dedos cruzados, "porque ela é um pé no saco" —, vá embora. Ela não os contraria e fica oferecendo respostas vagas (a não ser quando se permite exibir um olhar compreensivo no momento em que a chamam de "pé no saco"). É claro que ela não disse que muitos generais romanos (como vinha lendo nos livros da Sra. B) costumavam criar distrações, quando, na verdade, estavam se preparando para a batalha. Ainda assim, Janice tinha encontrado um depósito e persuadido a Sra. B a abrir mão de umas notas de vinte libras para que uns alunos levassem seus pertences até lá.

Janice está demorando um pouco mais na cozinha, ainda está tentando raspar os últimos restos de comida endurecida da bancada quando a Sra. B começa a perambular pela casa. Ela vai de uma cadeira a outra, chegando cada vez mais perto. Ela começa puxando conversa em um tom educado até demais.

— Janice, você mora muito longe?

— Não, eu e meu marido moramos a uma distância pequena do centro de Cambridge. Eu venho de ônibus.

— De onde você é?

— Eu morei em Northampton a maior parte da minha vida.

— Ah, a cidade dos sapatos, né?

Janice não diz nada e ergue a sobrancelha para ela. O melhor ainda está por vir. Janice não perguntou à Sra. B sobre a história de Becky, por mais que queira muito escutá-la. Nem a Sra. B tocou no assunto, apesar de Janice ter certeza de que ela quer contar a história. Nenhuma das duas queria dar o pontapé inicial. A Sra. B cede primeiro, o que surpreende Janice. Contudo, aos noventa e dois anos, ela não tem mais tempo para essas palhaçadas.

— Então, você quer ouvir a história de Becky ou não?

Janice não consegue esconder o sorriso.

— A senhora sabe que eu quero. — Em um gesto de agradecimento, ela acrescenta: — Quer que eu faça um chocolate quente?

Ela descobriu que a Sra. B adora chocolate 70% cacau em todas as suas formas. Mas isso já é gentileza demais para a outra, e ela quer recompor a pose depois de ter dado o braço a torcer.

— Não, não quero. Você acha que eu quero ficar com uma bunda igual a sua?

Ela encara Janice, desafiando-a a reclamar de sua grosseria.

— Tem razão, Sra. B. — diz Janice alegremente, voltando a esfregar a comida na bancada.

Ela ouviu uma bufada da esposa do membro da Câmara dos Lordes, mas não sabe dizer se foi uma bufada de raiva ou se foi uma risada.

Janice se compadece dela e faz um esforço.

— Então, Becky estava mentindo sobre o quê?

— Ah, quase tudo. Mas ela realmente cresceu em Paris.

— Quando foi isso? — interrompe Janice.

— Foi nos anos 1890. Você quer escutar a história ou não? — diz a Sra. B, encarando Janice.

Janice fica quieta e observa a Sra. B se acomodar na cadeira.

— Becky não tinha uma família feliz. Ela era uma menina que se sentia uma estranha na própria família. Paris era linda nessa época, perto da virada do século, uma cidade ensolarada e perfumada, cheia de parques e avenidas. Mas é claro que, como em quase tudo na vida, isso depende da região onde você nasceu. E Becky nasceu no lugar mais sujo, fedido e decrépito de todos. A mãe de Becky não era chapeleira e não tinha uma loja elegante para vender suas confecções magníficas, e seu pai não era um sócio importante de um renomado escritório de advocacia. Sua mãe era faxineira. — A Sra. B não se aguenta e acrescenta: — Assim como você.

Janice tinha pensado em colocar o leite para ferver e fazer um chocolate quente para a Sra. B apesar de sua recusa, mas muda de ideia.

— O pai dela — continuou a Sra. B, depois de uma pausa — era um mero taxista. Ela não tinha irmãos corajosos que cresceram e se tornaram soldados. Becky conseguiu emocionar muitas pessoas ao descrever a morte de seus *dois* supostos irmãos na Primeira Guerra Mundial. Ela tinha uma irmã mais nova de quem sentia uma inveja absurda. Ela era querida pela família, sabe? E um irmãozinho bebê loiro que era todo gordinho e muito alegre. Você tem irmãos ou irmãs, Janice? — pergunta ela, de repente.

— Tenho uma irmã — dispara Janice, sem conseguir se conter. Ela continua, devagar e com cautela. — Ela mora no Canadá. É cinco anos mais nova que eu e é enfermeira pediátrica. O marido dela é médico.

— E você a vê com frequência?

— Não. Eles vêm para a Inglaterra de dois em dois anos, e a gente marca de se encontrar, geralmente em Londres. — Ela não acrescenta que sua irmã não se dá muito bem com Mike, acha que é melhor não falar. — Eu passei umas três semanas na casa dela uns dois anos atrás, e foi...

Ela não consegue completar a frase ao perceber a mudança de comportamento na Sra. B. De repente, a mulher está alerta e a faz pensar em um gato perseguindo sua presa. Mas não um gato qualquer. Apesar de sua aparência magra e frágil, Janice sabe que está lidando com uma grande felina. Talvez não uma leoa, mas uma predadora perigosa e sorrateira, como uma onça.

— O quê? — pergunta a Sra. B, com sua indelicadeza de sempre.

— Foi uma viagem muito legal — conclui Janice, indo limpar o banheiro.

Quando Janice está pronta para ir embora, a Sra. B retoma a história como se a conversa delas não tivesse sido interrompida em momento algum. Agora ela está sentada em sua poltrona de sempre perto da lareira elétrica.

— O irmãozinho era o orgulho e a alegria de seus pais. Não importava quão cansados estivessem depois de um dia de trabalho, ele sempre conseguia animá-los. Alguns bebês são assim. A felicidade deles vem de uma força externa, sem nenhuma relação com a família ou as condições de vida. E essas crianças transbordam alegria como uma luz acesa em um canto escuro. Quando seus pais estavam no trabalho, Becky, por ser a irmã mais velha, ficava com a responsabilidade de cuidar do irmão. Ele era o integrante da família de quem ela mais gostava, mas, quando ele fez quatro anos, esse carinho começou a diminuir. Ela era uma menina que queria explorar a cidade e criar universos alternativos e mais divertidos para si em sua cabeça. E era por isso que ela estava olhando pela janela no andar de cima, sonhando com vestidos e carruagens luxuosas em vez de estar prestando atenção nele, quando um furgão fez a curva na rua estreita e atingiu seu irmão, lançando-o na sarjeta.

Janice colocou um dos braços no casaco.

— O que aconteceu com ele?

A Sra. B não responde, e Janice pensa que ela não a ouviu.

— Sra. B, ele morreu?

Ela continua em silêncio, mas um leve ronco vem da poltrona. Janice não consegue ter certeza se a Sra. B está fingindo, então fecha a porta da frente sem fazer barulho, por via das dúvidas.

Dessa vez, no ônibus a caminho de casa, ela não tem tempo para colecionar histórias. O que havia acontecido com o irmão de Becky? Ela presume que não tenha sido algo bom, mas mesmo assim queria ter certeza. Será que os pais de Becky a culparam? Quantos anos ela tinha? Janice lembra a si mesma de que a idade não faz muita diferença quando somos mais novos, já que nunca nos enxergamos como crianças. Você é apenas você e irá assumir a culpa e a responsabilidade sem ter o discernimento de que é algo que está muito fora de sua alçada e que é o tipo de coisa pela qual um adulto deveria se responsabilizar.

Mas ela não era igual a Becky, não é mesmo? Ela tinha protegido a irmã, não tinha? Janice não para de pensar nisso e em uma outra coisa. Uma situação que aconteceu no fim da sua estadia no Canadá; e ela *realmente* acha que foi uma boa estadia. No último dia dela lá, à noite, sua irmã havia pegado uma caneta-tinteiro da mesa e escrito num pedaço de papel branco para que Janice conseguisse ler com clareza:

Eu lembro o que você fez.

Em seguida, ela pôs a caneta na mesa, se levantou e foi fazer a janta para elas.

13

Toda história acaba em morte

— O que aconteceu com o irmão de Becky, Sra. B?

Janice está tirando o casaco no hall de entrada depois de ter passado na portaria para pegar as correspondências da Sra. B. Também descobriu uma informação que acha que a Sra. B vai achar interessante — mas isso pode esperar. Primeiro, ela quer saber sobre o menininho. Ela não acha que sejam boas notícias.

A Sra. B não diz nada e continua passando o olho no *Times* do dia anterior que estava aberto na mesa à sua frente. Janice não começou pelas diversas pilhas de livros espalhadas pela sala, e sim limpando a grande mesa de carvalho perto da janela para que a Sra. B tivesse um lugar para se sentar e comer — e ler o jornal.

A Sra. B continua em silêncio.

Janice espera.

Ao pensar em sua última visita, ela fica ainda mais convicta de que a Sra. B não estava dormindo e agora tem certeza de que havia ouvido sua pergunta sobre o irmão de Becky. A Sra. B definitiva- mente não tem nenhum problema de audição nem dificuldade de compreensão.

Mais silêncio.

Janice está ficando irritada; elas têm um trato.

— A senhora prometeu. Prometeu que me contaria a história de Becky.

— Eu não prometi nada, e, por favor, pare de falar comigo como se tivesse seis anos. Nós não estamos no parquinho — brada ela, e Janice pensa na mulher de roxo outra vez. — No entanto — continua com mais moderação —, eu disse que te contaria a história de Becky e contarei. Não dormi muito bem esta noite e estou com uma dor no pescoço e nas pernas. Então vou contar mais tarde quando os analgésicos começarem a fazer efeito — acrescenta ela, com a fala arrastada, olhando para o jornal. — Eu me caguei também, então talvez seja melhor você trocar a roupa de cama. — Ela passa a página do jornal, mas Janice não se deixa enganar. A Sra. B está corando.

— Vou trazer uma bolsa de água quente. — Janice avistara uma na prateleira superior. — Depois eu arrumo a cama e boto tudo para lavar.

A Sra. B bufa sem olhar para cima.

Em pouco tempo, Janice deixa o quarto de cima todo em ordem; a Sra. B tentou dar uma ajeitada — mas estava na cara que tirar a roupa de cama já era demais para ela. O cheiro estava muito ruim, mas Janice já tinha visto coisa pior. Uma vez, ela cuidou de Geordie quando ele estava com dor de barriga. A Sra. B come igual a um passarinho, já Geordie...

Depois de colocar os lençóis na máquina de lavar, Janice vai até a Sra. B, que agora está sentada na poltrona em que sempre se senta, e lhe oferece uma caneca de chá de camomila. A Sra. B aceita e agradece baixinho:

— Obrigada, Janice.

Janice está começando a ficar preocupada. Ela não sabe dizer se a Sra. B está realmente doente e se deveria ligar para um médico ou se está apenas envergonhada. Quando leva o chá, ela decide fazer um teste.

— Eu estava na portaria conversando com o Stan, e ele me disse que seu filho apresentou umas ideias para o departamento de planejamento urbano para transformar sua casa em um espaço multimídia interativo de realidade virtual. Pelo menos, foi isso que eu entendi — comenta ela, observando, desconfiada, a mulher frágil. — Acredito que seja para "criar uma simbiose de aprendizados do passado e do presente, preservando a estrutura externa, mas trazendo iluminação intelectual para seu interior". Stan me deixou dar uma olhada na cópia da proposta que pertencia ao tesoureiro.

— Ele fez o quê? Eu deveria ter afogado aquele menino quando ele nasceu! — A Sra. B está chocada.

A mulher, agora sentada com a postura ereta, se dá conta de que Janice ficou surpresa.

— É só modo de falar, Janice. Eu nunca colocaria meu filho num saco com tijolos e o jogaria no Rio Cam.

Pela maneira como disse, Janice tem a impressão de que o pensamento lhe deu certo prazer.

— Não sei o que me deixa mais ofendida. O fato de ele estar agindo pelas minhas costas ou o uso desse vocabulário horrendo. Joguei dinheiro no lixo investindo milhares de libras na educação dele. Como esse menino consegue ser tão desalmado? Quando eu penso no pai dele... — A Sra. B fica em silêncio por um instante. — Preciso pensar um pouco. Obrigada por me avisar. Imagino que agora você queira saber sobre o irmão de Becky.

Janice se prepara para limpar um armário bem ao lado da poltrona da Sra. B. Ao que parece, com o passar dos anos, ele virou um depósito de parafusos perdidos, lanternas, chaves, cartões-postais antigos e tudo quanto é tralha. Janice tem uma gaveta em sua cozinha com esse tipo de coisas de que ela "pode precisar um dia". A Sra. B tinha um armário inteiro.

— Obviamente, ele morreu — declara a Sra. B, sem rodeios.

Janice olha para cima, desviando de sua arrumação.

— Já estava desconfiando.

— Sim, toda história acaba em morte. E a história dele é bem curta.

— E Becky?

A Sra. B relaxa na poltrona outra vez e coloca a bolsa de água quente na barriga.

— A pergunta correta é: e os pais deles? Seu pai, sua mãe... Perder um filho é algo terrível, ainda mais assim... É difícil até de imaginar. Você não acha, Janice?

Janice se vira, surpresa por ela estar pedindo sua opinião. Então, nota que a Sra. B quer ver seu rosto, ver se aquelas palavras sobre perder um filho a tocam de alguma maneira. Essa velha esperta... Janice se vira de volta. Ela sabe que a Sra. B não vai encontrar nada ali. Mas fica o aviso.

— Sim, eu acho — responde depressa.

A Sra. B bufa e continua:

— Os pais de Becky eram pobres, parisienses sem muito estudo, mas isso não era uma barreira para seu amor. Eles não amavam menos o menino porque a vida era difícil e já tinham visto a morte e a miséria baterem à sua porta. Eles o amavam ainda mais porque ele tinha sido o sol da vida deles, mesmo que por pouco tempo. Tinha dado a eles um gostinho do que era belo e glorioso, e deixado o restante de sua deplorável existência na escuridão. Sem seu amado filho, a impiedosa e devastadora realidade foi revelada. E, para onde quer que eles olhassem, lá estava Becky. Vivinha da silva.

— O que eles fizeram?

— Quando já não conseguiam mais olhar para a cara dela, eles a mandaram para um convento. Você já teve alguma experiência com as Irmãs da Misericórdia, Janice?

Dessa vez, Janice não se vira para responder.

— Alguma. — É tudo que diz.

— É difícil encontrar um grupo de velhas rabugentas que seja mais devoto e hipócrita do que esse.

Isso faz com que Janice se vire. Ela se sente obrigada a dar uma resposta pela Irmã Bernadette.

— Elas não são tão ruins assim...

A Sra. B estuda sua expressão por um tempo.

— Você tem razão, e é errado da minha parte generalizar as coisas. Mas acho que, no contexto da nossa história, podemos presumir que as freiras que ficaram encarregadas de cuidar de Becky eram um bando de velhas vadias. — A Sra. B dá uma gargalhada. — Anos depois, ela passou em frente ao prédio onde era o convento, e o lugar tinha virado uma concessionária. Ela fez questão de entrar, toda contente, e pedir para fazer um *test drive* em um carro vermelho, o maior e mais caro que havia.

— Por quanto tempo ela ficou no convento?

— Ah, muitos anos. E, durante todo esse tempo, as irmãs fizeram de tudo para tornar a vida de Becky um inferno. Elas não perdiam uma oportunidade de lembrar a criança de que o sangue do irmão estava nas mãos dela e que não era digna de viver neste mundo. Ela era uma criatura sem salvação. Já tinha seu lugar reservado no inferno. Becky também fez o que pôde durante esses anos para tornar a vida das freiras um caos. Não podemos nos esquecer de quem estamos falando. No seu aniversário de quinze anos, ela foi expulsa do convento. Como você pode imaginar, ninguém acreditava na possibilidade de Becky ficar e virar devota. Se as irmãs tivessem o mínimo de senso de humor, teriam rolado no chão de tanto rir só de pensar nisso. Sendo assim, elas jogaram Becky na rua e fecharam a porta pesada de madeira na cara dela. Depois, foram até a capela, se ajoelharam e fizeram suas preces de agradecimento. Gosto de pensar que era exatamente o mesmo lugar onde o carro vermelho ficou exposto depois, exibindo toda a sua glória. Mas minha imaginação pode estar indo longe demais. Apesar de eu realmente acreditar que dos bancos da capela, com as cabeças curvadas em oração, elas tenham conseguido ouvir as gargalhadas de Becky do outro lado da porta.

— O que aconteceu com ela depois?

— Ela entrou para uma família rica de aristocratas. E agora temos um ótimo exemplo das histórias que Becky conseguia inventar. Eu me pergunto se ela acreditava nas próprias mentiras. Será que foi uma integrante importante da família, que era amada por todos, principalmente pelo filho caçula? Nas histórias de Becky sempre tinha um irmão encantado por ela. Ou será que era a criada que ficava esvaziando os penicos fedidos da família no andar de cima? O que quer que tenha acontecido, não durou muito, e, antes que mais tempo se passasse, nossa Becky, agora com dezesseis anos, estava batendo na porta de seus pais.

— Eles ainda estavam morando no mesmo lugar?

— Estavam. E, ao ouvir a batida na porta, sua mãe desceu e abriu a porta para ela...

— E?

Janice já terminou de arrumar o armário, mas não quer se mover. Pensa que elas devem parecer uma dupla estranha: uma senhora pequena engolida por uma poltrona de couro bem velhinha e uma mulher atarracada com um avental desbotado, sentada por cima dos pés, ansiosa.

— A mãe a olhou por um bom tempo, rezou para a Virgem Maria e fez o sinal da cruz.

— Depois de todo esse tempo? Ela não conseguiu encontrar forças para perdoá-la?

— O que você não sabe é o que ficou nítido para a mãe de Becky na mesma hora: sua filha mais velha estava grávida.

— Ah...

— A mãe pegou a mão da filha e foi com ela até as Irmãs da Misericórdia, mas elas não abriram as portas para ela. Devem ter abafado o som das batidas na porta cantando "*Sileat omnis caro mortalis*", que, caso seu latim esteja um pouco enferrujado, significa: "Que toda carne mortal fique em silêncio."

— Quem era o pai?

— Acho que nunca saberemos. Eu não acredito na versão de Becky de que foi o filho caçula de um aristocrata. Mas, enquanto nos divertimos com as histórias que Becky inventava, não devemos esquecer que estamos falando de uma menina que ainda era uma criança. Uma menina que fora abandonada pela família, abusada psicologicamente pelas freiras e jogada na rua sem nenhum amigo. Eu acredito muito que Becky foi estuprada. Afinal de contas, ela não tinha ninguém para protegê-la. Na verdade, suspeito que, se tivéssemos escutado a jovem Becky contando suas histórias grandiosas, nós não sentiríamos muita vontade de rir.

— O que a mãe dela fez depois?

— O que qualquer mãe faria nessas circunstâncias? O que sua mãe faria se você chegasse em casa grávida?

Janice se pergunta se sua mãe notaria. É óbvio que não diz isso para a Sra. B. Não tem a menor vontade de conversar sobre sua mãe. Ela se levanta com dificuldade e decide que esse é o momento perfeito para pegá-la de surpresa.

— Como a senhora e seu marido se conheceram?

A Sra. B se surpreende com a pergunta, mas Janice vê que ela mordeu a isca. É como ver um gatinho com um novelo de lã; a senhorinha não consegue resistir.

— Eu nunca vou me esquecer da primeira vez que vi Augustus...

Augustus, Tiberius, Decius — Janice percebe que existe um padrão.

— Eu tinha acabado de chegar a Moscou e ia encontrar uma pessoa em uma casa de chá perto do rio. Eu nunca tinha sentido tanto frio e, por um instante, quando cheguei lá, eu só senti um calor no rosto. Só consegui enxergar o vapor dos samovares e o brilho das superfícies vermelhas e douradas esmaltadas refletidas no espelho com uma moldura também dourada atrás do balcão. Então, eu o vi. E, naquele momento, eu soube.

— Logo de cara?

Por um segundo, Janice se esquece do fato de que essa mulher na verdade era uma espiã.

— Sim. Por quê? Você não acredita em amor à primeira vista, Janice?

Talvez, é possível. Mas não para ela. Fazer o quê?

— Acho que preciso acreditar... — Ela quase acrescenta que é algo que costuma aparecer nas histórias de sua coleção, mas se interrompe a tempo. — O que a senhora estava fazendo em Moscou?

— O que você acha, Janice? Você é uma mulher inteligente, por mais que tente esconder isso.

Isso foi um pouco cruel, pensa Janice, mas pelo menos a Sra. B não a acha burra.

— Imagino que você saiba que meu marido foi diretor do MI6. Nós nos conhecemos quando ele era meu informante na Rússia. Eu estudei francês e russo em Cambridge depois da guerra e fui recrutada para uma pequena participação em uma operação em Moscou. Mulheres costumavam ser subestimadas, assim como hoje. Mas eu gosto mesmo de pensar que fiz a diferença, mesmo que tenha sido só um pouquinho. — Então, ela estraga seu discurso decoroso, e pomposo demais, ao acrescentar com alegria: — E era muito divertido. Eu nunca havia me sentido tão viva!

— A senhora ficou em Moscou por quanto tempo?

— Cinco anos no total, depois eu e Augustus nos casamos. E então tudo isso chegou ao fim. Eu não podia mais trabalhar, não do jeito que gostaria. Conforme ele ia sendo reconhecido no trabalho, nós fomos enviados para muitos países ao redor do mundo e eu tinha algumas tarefas associadas a isso. Mas nada de que eu realmente gostasse. Mesmo assim, nunca me arrependi de me casar com Augustus, nem por um segundo. E ele me disse que tinha acontecido a mesma coisa com ele, quando me viu surgindo em meio ao vapor da casa de chá — acrescenta a Sra. B um pouco inibida. — Eu era uma mulher muito diferente naquela época, Janice. Eu nunca fui uma beldade, mas Augustus sempre dizia que eu tinha uma presença.

— Isso não mudou — diz Janice, olhando para baixo em sua direção.

A Sra. B olha para cima, surpresa.

— Obrigada, querida — agradece ela, com delicadeza.

Janice se vira para esconder a emoção. Está surpresa e comovida, e isso é mais uma prova de que é por meio das histórias das pessoas que se conhece alguém a fundo. Mas qual é a história da Sra. B? É uma história de espiã? A história de uma mulher que foi uma espiã frustrada pela maior parte de sua vida? Ou será que a narrativa da Sra. B é uma simples história de amor? Suspeita que seja a última opção. Ela se pergunta se, na intensidade de todo aquele amor, havia espaço para Tiberius.

A conversa sobre seu marido e espionagem faz Janice pensar em outra coisa — todos os pensamentos relacionados a Becky são temporariamente esquecidos.

— A senhora e seu marido devem ter muitos contatos. A senhora está sabendo sobre os planos da universidade?

— Eu não sou burra — brada a Sra. B para ela, claramente arrependida de seu momento de ternura mais cedo. — É claro que eu já procurei aconselhamento jurídico, mas é tudo "por um lado tem isso, por outro lado tem aquilo". A questão é que, quando a gente chega a uma certa idade, a maioria dos amigos a quem você recorreria já morreu. — Ela começa a tamborilar os dedos no braço da poltrona. — Lógico, sempre posso contar com Mycroft.

— Quem é Mycroft?

A Sra. B dá uma gargalhada.

— Augustus o chamava assim. O nome dele, na verdade, é Fred Spink, mas Augustus sempre dizia que ele era o homem mais inteligente que já conheceu. Um homem simples e baixinho, mas que trabalhou como advogado do MI5 por muitos anos. Ele já se aposentou há muito tempo, mas acho que ainda está entre nós. Eu teria lido seu obituário no *Times* se ele tivesse morrido. É, acho que vou dar uma ligada para Mycroft. — A Sra. B ri. — Acho que ele tem uma quedinha por mim. — Logo em seguida, ela se arrepende de ter dito isso, e Janice não se surpreende quando ela diz, irritada: — Você vai só ficar parada aí ou vai trabalhar?

Elas não comentam mais nada sobre espionagem nem sobre Becky enquanto Janice encera o chão de madeira. Quando está prestes a ir embora, a Sra. B a impede.

— Estava aqui pensando, e é bom saber que o porteiro... Como ele se chama mesmo? Stan? Bem, saber que Stan te conta as coisas.

Janice está se perguntando o que a Sra. B está aprontando e como ela mora aqui há tanto tempo e não sabe o nome de Stan — ele trabalha aqui desde que era praticamente um menino.

— Eu percebi que você está numa situação muito vantajosa para descobrir informações...

— É o que tenho feito — aponta Janice, sem conseguir se conter.

— Sim, querida, é o que tem feito. — Janice não está convencida. Esse "querida" foi muito bem pensado, não foi o "querida" impulsivo e gentil de mais cedo. A velha rabugenta quer alguma coisa. — Eu me dei conta de que você também trabalha para Tiberius e pode muito bem ouvir alguma coisa ou encontrar, enquanto estiver tirando o pó ou algo assim, algo que possa ser útil.

— Não! — Janice deu um grito igual aos da Sra. B. — Eu levo meu trabalho muito a sério e não vou espiar seu filho.

Ela quase acrescenta: "A senhora deveria sentir vergonha de si mesma!" Mas percebe que não é necessário; a Sra. B está corando assim como quando disse que borrou a cama.

14

Um momento perfeito

— Ah, é você.

As palavras já estavam no ar, e não tinha como voltar atrás. Ela imagina as três palavras separadas pairando acima da cabeça do motorista do ônibus, como roupas no varal. Pensa em Geordie e torce para que, assim como ele, ela possa recolhê-las e pendurar algo velho e usado no lugar. Qualquer coisa. "Ônibus para Riverside" serviria. Afinal, é para onde ela está indo pegar Decius e encontrar Adam. Só não estava esperando encontrar o professor de geografia, já que estava pensando em algo completamente diferente — uma Becky grávida. Por algum motivo, isso é culpa da Sra. B. Não é justo. Ela não estava pensando nele. Ele não costuma fazer esse trajeto, ainda mais à tarde.

— Posso ajudá-la?

Ele sorri para Janice, e ela fica sem graça. Há quanto tempo está parada ali? Escuta um "vai, anda logo" atrás dela e sai daquele transe. Ela encosta o cartão no leitor e se senta mais no fim do ônibus. Seu coração parece uma britadeira.

No segundo ponto em que o ônibus para, ela avança alguns bancos. Ela tem certeza de que ele não consegue vê-la, mas agora pode ver o ombro esquerdo dele. No ponto seguinte, ela pula para os bancos à sua frente. Ainda está fora de seu campo de visão, mas daqui consegue ver boa parte de suas costas.

Janice olha ao redor do ônibus, de repente preocupada que outras pessoas estejam olhando para ela. Ninguém está. Ela pensa na Sra. B surgindo em meio ao vapor de uma casa de chá em Moscou. Uma espiã conhecendo um espião. A história é repleta de romance. Mas isso? O que acabou de acontecer? É uma tarde qualquer de quinta-feira, e ela pegou um ônibus e fez papel de trouxa.

De repente, ela se lembra de uma de suas histórias que sempre a deixa com uma pulga atrás da orelha. Ela gosta dessa história — afinal de contas, tem um final feliz —, mas sempre lhe resta uma dúvida no final. Algo que ameaça a eficácia de seu método.

Arthur Leader tem uns oitenta anos. Ela limpa a casa dele de vez em quando, quando sua faxineira fixa, Angela, está de férias. Ele é um homem que gosta de ordem e de rotina; ela o entende, pois também gosta. Um belo dia (enquanto passava suas camisas), ele lhe contou a história de como havia conhecido a esposa.

A futura Sra. Leader tinha saído do cinema com um namorado, e, ao retornarem para o carro dele, perceberam que alguém tinha arrombado o carro e roubado a capa de chuva do namorado. Eles debateram se deveriam ir à polícia e, no fim, decidiram ir até a delegacia mais próxima. O jovem policial à mesa era o detetive Leader. Ele olhou para a mulher à sua frente (nem reparou no cara) e gostou do que viu — uma mulher atraente de cabelos castanhos com um vestido off-white de listras azul-claro. Ele começou a anotar as informações, explicando para o namorado que precisariam reter o carro para que a equipe forense pudesse examiná-lo. Enquanto manuseava o ombro da camisa de Arthur na tábua de passar roupa, Janice não conseguiu conter o sorriso — ah, como as coisas mudaram. Em seguida, Arthur contou a Janice como ele havia segurado a mão da mulher de cabelos castanhos nas suas e a ajudado a registrar suas digitais — para efeito de controle. Enquanto pressionava os dedos manchados de tinta dela no papel, ele se apaixonou — e foi isso. Caso encerrado para o seu coração. Quando os depoimentos foram devidamente registrados — o detetive Leader sempre foi meticuloso e, por mais que não soubesse disso na época, viria a subir de patente até se tornar delegado —, ele pediu um carro para levar a mulher de cabelos castanhos (com seu coração) para casa. Quis garantir que o policial que dirigisse a viatura fizesse anotações detalhadas sobre o lugar onde ela morava. Ele vivia dizendo que havia recuperado a capa de chuva, mas roubado a moça. Foi só no funeral de sua esposa, muitos anos depois, que sua cunhada lhe contou que ela havia chegado em casa naquela noite e dito à sua irmã que não poderia se mudar para a Austrália conforme haviam planejado, porque tinha acabado de conhecer o homem com quem ia se casar.

E a reflexão dessa história que não sai da cabeça de Janice é a seguinte: às vezes, o segredo da vida não é ter uma história; talvez tenha algo a ver com viver o momento perfeito. Aquele momento em uma delegacia, em Bournemouth. Aquela tarde congelante em uma casa de chá russa. Ela imagina as palavras pairando no ar — "Ah, é você" — e sorri. Ele tinha mesmo sorrido para ela. Janice não se ilude achando que aquele foi um momento perfeito. Mas não deixou de ser um momento. É só quando está indo buscar Decius que ela se lembra de que é uma mulher casada.

Quando chega à porta, ela está entreaberta e seu primeiro pensamento é que Decius pode ter fugido. Janice entra na casa depressa e olha ao redor, então se ajoelha, aliviada ao ouvir o *tap, tap, tap* de suas unhas no chão de madeira. Em seguida, o observa entrar na cozinha. Ele corre até Janice com suas perninhas esticadas, parecendo uma bailarina, o que sempre a faz sorrir. Ele olha para ela, depois para a porta aberta, como quem diz: "O que foi? Você acha que eu sou burro?"

Enquanto faz carinho na cabeça peluda de Decius e o deixa mais relaxado, ela ouve vozes vindo da sala de estar em conceito aberto.

— Não sei por que você está colocando a culpa em mim.

Com certeza é a Sra. Sim-Sim-Sim.

— Não é questão de colocar a culpa em ninguém — responde Tiberius, irritado (ela queria continuar pensando nele como o Sr. Não--Não-Agora-Não, mas não tem como voltar atrás). — Isso só complica mais ainda as coisas.

— Mas foi você que me pediu para arrumar alguém para ajudá-la com as tarefas da casa — diz a Sra. Sim-Sim-Sim, irritada.

— Eu sei, mas não achava que alguém fosse aceitar, que dirá a Sra. P. Quer dizer, ela é tão... mosca-morta. E você sabe como *ela* é. Eu achei que mamãe fosse acabar com a raça dela.

Janice está em choque. Como se atreve? E ele chama a mãe dele de "mamãe"?!

— Mas Tibs, você quer ou não quer que a ajudem?

Tibs?!

— O que eu quero é tirá-la daquela casa. Não é seguro para ela lá, sozinha. Você sabe que ela quase não anda direito. Aquelas escadas são uma tragédia anunciada.

— Será que a gente coloca um elevador de escada?

— Deixa de ser burra — brada Tiberius, e Janice não tem a menor dúvida de que ele puxou à mãe. — Aquele prédio é tombado.

— Eu só pensei que...

— Prefiro que não pense. Preciso resolver isso. Aquele espaço deveria ser usado para fins acadêmicos, esse era o desejo do papai. E não é pelo dinheiro. Ela nem precisa achar isso.

Janice já nem se impressiona com o "papai"; ainda está bem brava com o "mosca-morta". E o que tem "o dinheiro"? Ela não consegue entender tudo.

Tiberius continua:

— Todo aquele espaço maravilhoso, e a faculdade não pode fazer nada com ele. Ela está morando sozinha lá. Não duvido nada que um dia caia alguma coisa naquela lareira elétrica dela e incendeie aquela droga de lugar. Sei que estou falando da minha mãe, mas ela é chata pra caralho.

Será que foi com ele que Decius aprendeu tantos palavrões?

— É melhor eu ir. Não quero perder o trem — acrescenta Tiberius, mais calmo.

Em um movimento rápido, Janice se levanta e sai pela porta. Ela a fecha em silêncio, com um olhar de "que porra é essa?" vindo de Decius, e toca a campainha. Sua mão está tremendo.

O—⚷

Andando pelo parque com Adam mais tarde, ela está estranhamente silenciosa — não que ache que Adam tenha notado. Está ocupado demais apostando corrida com Decius e criando obstáculos para ele pular como se fosse participar de uma competição de fox terriers. Ela sente um quentinho no peito enquanto escuta Adam narrando o circuito; ah, ele ainda é um menino. E, pelo menos por esses trinta minutos, ela realmente acredita que ele se esquece de seu terrível fardo. Janice o observa dar tapinhas na grama, movendo os galhos, gritando incentivos para Decius completar o percurso sem cometer erros. De um jeito simples, inesperado, esse é um momento perfeito.

Ela continua observando o menino e o cachorro brincando enquanto relembra a conversa que ouviu ainda há pouco. Não dá para negar — é claro que Janice estava bisbilhotando. Ainda bem que Adam está bem ocupado, pois ela precisa de um tempo para pensar. Será que Tiberius estava certo? É seguro a Sra. B morar lá sozinha? E o espaço não deveria ser utilizado pelos alunos em vez de por uma senhora rabugenta? Ela odeia admitir, mas talvez o filho dela tenha razão. O que o marido dela teria achado? Janice só conhece o lado da Sra. B nessa história. E o que ele quis dizer sobre o dinheiro? Que dinheiro? E, se tem dinheiro, ela não conseguiria pagar um lugar bom que atendesse às suas necessidades? As imagens da Sra. B sendo expulsa da própria casa pelo filho e indo para um asilo fedorento estão caindo por terra.

Sua mente viaja para outro lugar. O sorriso no ônibus. Ela pensa nisso toda hora. Era um sorriso simpático, um sorriso amigável. Ela pode ter ficado sem graça, mas não acha que o motorista de ônibus que parece um professor de geografia estava rindo dela. Ele parecia estar compartilhando algo com ela. Janice só não fazia ideia do quê.

15

A história mais antiga do mundo

Mike sai de casa surpreendentemente cedo, balançando um punhado de panfletos com a mão erguida enquanto passa por ela no patamar da escada.

— Pessoas para encontrar, lugares para ver.

Janice dá um sorriso desinteressado para o mesmo gracejo de sempre. Ela ainda não faz a menor ideia do que Mike está tramando, mas presume que ele deva estar descolando umas entrevistas (no mínimo), já que fica indo a reuniões. Ela fica feliz quando ele sai, pois pode ficar sozinha no quarto e escolher o que quer vestir em paz.

Ela tem uma tarefa complicada. Precisa escolher uma roupa para ficar com a cabeça enfiada na privada dos outros, mas ao mesmo tempo — caso esbarre com um certo motorista que parece um professor de geografia — que diga: "Sou uma mulher simpática; nunca serei linda, mas espero ainda dar para o gasto; sou o tipo de mulher que gosta de caminhar e posso até escalar o Snowdon se você não for muito rápido; e eu com certeza não sou o tipo de mulher que fala as coisas sem pensar." E tudo isso sem parecer uma coroa fingindo ser jovem e sem dar a impressão de que ficou muito tempo pensando nisso.

Carrie-Louise recebe Janice com um:

— Agora... me diga, querida... Dá para ver que você fez... alguma coisa. É o seu cabelo? Bem, o que quer que seja... eu gostei!

Janice queria abraçá-la. O ônibus dessa manhã estava sendo conduzido pelo motoqueiro dos Hell's Angels — "bom dia, princesa" —, e ela não sabe dizer se ficou triste ou aliviada. Mas, por enquanto, tem outras coisas nas quais pensar: Mavis vem tomar café aqui hoje, e ela precisa começar a cozinhar.

○━🔑

Janice abaixa o martelo de pregar tachinhas e puxa com mais firmeza o estofado do banquinho que está consertando para Carrie-Louise. Ela está na sala de jantar e, por mais que as portas de correr estejam fechadas na sala de estar, consegue ouvir a conversa de Carrie-Louise e Mavis com muita clareza. Estava se divertindo bastante com aquilo, mas, sendo bem sincera, Mavis está ganhando alguns pontos com ela. Mesmo que Janice tenha servido biscoitos florentinos na melhor bandeja de Carrie-Louise, Mavis conseguiu se engrandecer com a viagem que faria no Expresso do Oriente, com a visita a Glyndebourne e com a aula de dança.

— Nossa... cinco dias num trem com George... Não, não... Será maravilhoso... querida — replica Carrie-Louise.

Mas então Mavis dá a cartada final e saca seu novo smartphone da bolsa. Carrie-Louise tem pavor de praticamente todo tipo de tecnologia, e Mavis em breve começaria a falar com ela sobre apps e sobre como é bom usar o Audible.

— Vai ser ótimo para você, agora que não consegue sair tanto de casa.

O telefone de Mavis toca ("Ring My Bell", de Anita Ward).

— Ah, Josh é muito engraçadinho. Ele fica mudando o toque do meu celular.

Esse foi um golaço de Mavis; seus netos moram em Worthing, enquanto os de Carrie-Louise estão a dezesseis mil quilômetros de distância, em Melbourne. Mavis fica conversando com a filha ao telefone um tempo. Janice acha aquilo meio desrespeitoso e pensa em colocar seu avental branco e lhes servir mais café. Talvez até faça uma reverência para animar Carrie-Louise.

Ela não precisa mais se preocupar. Mavis desliga o telefone, e Carrie-Louise começa:

— Querida... sua voz... está tão... diferente.

— Como assim?

— Ainda pouco... no seu... celular novo.

— Ah, é mesmo? — pergunta Mavis, incerta.

— Sim... Muito, muito... diferente.

— Diferente como?

— Você sabe... só diferente... quando você estava falando com sua filha.

— Mas como, como assim, diferente?

— Ah, não sei... querida... só *diferente* — responde Carrie-Louise, sem entrar em detalhes.

— Sim, mas o que você quer dizer com "diferente"? — pergunta Mavis, ficando um pouco irritada.

— Bem... você parecia...

— O quê?

Mavis está perdendo a paciência.

— Você parecia... muito, muito... adorável.

Janice volta a martelar para disfarçar a risada. Não resta a menor dúvida; Carrie-Louise virou o jogo nos acréscimos.

O—⁎

Janice chega cedo à casa da Sra. B e consegue passar na portaria para ver Stan. Ela levou alguns biscoitos florentinos de Carrie-Louise para ele. Primeiro, eles falaram sobre trivialidades enquanto tomavam café: o desempenho do Arsenal no jogo de ontem contra o Liverpool, se vai nevar e quem vai ser o protagonista de *Les Sylphides* quando Stan for a Covent Garden neste fim de semana. Ele e sua esposa, Gallina, adoram balé. Em seguida, Janice puxa assunto sobre o Sr. B:

— Você o conheceu quando era diretor daqui?

— Claro. Ele ficou uns bons anos aqui. Um homem bom. Reservado. O que faz sentido, pelo tipo de trabalho que fazia. Nós tínhamos que redobrar a segurança na faculdade quando ele estava aqui.

— Mas ele morava aqui, onde ela está agora?

Ela faz um gesto com a cabeça na direção da casa da Sra. B. Não consegue chamá-la de "lady", mas seria desrespeitoso chamá-la de "Sra. B" na frente de Stan.

Stan assente.

— Sim, só os dois. O engraçado é que, naquela época, ela não era tão ruim... Era um pouco esnobe, mas eles eram um desses casais que... Você sabe...

Janice espera.

— Acho que eles não sentiam que precisavam de outras pessoas.

Janice continua em silêncio; sente que tem algo mais.

— Sempre me senti um pouco mal pelo filho deles. Quer dizer, ele é um grande babaca, mas às vezes acho que eles não davam a menor atenção para o rapaz.

— Você sabe o que ficou definido sobre a casa quando ele morreu?

— Ah, com isso não vou conseguir te ajudar, querida. Acho que foi bem complicado, algo a ver com um testamento ou uma negociação? Mas isso é tudo que eu sei.

Tem mais uma coisa que Janice quer confirmar.

— Quando não estou aqui, digo, nos outros dias da semana, vem outra pessoa ver como ela está?

— Não. O filho dela vem de quinze em quinze dias. A nora costumava vir, mas a madame a fez comer o pão que o diabo amassou e ela parou de vir.

— E, caso aconteça alguma coisa, lá tem alarmes de incêndio e... Sabe...?

Stan assente.

— Ah, tem. Eles são muito rigorosos com o estado e a segurança dos prédios dessa época. É assim na maioria das universidades. — Ele tosse e se mexe na cadeira. — Ela não faz a menor ideia de que eu faço isso, mas sempre dou uma olhadinha nela durante meu turno. Só uma espiadinha pela janela para ter certeza de que não caiu ou algo do tipo. Então você não precisa se preocupar tanto assim. — Janice tem a impressão de que ele vai esticar o braço e dar um tapinha de consolo em sua mão, mas se contém esfregando as mãos uma na outra com vontade. — Mas vou te confessar uma coisa: ela está mais animadinha desde que você começou a vir. Talvez a madame só estivesse muito sozinha.

Janice pensa no que a Sra. B fez para ser tratada com tanta gentileza por um homem de quem nem se deu ao trabalho de gravar o nome. Quando se levanta para ir embora, ela toma uma decisão.

— Obrigada pelo café, Stan. Acho que você vai me ver com mais frequência. Decidi dividir minha carga horária para que eu possa vir duas ou três vezes na semana em vez de uma. Vai ser melhor para mim.

Stan olha para ela com o cenho franzido, mas não diz nada.

О—ⸯ

Enquanto tira o pó das prateleiras do mezanino, Janice repassa em sua cabeça a conversa que ouviu entre Tiberius e a esposa. A Sra. B está especialmente mal-humorada hoje e está lendo na poltrona de sempre. Janice se pergunta se ela teve outra noite ruim. Talvez este lugar mexa muito com as emoções dela? Talvez o filho dela tenha razão? Mas como Janice tocaria nesse assunto depois de ter deixado bem claro que não lhe contaria nada que escutasse na casa de seu filho? A Sra. B acabaria achando que aconteceu alguma coisa ou até que ela estava falando com seu filho pelas suas costas.

Quando desce e começa a limpar a sala, sente que a Sra. B está olhando para ela. Depois de um tempo, a senhorinha diz:

— Você está diferente. — Janice continua limpando, mas não diz nada. Quando chega mais perto da poltrona, a Sra. B diz, a alfinetando:

— Você se arrumou toda assim para ver seu marido mais tarde? Aposto que vocês vão para o bingo e depois para o Festival de Bifes no pub.

Janice sabe que ela está tentando irritá-la. Mas não vai lhe dar esse gostinho.

— Acho que às quintas tem uma promoção de compre um e leve dois.

Janice continua tirando o pó. Mas algo em seu rosto, algo em sua expressão, deve ter atraído a atenção da Sra. B — a predadora.

— Ah, então não é seu marido. Então é isso?

Isso acaba com seu dia. Ela fica se sentindo sórdida e vulgar, uma mulher ridícula com um suéter vermelho e calça jeans, segurando um espanador.

— Vou limpar o banheiro. — É tudo que ela responde.

O━┑

Quando ela volta para a sala para começar a organizar as pilhas de livros, a Sra. B tinha feito um chocolate quente para ela. Derramou a maior parte levando-o até a mesa. Janice não consegue nem tocar na bebida.

— Então, Becky está prestes a ter um filho — começa a Sra. B.

Janice sabe que ela a está encarando, mas não vai olhar para a mulher que tinha acabado de roubar um de seus poucos momentos de alegria que não pertenciam a mais ninguém.

A voz da Sra. B está baixa quando ela começa a falar, o que é de se estranhar.

— Eu não acredito que o parto tenha sido uma experiência agradável... se é que existe algum que seja... Becky deu à luz em um dos piores hospitais de Paris. Imagino que, se Charles Dickens tivesse visto a jovem Becky de dezesseis anos penando para passar pelas portas, ele teria esfregado uma mão na outra e pegado sua pena para escrever com ela. Mas o ano era 1907, e Charles já estava morto fazia quase quarenta anos.

Janice não deixa de notar que a Sra. B fala de Charles Dickens como se fossem amigos íntimos. Ela vai até o outro lado da sala para continuar o trabalho; não quer saber disso agora.

A voz da Sra. B fica mais alta:

— Eu realmente me pergunto se o pai dela a levou para o hospital em seu táxi. Vai saber o que estava passando pela cabeça dele? Mas a questão é que Becky deu à luz uma menina saudável. Eu me pergunto se as coisas teriam sido diferentes se tivesse sido um menino. Sim, um neto loiro e cheio de cachinhos poderia fazer parte da família. Mas ela pariu uma menina, e nós sabemos o que os pais dela achavam de ter uma miniatura de Becky em casa. Então não demorou muito até que a bebê fosse mandada para bem longe de Paris, para uma fazenda no interior, onde não poderia ser encontrada. Mas Becky, eles colocaram na rua.

A Sra. B se inclina e liga a lareira elétrica.

— Acho que a essa altura é difícil não sentir pena de Becky. Mas é aquilo que dizem: o que não mata, fortalece. Becky foi trabalhar na única profissão que tinha à sua disposição, a mais antiga do mundo: começou a se prostituir pelas ruas de Paris. Conquistou seu espaço entre as outras prostitutas, passou a se posicionar melhor em frente à porta escura, arrumou seu primeiro cliente... E tudo isso com um sorriso no rosto. Ela não deixaria que as outras prostitutas a vissem chorando. Isso deve ter exigido muita força. No fim das contas, as freiras ensinaram algo de útil para ela. Como eu disse, o que não mata, fortalece. Não demorou muito até Becky entender que havia uma hierarquia no mundo em que ela havia entrado, e, conhecendo Becky, ela estava disposta a crescer profissionalmente. E, com sorte, havia mulheres... Madames, digamos assim, que perambulavam pelo submundo à procura de moças inteligentes como ela. Essas eram as moças que deixavam de ser *la prostituée professionelle*, para virar *la fille d'occasion*, até enfim virar parte da nata; *la courtisane*.

Janice quer perguntar a diferença entre as três, mas não pergunta.

A Sra. B faz uma pausa, empolgada, antes de continuar:

— Quando foi recrutada pela Madame, Becky começou a receber uma educação de verdade. Em um estabelecimento discreto e elegante no 16º Arrondissement, Becky deu início aos seus estudos. E não, não eram as aulas de educação sexual que você está pensando, Janice, mas é claro que estas também estavam incluídas.

Janice coloca, com um baque, um livro no topo da pilha que estava organizando.

— Seu aprendizado envolvia aulas de elocução, de como se vestir, de dança e de como fazer penteados que a deixavam mais bonita. Ela aprendeu quais sapatos de salto alto e quais joias valorizavam o tornozelo e quais fragrâncias exóticas eram mais apropriadas para diferentes situações e em quais partes do corpo aplicá-las. Becky gostava desse papel novo e desconhecido; pela primeira vez na vida, era a aluna mais inteligente e respeitada da sala. Ela aprendia rápido e descobria os segredos de sua nova profissão: quando baixar os cílios devagar, como estender casualmente o braço para exibir um pedacinho do pulso branco como a neve, quando inclinar o queixo de um certo jeito na hora de rir e como lançar olhares de relance. Ah, Becky amava aprender tudo isso. A única coisa que sua Madame não precisou lhe ensinar foi canto; as freiras *tinham* se encarregado disso e Becky tinha uma voz linda. Agora, espera-se que uma moça como ela, trabalhando como uma *fille d'occasion*, "entretenha" os clientes da casa, mas não parava por aí. Ela podia escolher agraciar Les Folies Bergère com sua presença, os donos sempre incentivavam meninas como Becky a se entrosarem com seus clientes. E precisamos lembrar que as Beckys desse mundo parisiense não ficavam escondidas em um canto indecoroso; os homens com quem se relacionavam queriam exibi-las para todo mundo. E Becky se dava muito bem com isso. Um dia normal para ela poderia começar com uma cavalgada no Bois de Boulogne (Becky era apaixonada por cavalos), depois almoçar no Café de Paris antes de ir para as corridas de cavalo. Becky nunca havia se divertido tanto em toda sua vida. No fim da tarde, estaria disponível para "trabalhar" na casa discreta do 16º Arrondissement; afinal de contas, ela era *une cinq à sept*.

A Sra. B para de falar. Janice para de tirar o pó. Ela quer saber o que isso significa. Sabe que a Sra. B quer lhe contar. Elas voltam a brincar de quem cede primeiro. Mas Janice não está para brincadeiras.

— Você preferiria ser uma prostituta ou uma faxineira? — pergunta a Sra. B de repente.

Às vezes, ela se pergunta se tem muita diferença. Não, está exagerando e se fazendo de coitada — fazer faxina não é a mesma coisa que vender o corpo. Ela não quer ter o pensamento seguinte, mas ele lhe ocorre mesmo assim. Vender o corpo é pior do que ser usada por um homem que procura alguém conveniente em quem possa se aliviar? Ela não aguenta mais pensar nisso, nele a agarrando no escuro da noite anterior. Sabe que a Sra. B está olhando para ela, mas, assim como Becky, ela não vai deixar que ninguém, principalmente essa mulher, a veja chorando. Janice desvia o olhar, ainda sem responder à pergunta.

— Você sabe, Janice, que é uma mulher excepcional.

Isso a faz olhar para a mulher, surpresa dessa vez.

— Eu não te conheço, então achar que eu sei algo sobre sua vida foi errado e eu peço desculpas. Mas posso apresentar fatos. E o fato é que você é uma faxineira excepcional. Eu acredito que seja uma mulher excepcional também. Mas, por enquanto, vamos analisar as informações que de fato foram registradas. — Ela acrescenta em um tom de voz seco. — Acho que você se subestima, mas não sei se vai acreditar em mim. Afinal de contas, eu já provei que sou uma velha rude e insensível, então, como eu disse, irei me ater aos fatos em vez de à minha opinião. Os fatos são os seguintes: você é uma excelente faxineira que também cozinha muito bem; você consegue e sabe usar uma solda, uma ferramenta multifuncional e, se não me engano, até uma serra elétrica foi mencionada. Você sabe mexer com estofamento e faz os próprios produtos de limpeza. Mas o porquê de você estar limpando uma casa de boneca eu não consigo entender. Até minha nora fica impressionada com sua habilidade de desmontar e limpar todas as peças da cafeteira excêntrica dela, algo que nem ela nem Tiberius são capazes de fazer. Um de seus patrões mencionou sua habilidade em tranquilizar pessoas e fez recomendações específicas sobre sua capacidade de separar brigas. Eu não vou te constranger repetindo os inúmeros elogios que fizeram sobre sua sensibilidade extraordinária e gentileza.

— Mas de onde a senhora tirou tudo isso? — exclamou Janice.

— Meu marido era o diretor do MI6. Eu mesma já trabalhei por um tempo nas operações secretas. Você acha mesmo que eu não pediria referências e não faria uma investigação sobre uma estranha que ia entrar na minha casa?

Janice não consegue resistir — ela não quer, mas sorri para a Sra. B.

— Francamente, Janice, eu posso até te achar uma boa faxineira, mas às vezes questiono sua inteligência.

No entanto, o músculo que indica estar mentindo se contrai no canto de seu rosto quando diz isso.

— Quer um chocolate quente? — É tudo que Janice consegue pensar em dizer; está na cara que ela não se sente pronta para digerir tudo que sua patroa disse sobre ela.

— Sim, e, por favor, faça um para você também. Eu fiz um para te dar mais cedo, mas acabei derramando quase tudo no chão.

0—╼

Assim que Janice se senta à mesa e dá um gole no chocolate quente, ela pergunta:

— Então, vamos lá, o que é *une cinq à sept*?

— Uma das maneiras de descrever Becky. É porque era nesse horário, entre as cinco e as sete, que os homens iam até a casinha escondida no 16º Arrondissement para escolher com qual garota eles gostariam de passar o fim do dia. Acho que tinham álbuns de fotos mostrando as diversas meninas, e, pela postura dela nas fotografias, um cliente poderia admirar, digamos assim, suas preferências. Então, enviavam um recado para a menina escolhida e ela ia entreter seu convidado.

— É igual encomendar alguma coisa na Argos. — Janice não consegue evitar a interrupção.

— Argos? Ah, aquela loja que tem um catálogo com os produtos? Isso, exatamente igual à Argos. As imagens de Becky nesse catálogo em particular sugeriam uma predileção por lesbianidade e bondage, embora eu não saiba dizer se a pessoa amarrada era ela ou o cliente. — A Sra. B faz uma pausa de repente, reflexiva. — Ou talvez eu saiba. Acho que ela gostava de dominar outras pessoas — diz devagar. Olha para Janice e sugere enigmaticamente: — Lembre-se disso, Janice. Isso vai aparecer de novo na nossa história mais para a frente. — A Sra. B dá um gole no chocolate quente. — Agora chegamos à transição de Becky de *la fille d'occasion* para *la courtisane*. Como *la fille d'occasion*, ela era vinculada a um estabelecimento, mas o objetivo era se tornar independente: *la courtisane*. Só que era raro ver alguém pular de uma posição para a outra tão rápido, era um processo. Um homem poderia ter mais do que um interesse passageiro por uma menina como Becky. Gostaria de ser visto com ela, geralmente depois de *cinq à sept* horas. Ele a levaria para jantar, à ópera talvez. Talvez ele a encontrasse com mais frequência, a levasse para almoçar, para corridas, até a deixasse morar em seu apartamento. Ele se tornaria um "homem importante" para ela. Contudo, esses relacionamentos quase nunca eram exclusivos, e, mesmo quando a mulher era uma cortesã totalmente independente, ou seja, não era vinculada a um homem ou uma Madame, ela poderia passar na sua "casa" antiga de vez em quando e fazer... Como posso dizer? "Horas extras."

— Então a Becky conseguiu um "homem importante"?

— Ah, muitos homens. Ela quase nunca era exclusiva, mas alguns se destacavam mais que outros. Posso te dar um exemplo de um desses caras que ela conheceu no início de sua transição para *la courtisane*. Ele tinha quarenta anos, era casado e obviamente muito rico. A família dele havia enriquecido com a venda de vinhos, que, pelo que eu entendi, trazia do Vaticano. Tenho certeza de que isso fez um sorriso se abrir no rosto de Becky. Ah, aquelas freiras teriam se engasgado com suas hóstias abençoadas se soubessem. Esse homem a deixou em uma de suas casas de campo extravagantes, onde tinha um grande estábulo de cavalos. Eu me lembro de ter comentado que Becky adorava cavalgar. Ele a levou como sua acompanhante em suas viagens ao Marrocos e a Veneza. Também me lembro de ter mencionado que os homens ganhavam certo prestígio ao serem vistos com uma maravilhosa cortesã. Becky tinha cabelos castanhos e sedosos, uma boca sensual e um corpo que faria rapazes corarem e suas mães se benzerem. Ela não era tão bonita, mas...

— Ela tinha presença. — Janice não resiste em contribuir.

A Sra. B a olha, surpresa.

— Como eu estava dizendo, ela era uma mulher extremamente atraente. Mas, antes de criarmos uma imagem idealizada de que todo homem a desejaria, precisamos lembrar que estamos falando de Becky. Ela tinha um temperamento péssimo e era movida por sua única obsessão: ela mesma.

— O que aconteceu com o homem dos vinhos?

— O relacionamento deles era bem conturbado. Eles eram conhecidos por se estapearem em público, e teve uma ocasião em que ele ficou com tanta raiva dela que a trancou em casa. Mas foi Becky quem riu por último. Ela soltou todos os cavalos do estábulo e os deixou correr pela casa. Eu consigo visualizá-la com um belo vestido de seda, rindo enquanto corria atrás deles pelos cômodos. Eu me pergunto se ela cavalgou em algum deles pela casa. Gosto de imaginá-la pulando uma penteadeira da época de Luís XV como se fosse uma cerca. No fim, o temperamento dela era difícil demais para ele e os dois decidiram se separar. Acredito que ele tenha lhe pagado uma pensão bem gorda.

— Mesmo depois de ter se cansado dela?

— Sim, e isso, assim como o bondage, vai aparecer de novo na história mais para a frente. É importante ter em mente que havia regras muito rígidas nesses relacionamentos.

Lembra um pouco as faxinas, pensa Janice.

— Um cavalheiro, caso tivesse criado uma conexão forte com alguém como Becky, deveria ser muito generoso com ela caso se separassem.

Então não lembra as faxinas.

— Agora, por enquanto, vamos deixar Becky de lado, assim como a conversa sobre Paris. Melhor a deixarmos feliz com sua ignorância porque, apesar de Becky não saber, uma tempestade estava se aproximando. Uma guerra estava chegando. E também já passou muito da hora de você ir embora. Precisa ir, senão vai perder seu ônibus.

Janice olha para o relógio; ela não acredita na hora que vê.

— Espero que você não esteja achando que vou te pagar por essa última hora. — A Sra. B volta a bradar.

— Ah, não. Eu nunca acharia uma coisa dessas, Sra. B.

Ela vê o músculo da mentira se contrair.

— Tem certeza de que eu não posso te chamar de Sra. P? Soa tão bem. Combina com você.

Janice não lhe agracia com sua resposta.

Quando ela vai buscar seu casaco, a Sra. B anuncia:

— Eu liguei para Mycroft, e ele vai vir me ver daqui a duas semanas. Acho que você vai gostar dele.

Ah, então é para ela estar lá. A guerra está chegando aqui também, e a Sra. B quer tê-la em seu comitê.

Janice coloca o casaco e pega seu dinheiro. Ao fechar a porta, ela pensa em Tiberius e em suas, provavelmente válidas, preocupações com sua mãe sozinha nesta casa e na mulher que a humilhou e a deixou emocionada. Ela se pergunta: caso haja mesmo uma guerra, de que lado ela ficará?

16

O perigo pode estar logo à frente

As correspondências chegaram cedo, e tem alguns envelopes no capacho: as contas de sempre, o que faz com que Janice sinta um aperto no peito; um catálogo estampando uma senhora em um elevador de escada, o que faz Janice sorrir porque ela pensa em Becky na hora; e um cartão-postal de sua irmã. Ela deixa as outras correspondências de lado e se senta no primeiro degrau da escada, segurando o cartão-postal. É de Antígua, e sua irmã e o marido parecem estar se divertindo à beça. Seus olhos percorrem as voltas e as curvas familiares da letra de sua irmã, e, por mais que as linhas falem sobre uma viagem de barco e ponches de rum, tudo que ela consegue visualizar são as palavras "eu lembro o que você fez".

Ela ainda está sentada ali, com o cenho franzido, quando Mike desce a escada.

— Vamos tomar um café antes de sair?

Ela entende: "Eu quero o meu com leite, duas colheres de açúcar. Aproveita e traz uns biscoitos também." O que ela não consegue interpretar é o que está implícito em seu pedido de tomar café com ela. Janice não consegue se lembrar da última vez em que eles tiveram uma conversa enquanto tomavam um cafezinho ou qualquer outra bebida.

Um emprego novo, talvez? Ela encara as contas ainda na mesinha perto da porta e torce muito para que seja isso. E para que seus novos chefes não peçam referências como a Sra. B.

O que acontece em seguida é uma das conversas mais bizarras que ela já teve com o marido; embora ela ache que seria melhor chamar aquilo de um monólogo, já que não tem muito com o que contribuir.

Mike: — Sabe que eu sempre admirei todo o esforço que você fez para seguir carreira como faxineira.

Carreira? Desde quando isso é uma carreira? E me admirar? A maior parte do tempo você sente vergonha por eu ser faxineira, e eu raramente vou com você ao pub porque, depois de algumas cervejas, você deixa isso bem claro ao fazer piadas à minha custa, que nem são tão engraçadas assim.

Mike: — Você é muito profissional, e eu acho que isso é importante no meio doméstico.

Do que você está falando? "Meio doméstico"?

Mike: — De certa maneira, você é uma marca comercial perfeita: sempre confiável, sempre estável.

Você bebeu?

A essa altura, ela consegue dizer:

Janice: — Mike, do que você está falando?

Mike: — Você vai entender.

Janice: — Quando?

Mike: — Você deve ter ficado curiosa com as reuniões que tenho feito.

Janice: — Eu estava achando que eram entrevistas de emprego.

Mas agora estou achando que é o AA.

Mike (pegando seu café e dois biscoitos e indo em direção à porta da cozinha): — Só tenha calma, eu ainda tenho mais algumas reuniões. Devo chegar tarde alguns dias desta semana.

Ela quer perguntar se ele está tendo um caso, mas não sabe como fazer isso sem parecer esperançosa.

Mike (agora no corredor, mas se virando para a porta da cozinha): — Estou feliz que a gente tenha conversado sobre isso. Eu sei que você sempre me apoiou e eu gosto de pensar que formamos um bom time.

Ela nem sabe por onde começar dessa vez. Ele está falando igual a um coach. Será que as reuniões são sobre isso? Ah, pelo amor de Deus, tomara que Mike não esteja se aventurando como coach. É um dos poucos caminhos que ele ainda não tentou. O homem dos mil empregos? Janice não quer nem pensar. Ela imagina o rosto dele estampado em cartazes colados em postes e vitrines vazias convidando pessoas a ouvi-lo em centros comunitários e bibliotecas. Então, ela se imagina percorrendo o mesmo trajeto com Decius, tentando arrancar todos os cartazes.

⊙—⚹

Ela anda até o ponto de ônibus se perguntando se conseguiria dissuadi-lo dessa ideia, se é que ele realmente a está considerando. Será que ele a escutaria? Com certeza não é algo que já tenha feito.

— Ah, é você.

Ela estava tão perdida em pensamentos que nem percebeu que era o professor de geografia ao volante até ele falar com ela. Ele repete o "ah, é você" enquanto sorri para ela de um jeito que lhe dá um frio na barriga.

— Ah, sobre isso... — começa ela.

Então, atrás dela, surge o inevitável:

— Anda logo!

— É pra já! — É tudo que consegue dizer antes de andar pelo ônibus e se sentar.

No que ela estava pensando? É pra já? Ninguém diz "é pra já", a não ser o Capitão Hastings em uma adaptação para a TV de alguma obra de Agatha Christie. Ela queria que Decius estivesse ao seu lado encarando-a com aquele olhar de: "Mas no que é que você estava pensando, mulher?"

E o que ela vai fazer agora? Será que deveria dizer algo ao sair? Mas isso significaria ter de sair pela porta da frente do ônibus em vez de pela porta que fica no meio, por onde as pessoas costumam desembarcar. Será que deve só dar um tchauzinho da porta do meio e torcer para que ele se vire e a veja? Ela tenta pensar no que Decius a aconselharia a fazer e, por mais que ele esteja a quilômetros de distância, consegue imaginar a cara dele. E ele claramente dizendo: "*Carpe diem*." O que seria bem profundo da parte dele — mas, afinal de contas, o nome dele é em homenagem a um imperador romano.

Ela se levanta no último segundo, pouco antes de seu ponto; ela decide passar depressa e dizer um agradável: "Tenha um bom dia." Quando ela chega à porta da frente do ônibus, ele olha para cima e sorri. Antes que consiga pronunciar as palavras, Janice se dá conta de que está encarando, horrorizada, um monitor com imagens de câmera de segurança que mostra ao motorista a parte interna do ônibus. Ela aponta para ele e só consegue dizer:

— Mas você consegue ver.

— Aham — diz ele, assentindo.

— Você me viu da última vez.

— Aham.

— Trocando de lugar no ônibus e olhando para você.

— Aham.

Ela se vira para ir embora; o pouco de dignidade que lhe restava havia sumido.

— Ganhei a semana — diz ele, baixinho.

Ela olha para ele, sem ter certeza se ouviu direito.

— Na verdade, ganhei o ano — corrige ele, com mais confiança.

Ela repara que ele tem um leve sotaque — escocês? — e que seus olhos, que parecem estar lhe contando uma piada, têm um tom verde-acinzentado. Ela se pergunta se, além de ser um homem que gosta de escalar o Snowdon, ele também gosta de dançar. Em seguida, ele rouba sua frase, o que a faz cogitar que ele também estava pensando no que dizer.

— Tenha um bom dia.

Ela não se lembra da caminhada para buscar Decius e não tem ideia do que conversou com a Sra. Sim-Sim-Sim. Não diria um "tanto faz" na cara dela, mas com certeza pensou. Quando chega à casa de Fiona e Adam, já está mais recomposta. Enquanto esperam por Adam, ela repara que Decius está particularmente saltitante hoje, como se estivesse com molas nas patas. Toda vez que para no chão, ele olha para cima para encará-la e parece estar sorrindo. Se um fox terrier conseguisse rir, seria assim. Ela sabe como ele se sente; ela também quer rir.

Fiona e Adam aparecem na porta, e, enquanto Adam e Decius correm um atrás do outro, Fiona toca o braço de Janice.

— Você se importa se Adam passear com Decius pelo quarteirão sozinho? Ele não irá muito longe. A gente pode tomar um café.

Janice fica se perguntando o que Fiona quer conversar com ela. Sabe que tem alguma coisa, mas também sabe que não pode ser algo tão estranho quanto o diálogo com Mike hoje de manhã.

— Tudo bem — aceita ela, depois acrescenta: — Mas ele precisa ficar de coleira. — Ela não quer ter que explicar para Tiberius que seu cachorro de raça sumiu. Ela sabe que pode confiar em Adam, mas diz para ele: — Não é que eu não confie em você, Adam, mas ele não é meu cachorro e não posso deixar que nada aconteça com ele. — Para tentar amenizar, ela dá uma risada e continua: — Eu simplesmente não aguentaria perdê-lo.

Ele a encara, e ela suspeita que seja com o mesmo olhar que deu para seu psicólogo babaca.

— E você acha que eu aguentaria?

Ele se afasta, a coleira de Decius presa com firmeza em torno de sua mão.

Fiona já passou o café na prensa francesa e serviu biscoitinhos em um prato. Ela estava planejando esse momento, pensa Janice, e se pergunta o que está por vir.

Fiona fica mexendo nos óculos em seu colo por um tempo.

— Eu queria começar com calma. — Ela olha para cima e abre um sorriso torto. — Sabe, falar do tempo lá fora. Mas o que eu quero mesmo saber é... — Ela olha pela janela na direção em que Adam e Decius seguiram. — Você acha que ele está bem? — dispara ela, sem perceber que não serviu o café para nenhuma das duas. — É só que ele parece tão feliz quando Decius vem aqui e, por um instante, quando ele volta para casa, parece o Adam de antes. E fico me perguntando se ele fala alguma coisa. Eu sei que não deveria perguntar. Ele me odiaria se ficasse sabendo disso. Mas estou tão preocupada com ele... Quer dizer, Adam está indo bem na escola, e eles têm sido ótimos lá. Ele tem alguns amigos do futebol, mas não acho que sejam muito próximos. Eu falei para ele chamar os meninos para virem aqui em casa, mas tudo que ele respondeu foi: "No dia do jogo?" E foi para o quarto batendo o pé. — Fiona começa a chorar. Não com soluços altos e barulhentos, mas com lágrimas que escorrem pelo seu rosto como se já conhecessem o caminho. — E a única pessoa com quem eu poderia conversar, a única que o amou tanto quanto eu, o abandonou. E eu não sei o que fazer. Merda!

Janice está de joelhos em frente à cadeira com as mãos nas de Fiona.

— Ele tem você como mãe. — É tudo que consegue responder.

— Ele tem uma mãe que o ama e que está sempre do lado dele. — Ela senta no chão devagar, mas ainda segura as mãos de Fiona. — Eu também não sei o que você deve fazer. — Sua intuição lhe manda acrescentar: — Sou só a faxineira. — E vê que sua intuição estava certa. Fiona dá uma risada fraca. — Obrigada por recomendar o meu trabalho, inclusive.

— De nada. Ela pareceu ser meio osso duro de roer pelo telefone. Tem certeza de que quer trabalhar para ela?

Janice não tem certeza, mas explica:

— Ela era uma espiã.

— Ah. — Fiona assente como se isso fizesse todo sentido, o que Janice sabia que não fazia. Ela se senta na cadeira e serve café para as duas. Fiona pega um lencinho de papel de uma caixinha que deixa para quem estiver de luto. — Interessante — responde, puxando um dos lenços.

Janice literalmente não faz a menor ideia do que dizer, então, em vez de pensar em algo, apenas fala:

— Às vezes, quando estamos caminhando, eu tenho a impressão de que Adam é apenas um menino de doze anos brincando com um cachorro. Você disse que não queria que ele fosse definido como o menino que perdeu o pai. Eu não tenho uma solução para isso, não sei se a gente pode escolher a nossa história. Mas eu posso te dizer que no parque, brincando com Decius...

— Mas que nome ridículo para um cachorro — interrompe Fiona.

— O dono dele se chama Tiberius.

— Cruzes! Não sei de quem sentir mais pena.

Janice sabe, mas não compartilha essa informação.

— O que eu ia dizer é que tem momentos quando Adam está brincando, que consigo ver que ele não é definido pelo suicídio do pai. — Ela diz isso sem rodeios porque sabe que não é hora de pisar em ovos com frases como "porque ele se foi" ou "não está mais aqui". — Ele não esqueceu, é claro. É algo que faz parte dele tanto quanto o sangue em suas veias, mas ele consegue ter momentos de paz enquanto passa por isso. Se é que faz algum sentido.

Fiona assente.

— Não tenho respostas. Eu me pergunto se alguém tem. Mas, quando olho para o menino, eu realmente acho que ele vai ficar bem. Acho que ele vai ter cada vez mais momentos como esse. Você deveria ir com a gente de vez em quando — acrescenta ela.

Fiona suspira como se de repente tivesse ficado muito cansada.

— Eu adoraria.

Janice quer dizer mais uma coisa.

— Quando eu tinha a idade de Adam, minha mãe não era muito presente e eu teria feito qualquer coisa para ter uma mãe como você.

— Ah, obrigada — agradece Fiona.

Mas Janice vê que a mulher não tem a menor noção do que ela está falando, da mesma maneira que Janice nunca entenderá como foi ter sido casada com um homem que se matou.

Quando Janice volta para devolver Decius, a Sra. Sim-Sim-Sim está esperando por ela junto à porta dos fundos. Janice está muito cansada mas atenta. Ela tenta parecer uma "mosca-morta". Sente que é melhor ser subestimada, independentemente do que aconteça.

Ela queria que pelo menos desta vez Decius não se sentasse tão perto dela. Ele repousou o traseiro em sua bota esquerda.

— Ele gosta muito de você — diz a Sra. Sim-Sim-Sim com um tom enigmático.

— Ah, acho que é porque dou comida para ele — responde Janice, se arrependendo logo em seguida.

— Mas ele segue uma dieta vegana. Espero que não esteja dando petiscos para ele — diz a Sra. Sim-Sim-Sim, desconfiada.

— Não, eu só quis dizer nos dias em que você não está. — Janice tenta parecer o mais devagar e insignificante possível.

Ela levanta o pé para Decius se tocar e trotar para sua cama na cozinha. Ele acomoda o traseiro mais acima de sua bota.

— É muito gentil da sua parte cuidar da minha sogra assim. Eu sei que ela não é uma mulher fácil... — A Sra. Sim-Sim-Sim faz uma pausa, convidando-a a falar.

Por algum motivo, Janice fica em estado de alerta.

— Está tudo bem. Preciso ir — responde ela, com toda animação que consegue reunir.

A Sra. Sim-Sim-Sim a impede, se aproximando da porta dos fundos.

— Tem muita coisa acontecendo entre a minha sogra e a universidade nesse momento, é complicado. Não queremos que ela fique esquentando a cabeça com isso, então, se ouvir algo que possa chateá-la... Quer dizer, você sabe como são os idosos, eles podem entender errado... A coisa certa a fazer seria contar para o meu marido. É ele que está cuidando de tudo isso, sabe, procurações, as questões jurídicas dela. É ele que está organizando tudo, já que ela não consegue mais dar conta...

Janice se esforça para não a encarar com uma expressão de choque e olha do jeito mais inexpressivo que consegue para sua orelha esquerda.

A Sra. Sim-Sim-Sim brinca com um dos muitos zíperes amarelados de seu vestido (hoje era um verde-esmeralda com estampa de faisões mortos).

— Isso mesmo, Sra. P, é com ele que deve falar. — Ela acrescenta com certa indiferença. — Ele ficaria *muito* grato.

Janice não sabe para onde olhar; só sabe que não pode mais ficar encarando essa mulher horrível. Ela olha para Decius, e sua opinião sobre a Sra. Sim-Sim-Sim está estampada em sua cara: "Sua filha da..."

— Não! — grita Janice antes que consiga se controlar.

Ela odeia aquela palavra.

A Sra. Sim-Sim-Sim dá um passo para trás como se tivesse levado um tapa.

Um silêncio constrangedor se instaura, e as duas ficam se encarando. Depois de um tempo, Janice se ajoelha e procura algo na boca de Decius. Ela implora com os olhos: "Disfarça." Com a outra mão, ela puxa sorrateiramente um lenço do bolso do casaco e então se levanta com um floreio, como se fosse um péssimo mágico.

— Desculpe, achei que tivesse visto algo na boca dele.

Decius espirra sem disfarçar seu descontentamento e sai trotando. Ela o compreende.

— Eu não queria que ele engasgasse — explica Janice, não muito convincente.

⊙━

Mais tarde, parada na calçada, Janice pede um táxi. Ela não se importa com o preço, só precisa chegar em casa depressa. Ela reza para que Mike esteja em uma de suas "palestras motivacionais" e que ela fique com a casa toda para si. Enquanto está esperando o carro chegar, começa a nevar. Ela olha para cima e deixa sua visão embaçar ao observar os flocos de neve à luz do poste. Janice queria fazer o mesmo com seus sentimentos. Hoje ela teve fortes emoções, e isso a deixou exausta. Tenta desopilar, mas um pensamento não sai de sua cabeça. Ela tem certeza de que a Sra. Sim-Sim-Sim irá contar para o "Tibs" hoje à noite que talvez a Sra. P não seja tão mosca-morta assim. Ela queria que isso não a deixasse tão inquieta.

17

Histórias precisam ser contadas, senão elas morrem

— Você não tem outro suéter?

Até seu marido percebeu que ela tem usado seu suéter vermelho favorito por mais de uma semana. Ela o lava dia sim, dia não e o pendura no toalheiro térmico do banheiro para que de manhã já esteja seco. Quando ainda está úmido, ela o veste mesmo assim (o toalheiro térmico nunca funcionou direito, embora ela tenha trocado a válvula de sangria). O professor de geografia não deu sinal de vida, mas hoje de manhã o Hell's Angel disse, enigmático:

— Brecon Beacons, princesa.

Ela tinha ido se sentar no fundo do ônibus com o rosto vermelho. Será que todo mundo sabia o que ela estava pensando — que talvez o professor de geografia estivesse de férias? Será que ela estava, como a Irmã Bernadette diria, "fazendo papel de trouxa"? Ou será que o Hell's Angel era amigo do professor de geografia e ele havia pedido ao amigo que dissesse algo para ela?

Ainda está pensando nisso quando coloca outra pilha de livros na mesa. Ela está na casa da Sra. B e já organizou metade de seu acervo. Com o passar do tempo, elas aprenderam a habitar o mesmo espaço de forma amigável, algo que ela não imaginava que seria possível quando aquela mulher de roxo abriu a porta pela primeira vez. A Sra. B pediu a ela que criasse um catálogo com os livros dela e do marido. A senhorinha não tem um computador nem a menor intenção de aprender como mexer em um, então, em vez disso, Janice está trabalhando em um catálogo de fichas à moda antiga. Isso consiste em ficar sentada à mesa enorme de carvalho, na cadeira Chippendale original (conforme veio a descobrir), examinando cada livro, um de cada vez. A Sra. B a encoraja a ser minuciosa.

— Como você vai catalogar os livros corretamente se não fizer ideia do conteúdo?

Então, depois do pouco de limpeza necessária para manter tudo em ordem, Janice faz um café para elas, ou um chocolate quente, dependendo do tempo, e começa a ler. A Sra. B, por sua vez, senta-se em sua poltrona favorita e lê o *Times*, soltando um suspiro alto ou irritado aqui e ali dependendo do artigo que estiver lendo. Janice adora não só explorar as palavras e ilustrações do acervo, mas também sentir cada livro em suas mãos. Todo livro é único: seu DNA é revelado por meio do peso, da sensação e do cheiro do papel; a cor e a textura das guardas; se a lombada é reta ou boleada; como cada relevo e impressão tem uma sensação diferente sob seus dedos; e como cada livro abre de um jeito diferente, revelando o segredo de uma história, um artista ou uma receita favorita. De sua cadeira, ela consegue ver o gramado do pátio lá fora e observar os alunos passando. Stan acena enquanto faz as rondas, e, quando acena para ele também, ela se dá conta de que esses são, sem dúvida, os momentos mais felizes de sua semana. Ela logo se corrige ao imaginar a expressão de Decius ("Que bonito, hein?!") — os momentos mais felizes tirando os que passa com Decius.

Hoje, a claridade está atravessando a janela de treliça, a luz do sol criando sombras em seu suéter enquanto seca e aquece a lã em sua pele. Ela acabou de encontrar uma história que quer compartilhar com a Sra. B. Isso também virou parte da rotina — ela lê trechos específicos em voz alta; precisam ser histórias e precisam ser baseadas em fatos (para ser coerente com o que Janice espera de uma colecionadora de histórias).

— Acho que vai gostar dessa, Sra. B. A protagonista me lembra a senhora.

— O que você quer dizer com isso? — brada a Sra. B, e Janice pensa: "Algumas coisas nunca irão mudar."

— Faz parte de um livro sobre Perthshire. Seu marido era escocês? A senhora tem muitos livros sobre a Escócia...

— Era tão escocês quanto você. Ele nasceu em uma cidade próxima a Londres — acrescenta ela, ranzinza. — Mas a família dele tinha uma casa de campo nas Highlands.

— Ah, sim.

— Anda, vamos logo com isso. Não tenho tempo a perder. Não sei se você percebeu, mas não tenho todo o tempo do mundo.

Janice sorri e responde:

— A história é sobre um conde que se casou com uma dançarina. Ela era considerada uma mulher "espalhafatosa" para a época. Não estava mais no auge de sua beleza fazia tempos, mas ele a amava. E ela o amava.

Janice descobriu um novo método de colecionar histórias (agora ela está pronta para compartilhar algumas). Elas precisam ser recontadas de um jeito específico. Quase como se ela estivesse lendo em voz alta de um grande livro de histórias.

— Me conta uma coisa, eu sou o conde ou a prostituta nessa história adorável?

— Ah, com certeza a prostituta. Ela não era um colírio, mas tinha uma presença.

Por um instante, Janice acha que a Sra. B vai se engasgar com o chocolate quente.

— Os moradores da cidade não gostaram muito da nova condessa e sinto dizer que eles não foram muito receptivos. Para falar a verdade, eles sentiam uma vergonha alheia. Ela não fazia o menor esforço para se vestir como a falecida esposa ou as irmãs do conde. Em vez disso, escolhia roupas chamativas que, depois que passou a ter dinheiro de sobra, eram mais brilhantes e extravagantes do que nunca. A família de seu marido e a nobreza a rejeitavam, e os aldeões riam dela pelas costas. Muitas vezes, na cara dela também. Quanto mais eles riam, mais ela gostava de surpreendê-los. Ela mandou pintar sua carruagem de rosa-shocking e, em vez de prendê-la aos alazões baios que seu marido comprara como presente de casamento, ela convenceu um amigo que comandava um circo itinerante a lhe emprestar suas zebras. E, assim, foi para a igreja, com o conde, todo feliz, sentado ao seu lado. Quando o vigário lhe deu um sermão sobre os perigos da ostentação, ela foi até o amigo do circo, pegou um tigre emprestado e o amarrou nas portas da igreja para que o coitado não conseguisse entrar.

— Não sei por que você o chama de "coitado". A meu ver, ele mereceu.

— Eu sabia que a senhora ia gostar dela. — Janice sorri para a Sra. B. — Seu momento de brilhar chegou quando o vigário e a paróquia se deram conta de que a janela principal da igreja precisava ser restaurada e que isso sairia muito caro. Um dos vitrais retratando a Virgem Maria precisava ser trocado. Como isso ia além dos poderes da diocese, eles naturalmente recorreram ao conde, que sempre tivera muita consciência de seus deveres cívicos. Ele disse que arcaria com as despesas da janela contanto que sua esposa entrasse para o comitê. O vigário não tinha como recusar e aceitou a proposta. Mais tarde, com o acordo fechado, o conde mencionou que o papel de sua esposa no comitê seria a supervisão da arte. E foi por isso que, três meses depois, quando os moradores do condado foram até lá para a inauguração da nova janela, eles se depararam com um vitral de uma condessa colorida e voluptuosa, não a Virgem Maria.

A Sra. B soltou uma gargalhada.

— Essa, sim, é uma história boa para a sua coleção.

Janice não se lembra de ter dito à Sra. B que ela era uma colecionadora de histórias — mas, pelo visto, nem precisou.

O━━☆

Mais tarde, enquanto Janice faz sopa, a Sra. B se aproxima mancando e se senta na banqueta com facilidade.

— Você está pronta para a vida de Becky durante a guerra?

— Ah, estou — diz Janice, pegando as cebolas e a tábua de corte.

— Acho que, por hoje, podemos focar nos primeiros anos de guerra, já que o príncipe estrangeiro entra em cena só no fim.

— Eu tinha me esquecido dele. — Em seguida, Janice acrescenta: — E estamos falando de um príncipe de verdade? Acho que a senhora mencionou que havia dois.

— Sim, um príncipe de verdade que se tornaria rei.

Ao começar a cortar a cebola, Janice percebe que isso está cada vez mais parecido com um conto de fadas.

— Essa história é real? — pergunta ela, incerta.

— Com certeza.

— Então, a guerra. Estamos falando da Primeira Guerra Mundial?

— As freiras devem estar orgulhosas de ver que você aprendeu alguma coisa — responde a Sra. B, com muita ironia.

— Eu não me lembro de ter dito que fui criada por freiras.

— Não disse? — pergunta a Sra. B despretensiosamente.

E Janice se dá conta mais uma vez de que ela é ardilosa; precisa ficar de olho aberto.

— Então onde estava Becky quando a guerra eclodiu? — questiona Janice.

— Vivendo feliz da vida em Paris. Por incrível que pareça, para quem tinha dinheiro e influência, a vida na época da guerra podia ser bem agradável. No entanto, eu acredito que houve um período durante a guerra em que era proibido dançar tango.

— Que triste... — lamenta Janice, imitando a ironia da Sra. B.

— Pouco tempo depois, Becky decidiu participar dos esforços de guerra, ajudando uma baronesa a organizar os transportes que traziam e levavam os médicos para os hospitais. Acho que Becky deve ter gostado de trabalhar com uma mulher com quem teria se dado bem em outras circunstâncias. A essa altura, Becky tinha um Renault novinho em folha. Fico me perguntando se ela comprou na loja onde antes era o convento. Tomara que sim. Seja lá qual for o caso, ela se apresentou como voluntária, criou coragem e foi dirigir para os médicos.

— Ela chegou a ir aos campos de batalha?

— Duvido muito. Não se esqueça da principal regra de Becky: ela em primeiro lugar. Sei que levou com ela seu chef particular e sua empregada vietnamita, então podemos presumir que não passou tanta dificuldade. — A Sra. B faz uma pausa, pensativa. — Acho que talvez esse seja um ponto em que a nossa Becky é diferente da Becky Sharp do livro? Não me lembro de Becky Sharp esboçar nenhum interesse pelos seus empregados, você lembra?

Janice balança a cabeça e começa a cortar cenouras.

— É estranho, mas os empregados de Becky raramente tinham algo negativo para falar dela, costumava ser o contrário. Com eles, pelo menos, ela se comportava bem. O que me parece interessante.

— O quê? Alguém tratar bem os próprios funcionários?

— Sabe de uma coisa? Com o passar dos dias, você está ficando mais parecida com Becky Sharp do que com Amelia.

Janice fica em silêncio, e ambas sabem que a Sra. B saiu por cima dessa vez.

A Sra. B fica mais empolgada ao continuar:

— Sinto dizer que sua versão altruísta logo caiu por terra, e, quando o clima esfriou, Becky procurou uma desculpa para abandonar a baronesa e suas boas ações. Eu acredito que ela inventou uma doença como desculpa, porque de repente surgiu um jovem médico que a aconselhou a abandonar o clima frio, por questões de saúde, e se mudar para a fabulosa cidade do Cairo, que era exatamente o lugar para onde ela queria ir.

— O que ela fez para que ele dissesse isso?

— Não faço ideia. Assim que chegou ao Cairo, Becky arrumou outro "homem importante". Casado, claro, com alguém da realeza egípcia. Não tenho certeza se ele tinha um estábulo de cavalos, mas o amigo egípcio dela tinha um estábulo de Rolls-Royces, o que, de certa forma, deve ter ajudado Becky a superar sua decepção de não poder continuar com seu trabalho durante a guerra. — O tom da Sra. B é muito sarcástico. Ela continua: — E aqui chegamos a outro acontecimento que nos mostrará um lado interessante de Becky e das outras coisas que acontecerão depois. — A Sra. B faz uma pausa, mudando de assunto de repente. — Essa sopa não vai ficar rala?

— Não, vai por mim, sei o que estou fazendo. — Janice sorri. — Então, qual é o acontecimento?

— O acontecimento se passou num *souk*, no Cairo. Ela estava com seu amigo egípcio e aconteceu uma tentativa de assassinato contra ele. Uma de muitas. Enquanto o aspirante a assassino corria na direção do amigo, Becky se jogou na frente dele e o salvou.

— Ela o amava mesmo — sugere Janice.

— Aí é que está. Acho que Becky, e isso é só minha opinião, se dava melhor com os homens que eram só seus amigos do que com aqueles com quem se relacionava romanticamente. Acho que foi mais um gesto de amizade do que de amor. Ela realmente teve alguns desses homens em sua vida.

— Quais? Amigos em vez de namorados?

— Sim, mas acredito que esse acontecimento seja importante porque deixa claro que ela tinha muita consideração pelo amigo egípcio e, de novo, sugiro que você se lembre disso no decorrer da história.

— A senhora parece uma personagem de *As mil e uma noites*. — Janice ri.

É um comentário despretensioso, mas a reação da Sra. B é inesperada. Ela se vira na banqueta e encara Janice com um olhar penetrante.

— O que você quer dizer com isso?

A Sra. B está muito desconfiada, e Janice não consegue entender por quê. Ela muda de assunto quando outro pensamento lhe ocorre.

— É claro que Becky podia ser lésbica e transar com homens seria apenas uma escolha profissional em vez de sua preferência pessoal. — A Sra. B parece relaxar. — Verdade, não podemos nos esquecer do catálogo. E depois vieram outros catálogos nos quais acredito que sodomia tenha sido acrescentada ao seu portfólio, com lesbianidade e sua performance como dominatrix.

— Isso foi no Cairo?

— Não. Por causa do verão egípcio insuportável, Becky retornou a Paris.

— Por causa da saúde dela — pontua Janice, sorrindo.

— Exatamente. Quando voltou a Paris, Becky cortou laços com sua Madame e fez uma aliança com outra que comandava um espaço muito chique, talvez o mais fino de Paris. Becky também arrumou um apartamento e um salão. Como eu já disse, a mudança de funcionária para empresária era um processo complicado. Foi nesse meio que Becky começou a acompanhar homens com títulos de nobreza e com muito dinheiro. E, às vezes, ela dava a sorte de conhecer homens que tinham as duas coisas. — A Sra. B olha para seu relógio. — E, como está ficando tarde, nós vamos parar por aqui.

— Sra. B, queria saber sobre a filha de Becky. O que aconteceu com ela?

— Ainda mora na fazenda.

— Becky a visita com frequência?

— Nunca.

Janice mexe a sopa devagar.

— No que você está pensando? — questiona a Sra. B.

— Então, durante todo esse tempo, ela não a viu? E ela era rica, não era?

— Sem dúvida, estava ganhando um dinheiro bom e outros itens de valor. — A Sra. B assente sem desviar os olhos de Janice. — Por que isso te incomoda tanto?

O que Janice pode dizer? Que isso muda tudo? Ela tem a sensação de estar assistindo a um filme, vendo a vida de Becky como puro entretenimento, e agora é trazida de volta à realidade. Até achara graça que o tango tivesse sido proibido, sendo que a poucos quilômetros de distância centenas de homens estavam sendo massacrados.

E, durante todo esse tempo em que Becky está por aí sendo Becky, existe uma criança lá, uma criança de carne e osso, que quer sua mãe. Como alguém conseguia ignorar a existência de uma criança? É uma pergunta que ela já se fez várias vezes. Ela consegue sentir que a Sra. B a está observando.

— Acho que eu estava esquecendo que foi tudo real e que Becky tinha um lado mais obscuro. — É tudo que diz.

— Estava achando o quê? Você não queria uma história real? Pessoas são complicadas. Nada é tão simples assim. O que você quer? — pergunta a Sra. B, impaciente.

Janice quer dizer alguma coisa, mas não consegue. Não é sobre a própria mãe; ela sabe que precisa deixar isso enterrado onde está. Mas existe algo mais próximo do aqui e do agora que a está corroendo. Ela tenta de novo:

— Nas minhas histórias, e, sim, eu coleciono histórias... — Ela se sente aliviada ao vocalizar isso. — Eu amo o fato de que pessoas normais fazem coisas surpreendentes, são corajosas, engraçadas, gentis... generosas. Sei que essas pessoas têm defeitos. Claro, a vida é assim. — Ela começa a andar pela cozinha, tentando articular, encontrar as palavras. — Mas existe um consolo em saber que há bondade e alegria na história delas. Pessoas comuns, que estão apenas tentando seguir a vida e fazer o seu melhor. A senhora está falando sobre uma pessoa completamente egoísta, que deveria ser a vilã, e está dizendo: "Mas, olha, ela também é boa." — Janice cerra os punhos enquanto anda.

— É uma via de mão dupla, Janice, não seja ingênua. Pessoas ruins, ou seja lá como quiser chamá-las, não são totalmente ruins. — A Sra. B agora está irritada. — Diga o que *você* quer dizer — repete ela, séria.

Janice a olha com uma expressão meio horrorizada. Ela se sente inquieta e desconfortável, como se algo a estivesse incomodando. Então, de repente, as palavras escapam de sua boca:

— Eu sei que o que a senhora está falando deveria fazer com que eu me sentisse feliz da vida. "Ah, olha só, pessoas ruins também podem ser boas." Mas, por algum motivo, eu não quero saber. Quando é em um livro, eu consigo aceitar. Consigo me divertir com Becky Sharp sendo atrevida e terrível, com poucas características louváveis. — Depois que começa, Janice não consegue parar. — Mas, quando é uma história real, eu não suporto alguém dizendo que "elas não são tão ruins". Porque na vida real, e sim, estou falando da *minha* vida, eu tenho que conviver com alguém ruim do meu lado todo santo dia.

Seu coração está acelerado, e ela sente a pulsação latejando em seus ouvidos, o que a faz continuar:

— E eu passei anos e anos falando para mim mesma: "Ah, nada é tão preto no branco assim. E daí que ele é ardiloso, magoa os outros, é egoísta, decepciona todo mundo, é um péssimo pai, mente, é exagerado, gasta todo dinheiro que eu ganho esfregando chão e ainda me menospreza pelo que eu faço?" Passei todo esse tempo dizendo que "ah, ele não é tão ruim assim", procurando o lado bom dele. "Ele sempre consegue arrumar emprego, não fica desempregado por muito tempo, não me bate, não dá em cima de outras mulheres, nós já fizemos alguns programas em família, ele é bem alegre, os amigos do pub gostam dele, e ele tira o lixo quando eu peço." E quer saber? — Janice sabe que está gritando. — Não é o suficiente. Não é o suficiente, porra. Então, quando a senhora diz que é tudo um equilíbrio e que "ah, olha só, essa pessoa que você achava que era horrível na verdade tem um lado bom", eu não consigo engolir, porque eu passei *anos* tentando ser sensata e fazer o que a senhora está me pedindo agora. "Não é tudo tão preto no branco, Janice." Mas às vezes, quando você já gastou toda sua energia tentando ver a porcaria dos dois lados da pessoa, tentando encontrar algo bom em uma situação de merda, você não quer ouvir uma mulher que não te conhece dizer a você que relativize tudo. Às vezes, você só quer subir no telhado e gritar que tudo é ruim e que você não aguenta mais.

Ela está tremendo descontroladamente e, por um segundo, acha que vai vomitar na pia. Em seguida, começa a girar como se fosse um animal encurralado e se agacha. Ela não acha que está chorando, mas sente o rosto molhado e a coriza logo acima do lábio superior. Passa a mão no rosto e se lembra de Fiona, mas não vai pensar nela. Se fizer isso, sabe que será dominada pela culpa, já que a situação de Fiona é muito pior; comparando com ela, Janice não tinha motivos para chorar. Mas ela também não pode fazer isso, não pode ficar dizendo a si mesma para sempre: "Tem gente que está pior do que eu."

Ela sente vontade de deitar em posição fetal perto da pia e apoiar a cabeça no chão gelado, então é exatamente isso que faz.

Janice sente uma mão esquelética em seu ombro e escuta uma voz que não parece com a da Sra. B, que ela acha que pertence a outra pessoa.

— Venha, sente-se na poltrona perto da lareira, que eu vou pegar um conhaque para você. — Ela se pergunta por um breve instante de onde aquela pessoa tirou esse grande cobertor azul e percebe que é mesmo a Sra. B e que ela deve ter subido a escada caracol e voltado. Quando olha para a senhorinha, vê que o rosto dela está pálido de tanta dor. — Vamos servir várias doses duplas e beber todas — declara a Sra. B.

Janice não sabe ao certo quem está ajudando quem, mas elas se levam até a lareira e a Sra. B a guia até a poltrona velha do marido e a cobre com o cobertor. Depois, ela afunda na própria poltrona e puxa uma sacola de mercado para perto de si, de onde tira duas canecas e uma garrafa de conhaque.

— Espero que não se importe de beber na caneca. Pensei que poderia quebrar os copos, se tentasse carregá-los até aqui com a garrafa.

— Eu beberia direto no gargalo — responde Janice com total sinceridade.

Ela parou de tremer, mas parece que foi atropelada por um carro.

A Sra. B lhe entrega uma caneca cheia de conhaque.

— Bem, isso foi inesperado — diz ela.

Janice começa a rir, e a Sra. B faz o mesmo, mas ela não sabe se estão rindo ou chorando.

18

Lar é onde mora o coração

Ela acorda encarando um teto desconhecido cor de creme. Há um barulho estranho de algo borbulhando nos canos de água quente, e ela vira a cabeça na direção do som. Quando olha para o celular, vê que são 7h14. Ela está em um dos quartos de hóspedes da universidade, com duas camas e a mobília que lembra o bazar da Fundação Cardíaca Britânica. Datada, mas que ainda dava para o gasto. A cama na qual estava deitada era dura e pequena, mas não havia outro lugar onde Janice quisesse estar.

A Sra. B arrumou aquele quarto para ela ontem à noite, depois de chamar Stan (e lembrar o nome dele) e se apoderar de um dos quartos — pelo qual ela disse que ia pagar. Janice reparou que Stan a encarou com olhar de preocupação quando a viu aninhada na poltrona da Sra. B, enrolada no cobertor.

— Janice não está se sentindo muito bem — disse a Sra. B.

Janice tentou não rir; aquela cena parecia muito bizarra e o conhaque já estava batendo, como era de esperar.

Stan quis ligar para a emergência ou para um médico, mas a Sra. B sussurrou assim para ele — de maneira que Janice também ouvisse —: "Ela está naqueles dias."

A reação de Stan lhe deu mais vontade de rir. Ele não poderia ter saído do quarto mais rápido que aquilo. Depois que Stan foi embora, a Sra. B contou a Janice que essa desculpa tinha sido infalível durante sua curta carreira como espiã.

— A quantidade de coisas que você consegue esconder em um absorvente é impressionante. É claro que naquela época eles eram muito maiores — acrescenta ela, se arrependendo logo em seguida.

As duas gargalharam, e a Sra. B serviu mais conhaque.

A Sra. B não questionou Janice sobre seu marido ou seu surto, mas tinha insistido em ligar para Mike e avisar a ele sobre a localização de sua esposa. Janice puxou o cobertor, sabendo que estava segura, quando a Sra. B pegou o telefone. Se pudesse colocar os dedos nos ouvidos sem que ficasse parecendo mais tola do que já parecia, teria colocado.

Ela observou a mulher frágil com a calça dobrada dar suas instruções. Ela balançava seus pezinhos para a frente e para trás enquanto falava e Janice sabia que ela estava se divertindo. A Sra. B agiu como se fosse uma grã-duquesa, e cada palavra que pronunciava era dita com extrema clareza. Ela não aceitou nenhum argumento e quase não deixou Mike abrir a boca.

A esposa dele tinha sentido uma tontura, não era nada preocupante, é só por precaução. Janice ficaria na universidade como sua convidada para poupá-la da viagem de ônibus até sua casa. Não, não tinha necessidade de ele passar lá para buscá-la. Ele podia ficar tranquilo.

Janice sabia que seu marido ficaria impressionado com essa conversa com a Sra. B, e, assim que Mike chegasse ao pub aquela noite, aquilo teria se tornado um "longo bate-papo com uma lady". Janice não se surpreenderia ao ouvir que ela e o marido passariam o Natal com a lady este ano.

Foi só quando Janice se levantou para ir dormir que a Sra. B lhe perguntou:

— Janice, posso perguntar por que você não larga seu marido? Se achar que estou sendo inconveniente, por favor, me avise.

O que ela poderia dizer? Pena? Castigo por ter permitido que Simon fosse estudar em um internato? Ela não tinha certeza de qual motivo fazia mais sentido. Então apenas disse:

— Não me importo com a pergunta e, se eu soubesse, até poderia responder. — Quando chegou à porta, ela se virou. — Obrigada, Lady B.

— Me chame disso outra vez, e eu vou chamar você de Sra. P — bradara a Sra. B.

O—⚷

Deitada em sua cama universitária, encarando o teto, Janice não consegue determinar o motivo pelo qual não se separa de Mike. Porque, se tem uma coisa que ficou clara com o surto de ontem à noite, é sua total certeza de que é isso que tem vontade de fazer. Em vez de ficar montada em uma enorme gangorra tentando manter sua vida em equilíbrio, ela pulou e deixou um dos lados bater no chão com um barulho ensurdecedor. Isso traz um alívio.

Janice não acha que ainda está com ele por pena. Essa fase já passou. Simon agora é um adulto, não uma criança. Se ela quer mesmo se redimir, deveria conversar com o filho, não continuar onde está, olhando para a cara do marido. É lógico que tem a questão do dinheiro. Mike tinha hipotecado a casa deles de novo sem contar para ela, então ainda faltam alguns anos pela frente para quitar essa dívida, mas eles tinham dinheiro guardado. Não era muito, porque, repetindo, Mike tem o hábito de gastar dinheiro, mas ela juntou alguns milhares de libras. Mas para onde iria? Não tem dinheiro para pagar a hipoteca *e* um aluguel. Os poucos amigos que tem não podem ajudá-la financeiramente — e ela não pediria isso a eles. Poderia arranjar uma casa para trabalhar onde dormisse durante a semana, mas é isso mesmo

que ela quer? Estar sempre a postos para alguém como a Sra. Sim-
-Sim-Sim, vinte e quatro horas por dia? E como ia abandonar Decius?
Só de pensar, fica apavorada. E ainda tem Fiona e Adam. Ela também
quer manter contato com eles, não quer? Sem contar a Sra. B e pessoas
como Carrie-Louise e Geordie.

Uma hora depois, sua cabeça girava de tanto pensar em problemas que não parecem ter solução. Ela relembra a conversa com a Sra.
B que deu início a tudo isso. Será que a Sra. B sabia que alguma atitude
precisava ser tomada? Será que tinha derrubado de propósito com
sua mão magrela o frágil castelo de cartas que sustentava o universo
precário de Janice? Ela não duvidava de nada.

E a vida da Sra. B? Ela também não tinha os próprios dilemas?
Será que Tiberius era um homem com qualidades desconhecidas? Ela
ainda não consegue conceber a ideia de contar para a Sra. B sobre a
conversa que ouviu. Apesar de toda a arrogância de Tiberius com seus
"não-não-agora-não", talvez ele realmente se importe com o que seu
pai queria, e ele não queria construir um legado educacional em nome
do pai? Talvez ele passe noites em claro preocupado com a possibilidade de sua mãe cair e acabar falecendo. Será que a Sra. B não está
sendo egoísta em não considerar outra opção? Janice começa a ficar
tonta outra vez — ainda sem nenhuma solução concebível.

Quando ela sai do quarto, Mike está esperando por ela ao lado de
Stan, na portaria. Eles estão conversando sobre futebol, e ela pensa nas
próximas visitas e em Stan lhe dizendo que seu marido é um cara bacana.
Ela se pega torcendo para que Stan tenha um amigo na universidade que
já tenha trabalhado com Mike no curto período em que ele foi porteiro.
Isso pode poupá-la de uma conversa em que tenha de fingir entusiasmo
e alegria pelo marido, quando na verdade só quer dizer: "Desculpe, Stan,
mas eu não faço a menor ideia do que você está falando."

— Vamos, Jan. Vamos para casa — diz Mike, todo preocupado, e
a conduz até o carro, carregando a bolsa dela.

Ela sabe que sua atitude é genuína e, quando vê, está de volta à gangorra. Ele não é tão ruim assim; alguns homens a deixariam voltar sozinha de ônibus para casa. Ela se lembra com muito custo de que é ela que paga o carro e o combustível que tem nele. Mas isso não ajuda muito, já que diz a si mesma que está sendo egoísta; não deveria nem pensar em jogar isso na cara dele, pois casamento significa trabalho em equipe.

Ela entra no carro e encosta a cabeça no vidro gelado da janela. Está confusa e completamente exausta. Janice fecha os olhos e deixa o que Mike está falando entrar por um ouvido e sair pelo outro. Ele estica o braço e toca seu ombro.

— Isso, durma um pouco.

Então, ele liga o rádio e sintoniza no jogo de críquete — alto.

⚷

Quando chegam em casa, ela avisa que vai sair. Tem a impressão de que nada irá fazê-la passar pela porta, nem um empurrão no meio das costas até a soleira.

— Acho que vou tomar um ar e passear com aquele cachorro.

Para Mike, ela chama Decius de "aquele cachorro". Assim, Mike não ri do nome dele e Decius não vira o foco de uma piada repetitiva no pub. Ela espera que Decius a perdoe.

— Não vamos nem tomar café?

"Não, Mike, faça você mesmo a droga do seu café." Janice não verbaliza isso e se pergunta por que não consegue mais expressar sua raiva. Ela está ficando esgotada. Só quer deitar ali mesmo, no meio do caminho, e ficar sozinha. Em vez disso, pega as chaves dele, entra no carro e começa a dirigir.

Se tem uma coisa que Janice ama em cachorros... Bem, em Decius, para falar a verdade, é que eles são ótimos em saber o que você está sentindo. Hoje ele não pulou nem uma vez sequer, nem foi atrás de aromas tentadores. Andou ao lado dela como se essas outras coisas não fossem importantes para ele. Decius olha para cima de vez em quando para ver se ela está bem e, pela boca torta e a cabeça inclinada, Janice sabe que Decius está tentando fazê-la rir. "Cola comigo, garota, vou te levar pra passear." Quando não dá certo e ela se senta, exausta, em um banco de frente para o rio, ele sobe em seu colo (sem nem tentar procurar petiscos no bolso dela) e a deixa enterrar o rosto em seu pelo.

Quando volta para a casa de Decius, ela reza para que a Sra. Sim--Sim-Sim tenha saído. Ela saiu, mas Tiberius está na cozinha, tomando café e lendo em seu tablet.

— O passeio foi bom? — pergunta ele, olhando para ela antes de voltar a encarar a tela.

É a primeira vez que ele fala com Janice em quatro anos. Ela tem a impressão de que ele está aprontando alguma coisa e só murmura um "sim, obrigada" enquanto se retira. Ela achava que seria legal se eles tivessem uma conversa agradável de vez em quando, mas agora prefere continuar invisível.

A caminho de casa, ela para o carro no acostamento e fica encarando o para-brisa sem saber por quanto tempo, observando nada além das gotas de chuva solitárias se acumulando ali. Ela não quer ir para casa, mas sabe que não tem mais para onde ir. Então, fica sentada ali, olhando as gotas no vidro, e um ônibus passa jogando água na lateral do carro. Ela pensa no professor de geografia por um segundo, mas sente apenas a triste decepção de uma menina que descobriu cedo demais que contos de fadas são só coisas de criança.

0—⚷

Depois de um tempo, ela chega à garagem e Mike está lhe esperando. Ela consegue ver no rosto dele que está preocupado e volta a se sentir culpada. Quando sai do carro, ela percebe que essa tem sido a maior preocupação de sua vida: a culpa.

Mike a observa andar até a porta. Não pergunta por que ela demorou, e Janice se dá conta de que ele está ficando agitado. Ele nem pergunta o que tem para a janta.

— Vou subir, não estou me sentindo muito bem — diz ela, pendurando o casaco.

— Não se preocupe com a janta — responde ele, como se essa fosse sua maior preocupação. — Vou pedir alguma coisa pra gente.

Ela pensa em dizer: "Não temos dinheiro para pedir comida nem para as cervejas que você vai tomar no pub quando for retirar o pedido." Mas realmente já não liga mais.

Janice prepara um banho de banheira e submerge na água quente. Ela fica com o corpo todo embaixo da água por um minuto, no quentinho, e se consola com a maneira como a água abafa todos os outros sons. Ela ouve Mike fechar a porta e dar partida no carro, mas parece que ele está a vários quarteirões de distância. Ela reemerge e inclina a cabeça para trás. Está procurando uma história para ajudá-la. Enfim, escolhe. Quer uma que a leve para bem longe desta casa. Ela se abaixa até os ombros ficarem debaixo da água morna e se imagina contando a história para a Sra. B.

Essa é a história do homem que fabricava aviões. Não era isso que realmente fazia, mas era o que seus filhos diziam na escola quando cada aluno da turma tinha de falar de seus pais. E depois era o que seus netos diziam quando os outros perguntavam se eles eram parentes.

— Sim, ele é meu avô e fabrica aviões.

Ele tinha um nome incomum, era dono de um império no meio corporativo e estava sempre no jornal, então essa era uma pergunta que eles estavam acostumados a responder.

O homem que não fabricava aviões criou uma pecinha que integrava a maioria das aeronaves. Ela fazia com que os aviões ficassem no céu por mais tempo usando menos combustível, e, graças a isso, ele vendeu inúmeras peças e ficou muito rico. O que a maioria das pessoas não sabia, e que ele não contava para ninguém, era que tinha medo de voar. Inclusive, foi por isso que inventou a peça — para deixar os aviões mais seguros. Quando tinha de viajar, gostava de ir de barco, e muitos achavam que ele fazia isso porque queria salvar o planeta. Ele realmente queria (e ficava orgulhoso em saber que sua invenção ajudava a reduzir a emissão de gases de efeito estufa), mas este não era o principal motivo do seu amor por barcos.

Muitos jornalistas que escreveram sobre esse homem acreditavam que aviões e preservação do meio ambiente eram as duas paixões de sua vida. Por ser um homem rico e bem-sucedido, ele tinha direito a duas histórias.

Porém, sua história principal era que ele amava ouvir o canto dos pássaros. Era isso que realmente o deixava feliz, e ele queria ouvir o maior número de pássaros possível. Sendo assim, o homem não gastava seu dinheiro com mansões e carros velozes (nem com jatos particulares, obviamente). Ele gastava seu dinheiro comprando todas as gravações de cantos de pássaros que encontrava e, quando um registro longo e antigo do canto de aves britânicas foi a leilão, cancelou duas reuniões com a diretoria e o almoço com o ministro dos Transportes para estar lá e comprá-lo.

Após comprar as gravações raras (ninguém foi páreo para ele), gastou quase a mesma quantia para garantir que elas fossem remasterizadas e produzissem um som de qualidade. Depois disso, comprou uma lancha bem espaçosa e instalou vários alto-falantes nela. Então, ele convidava qualquer pessoa que quisesse passar seus domingos velejando com ele pelo lago perto de sua casa e ouvindo o som dos pássaros.

Janice cochilou na banheira, imaginando o canto das aves e a água batendo na lateral do barco.

Ela acordou quando Mike escancarou a porta do banheiro e entrou.

— Como você está? — pergunta ele, animado. Ela consegue sentir o cheiro de cerveja dali. — Está melhor? — Ele não espera por uma resposta, entra e equilibra uma caneca de café na borda da banheira. — Acho que você vai gostar.

Ele aguarda, ansioso.

— Obrigada — agradece ela, dando um gole.

Com leite e duas colheres de açúcar, do jeito que Mike gosta.

19

Nunca conte uma história para um homem surdo

Os dias seguintes são um círculo vicioso: acordar cedo, sair de casa cedo para não cruzar com Mike e andar até o ponto de ônibus — ela não procura pelo professor de geografia. Um café pela manhã numa cafeteria, depois encaixa o máximo de faxinas no dia. Um passeio com Decius, que lhe serve como motivação para o restante do dia, e então volta para casa — tarde. Vai se deitar no quarto de hóspedes — cedo. Repete tudo. Ainda não chegou a hora de voltar à casa da Sra. B, mas pensa nela com frequência. Mike sai o tempo todo e, quando está em casa com ela, ou está emburrado ou muito animado. Ela não sabe o que a deixa mais deprimida. Sabe que deveria se sentir mal por Mike, ou até conversar com ele, mas fica pensando em uma frase com a qual se deparou enquanto catalogava os livros da Sra. B: "Nunca conte uma história para um homem surdo." Ela nunca conseguiu contar sua história para Mike.

A quinta-feira chegou outra vez. Como sempre, as portas do ônibus se abriram com um suspiro e fecharam aos solavancos. A motorista de hoje era uma jovem com traços asiáticos usando duas tranças presas por laços laranjas. Enquanto o ônibus se afasta de Janice, ela fica admirando o prédio de apartamentos art déco do outro lado da rua. *Déjà-vu*. Então ela se lembra de que já viu isso várias vezes.

Mas nunca viu aquilo ali. Parado em frente às portas de um hall de entrada, está o professor de geografia. As luzes do prédio o iluminam como se estivesse em um palco. Ele está com calças escuras e um sapatênis marrom. Seu casaco (que parece muito apropriado para escalar o Snowdon) é azul-marinho, e ele está segurando um capacete de bicicleta pela alça. Ele ergue a outra mão, mas a abaixa na metade do caminho. Mesmo a distância, ela vê que ele está tentando sorrir, mas não está dando muito certo. Uma corrente de vento repentina agita o capacete à sua frente, mas não balança seu cabelo grisalho cortado rente à cabeça — compatível com um professor de geografia.

Janice assimila tudo isso em poucos segundos, mas a impressão que tem é que está parada na calçada por horas. Ela precisa atravessar a rua. Tenta se concentrar. "É assim que acidentes acontecem. Pessoas estão distraídas, colocam o pé na rua e... Bang!" Consegue visualizar o ônibus jogando-a longe, matando-a antes de ela falar com o motorista de ônibus, e não consegue conter o sorriso. Ele deve estar vendo, pois ajeita um pouco a postura e sorri também. Ela olha com muito cuidado para a direita, depois para a esquerda e atravessa a rua. O curto trajeto até a porta lembra uma passarela — mas é a passarela que surge em seus sonhos, na qual ela é lançada no meio de um desfile de moda e não tem outra opção a não ser desfilar carregando seu esfregão e seu balde. Em seus sonhos, ela está sempre com as piores roupas, nunca com seu suéter vermelho.

Esses pensamentos a levam até a porta, e, por não conseguir pensar em outra coisa para dizer, por esperar que isso o faça sorrir (ele parece preocupado) e por achar que é uma piada interna deles, ela diz:

— Ah, é você.

Isso realmente o faz sorrir, e ele responde, um pouco tímido, com seu leve sotaque escocês:

— Espero que não seja um problema.

— Mas como você sabia que eu estaria aqui?

— Eu sou motorista de ônibus.

— Eu sei que você é motorista de ônibus. — Ela quer perguntar se ele já foi professor de geografia, mas agora não é um bom momento. — Mas como sabia que eu estaria aqui hoje?

— É quinta-feira — responde ele, como se isso explicasse tudo.

Ela o fita com um olhar impassível. Ele volta a parecer preocupado.

— Não estou te perseguindo nem nada do tipo. Sou só bom com horários. Acho que faz parte do meu trabalho. E faz sete meses que eu dirijo o ônibus que você pega — acrescenta ele, hesitante.

— Sério? — Ela o encara com uma surpresa genuína.

Ele ri.

— Eu sabia que você não ia reparar em mim.

Mas ela está pensando: "Sete meses? Como eu não reparei nesse homem maravilhoso antes?" Em vez disso, ela diz:

— Eu sou faxineira.

Então, se pergunta *por que* disse isso. Se Decius estivesse ali, ele estaria olhando para ela, como quem diz: "Porra, mulher, se controla."

— Sim, eu sei — responde o professor de geografia.

— Como você sabe?

— Eu sou motorista de ônibus.

Ele é bem, bem simpático, mas isso está ficando esquisito.

Ele ri ao ver a expressão em seu rosto.

— Você escuta tudo quando está dirigindo um ônibus. É uma das coisas de que mais gosto no meu trabalho. As pessoas sempre te surpreendem. Acho que é como dirigir um táxi, só que maior, e você não tem que dizer para as pessoas tudo que pensa. Já ouvi, no mínimo, umas duas pessoas dizerem que você é a melhor faxineira de

Cambridge. — De repente, ele fica envergonhado. — Eu vi seu nome no cartão de passagem. Mas não fiquei procurando seu endereço e passando de ônibus em frente à sua casa, nem nada.

Ela sabe que ele disse isso de brincadeira, mas a realidade a atinge como um balde de água fria. É quinta-feira, está um frio desgraçado, o vento joga os cabelos em seu rosto e ela é casada com o homem de mil empregos. Janice não consegue ver uma saída. Apesar do seu surto com a Sra. B, apesar de seus sentimentos de dois segundos atrás, parte dela ainda está presa ao mundinho de Mike. Lá, ela deve ser grata por estar com ele e gostar de ser o foco de suas piadas. "Você está levando as coisas muito a sério, Jan. Relaxa um pouco, vai. Cadê seu senso de humor?" Ela se pergunta se conseguiria escapar se não houvesse uma vozinha que diz, mais alto do que Mike seria capaz de dizer, que ela não merece algo melhor. E isso a faz querer chorar, porque ela gosta de admirar este homem, mas a verdade é que isso é só uma fantasia.

— Eu queria saber se a gente poderia sair para tomar um café qualquer dia desses — diz ele, achando que ela fosse recusar.

E talvez seja isso, talvez seja esse o motivo do nervosismo no olhar dele, mas ela se pega dizendo:

— Sim, eu adoraria.

— Legal, é... Legal! — diz ele, genuinamente surpreso.

Ela disse que sim e falou sério, mas sente que precisa esclarecer as coisas.

— É complicado... Eu sou casada. — Agora está tudo às claras. Ela não consegue dizer os clichês "mas dormimos em quartos separados" e "meu marido não me entende". Então, ouve a própria voz repetir: — É complicado. Foi mal — acrescenta ela.

— Tudo bem — responde ele, olhando para o capacete de bicicleta em sua mão. — Olha, nós podemos ser só amigos que se encontram para tomar um café. E vai dar tudo certo, você não precisa se preocupar. Eu não sou de ficar correndo atrás de mulheres.

Ah, ele é gay. Ela definitivamente não esperava por essa.

Ele vê a expressão no rosto dela.

— Não, não, eu não sou gay. — Ele dá uma risadinha. — É só que eu tenho várias amigas mulheres. Como você disse, é complicado. — Ele se empolga. — Eu posso te contar no nosso café. Eu só quis dizer que não sou um pervertido esquisito — acrescenta.

— Só um motorista de ônibus — completa ela.

Ele assente.

— Que gostaria de tomar um café com uma faxineira.

É só quando está abrindo a porta do apartamento de Carrie-Louise que ela se dá conta de que não sabe o nome do professor de geografia.

20

Os altos e baixos

Adam está conversando com Janice sobre uma série de quadrinhos de ficção científica que está colecionando. Janice está emocionada por ele estar falando como se ela estivesse entendendo tudo que ele está dizendo e espera que suas respostas não a entreguem. Ela acha que está indo bem até ele comentar com impaciência:

— Não, ele é de *Descender*. Você está pensando em *Mass Effect*.

Na verdade, Janice estava pensando aonde o professor de geografia ia sugerir que eles fossem e o que ela ia vestir. Ela faz cara de quem sente muito e pergunta outras coisas sobre *Descender*.

Adam ri, de repente, e balança a cabeça.

— Você é igual à minha mãe. Aposto que também vê *Assassinatos de Midsomer*.

Ele não diz isso com raiva, mas com a surpresa de um jovem ao ver que pessoas mais velhas realmente gostam desse tipo de coisa. Ele corre para procurar um graveto para Decius, que olha para ela como quem diz: "Até que enfim, caramba." E o segue. Ela fica grata por Decius não falar palavrão perto de Adam.

Enquanto Adam corre, ela pensa em Simon. Na época dele, era *Star Wars*. Ela fica impressionada com a forma como meninos se envolvem com as minúcias dos universos pelos quais eles escolhem ficar obcecados — o que é engraçado, vindo de uma mulher que coleciona histórias e as guarda em uma grande biblioteca em sua cabeça. Por impulso, ela pega o telefone e disca o número do filho.

— Oi, mãe.

Ela não consegue decifrar o tom de voz dele. Será que está feliz em falar com ela? Isso a faz se sentir culpada, já que a última vez que ligou para ele foi há algumas semanas.

— Está tudo bem aí? Eu estava pensando em *Star Wars* por algum motivo e me lembrei de você.

Ela fica feliz ao ouvir o tom alegre em sua voz quando ele responde:

— E o que fez você pensar em *Star Wars*? "Você pensar que pessoas vão morrer"? — pergunta ele, imitando Jar Jar Binks.

Ela não faz ideia do que ele está falando. Nunca fazia quando ele começava a citar as falas dos filmes, mas, assim como nas conversas com Adam, não faz diferença o que ele diz, só de estarem conversando já é o suficiente. Ela fica surpresa por não ter percebido isso antes.

— Olha, desculpa por não ter te ligado antes... — começa ela.

— Não se preocupe com isso, mãe. Eu também não tenho ligado muito. Olha, eu não posso falar agora, vou entrar numa reunião.

Janice não consegue evitar se sentir constrangida e frustrada.

— Claro, você está no trabalho. Eu deveria ter mandado uma mensagem.

— Não, tudo bem. Você está livre esse fim de semana? Eu posso te ligar, e a gente bota o papo em dia.

Ela fica mais animada.

— Sim, seria ótimo, a hora que você quiser. — De repente, ao se lembrar do clima em casa, ela acrescenta: — Liga para o meu celular.

Quando desliga e começa a andar, ela observa Adam, que agora está lutando com Decius por um galho maior. Janice sente um carinho enorme por ele. Foi preciso um menino de doze anos para lembrá-la de que não deveríamos nunca parar de falar com nossos filhos.

Desde a conversa que tiveram tomando um café, Fiona passeou com eles algumas vezes, e Janice fica feliz em ver como Fiona mudou na forma de abordar Adam. No começo, ela bombardeava o filho com perguntas. Tinha a necessidade de falar qualquer coisa para preencher o silêncio — um pouco como ela mesma vinha fazendo com Adam, Janice se dá conta. Então, com o passar do tempo, tudo foi ficando mais natural; agora ela e Fiona conversam e caminham devagar, e Adam e Decius correm mais à frente. Aos poucos, ela viu os ombros de Fiona relaxarem e percebe que a mãe parou de observar todos os movimentos do filho. Janice acha que Fiona viu o que ela vê: um menino de doze anos brincando, todo feliz, com um cachorro. É claro que não dá para saber como Adam realmente está, mas dá esperança à mãe do menino.

A única coisa que estraga as lembranças que Janice tem dessas caminhadas é algo que ela sabe que foi culpa sua. E é uma coisa que não consegue explicar para Fiona e Adam. Decius, o cachorro de circo, estava se equilibrando nos joelhos de Adam, depois em seus dois pés (por um breve momento), enquanto Adam estava deitado de barriga para cima sobre seu casaco estendido na grama. Fiona e Janice formavam a plateia em um banco ali perto e aplaudiam sempre que necessário, enquanto conversavam sobre as novas aquisições para o segundo andar da casa de boneca. Janice viu Adam tirar uma embalagem do bolso e pegar algo para dar a Decius como recompensa. Ela não se lembra de ter pulado do banco, mas de repente estava de frente para Adam, jogando longe a embalagem que estava na mão dele, gritando:

— Tire isso da boca dele. Ele chegou a comer?

Ela afastou Decius de Adam e começou a examinar a boca do cachorro freneticamente.

Então, Fiona foi até ela e colocou a mão em seu ombro.

— Está tudo bem, Janice. São petiscos para cachorro. Eu disse para Adam que não tinha problema comprar para ele. Decius tem alergia a algo que a gente não saiba?

Janice olhou para o rosto pálido de Adam e para a expressão calma de Fiona e continuou dizendo:

— Cachorro não pode comer chocolate de jeito nenhum. Eles não podem.

Fiona, ainda com a mão no ombro de Janice, disse, como se estivesse acalmando uma criança:

— Está tudo bem, Janice. Não é chocolate. Está tudo bem.

Mais tarde, ela pediu desculpas para os dois, mas não disse por que aquilo a deixou tão transtornada. O que ela diria? O passeio seguinte foi um pouco mais sério e estranho que o anterior — mas logo, com sua admiração coletiva por Decius, o cachorro-maravilha, o clima ficou mais leve e eles nunca mais tocaram no assunto.

Depois de deixar Decius em casa, Janice decide ir ao centro de Cambridge. Ela ainda tem uma quantia razoável no vale-presente da John Lewis que Simon deu a ela de Natal e quer comprar uma coisinha para usar quando o professor de geografia a chamar para o café. Ela se lembrou de dar seu número a ele, apesar de ter se esquecido de perguntar seu nome.

Ela passou o dia inteiro pensando nisso e decidiu que gostaria de usar saia. Janice quase nunca usa saia e não quer aparecer usando nada que a lembre que seu trabalho é esfregar privadas. Ela tem algumas saias em seu guarda-roupa que vestem bem e que não são tão arrumadas. Sua jaqueta de couro deve ficar boa com uma delas — ela poderia usar o suéter vermelho. Mas não tem um sapato legal para usar. Janice até acha que o vale-presente da John Lewis pode dar para um par de botas pretas, se ela procurar bem.

A mulher que vem atendê-la tem uns trinta anos e logo mostra uma bota até o joelho que pode ficar boa e que não vai custar uma fortuna. Quando volta com uma pilha de caixas, a vendedora é interceptada por uma mulher baixinha de uns quarenta anos que está carregando um par de botas — parecido com o que Janice escolheu. A mulher é um palito e está toda de preto. Janice fica nervosa na mesma hora — ela já passou por um perrengue tentando fazer um par de botas passar por suas panturrilhas. Certa vez, um jovem vendedor teve de se deitar no chão para tentar fechar o zíper em uma perna que nunca ia caber no pedaço minúsculo de couro. Aquilo virou uma questão de honra para o rapaz — mas ele não conseguiu. O vendedor nem reparou em quão envergonhada Janice estava ali no meio da loja, como uma das irmãs da Cinderela. Ai, meu Deus, isso vai acontecer outra vez? Se as botas couberem na mulher magra e elegante, elas nunca vão fechar nas pernas de Janice.

A outra cliente a faz lembrar da Sra. Sim-Sim-Sim. Ela tentou roubar a vendedora que estava atendendo Janice — como se ela nem estivesse ali.

A mulher tenta outra vez:

— Você! Pode vir aqui. — Não é uma pergunta.

Janice quase abraça a vendedora quando ela se recusa de maneira educada.

— Vou aí ajudar a senhora num instante, estou só atendendo essa cliente.

Não conseguir sua proximidade física não impede a mulher de falar com a vendedora, mesmo estando do outro lado da loja.

— Mas você tem que me dizer. Elas vão ficar largas? As botas vão ficar largas? Eu já comprei outras de couro, mas minhas pernas são muito finas, as botas acabam ficando muito largas.

Janice sorri para a jovem vendedora que a está ajudando a calçar um belo par de botas de couro preto com camurça.

— Aí está um problema que eu não posso dizer que já tive.

— Eu também não — admite a moça, sorrindo.

Janice sente que elas poderiam ser grandes amigas, enquanto a mulher magra grita pela loja:

— Você acha que minhas pernas são muito magras? É esse o problema? Porque eu não quero que as botas fiquem *largas*.

— Vou ajudar a senhora em um momento — diz a vendedora e dá uma piscadinha para Janice.

Janice acha que ama essa moça. Ela já encontrou um belo par de botas em promoção e não cedeu à pressão da cliente exigente e, Janice suspeita, muito mais rica. Enquanto elas dão um jeito de subir o zíper da bota que está experimentando — justa, mas tudo bem —, Janice compartilha a história do jovem vendedor que se deitou no chão.

A vendedora se levanta, fazendo a outra cliente disparar mais uma vez:

— Me diz uma coisa. Ei, você! Elas são de couro?

A vendedora se vira na direção da mulher, mas continua prestando atenção em Janice.

— Eu tenho o mesmo problema que você tem com botas. — Então, ela se inclina para a frente. Janice se apoia na cadeira, surpresa. — Eu jogava squash — explica ela, fazendo outra pose. Agora ela parece uma jogadora se esticando para uma rebatida difícil. Ela se levanta de novo. — Você emagrece bastante, mas fica com pernas bem grossas. A culpa é do agachamento.

Janice ri.

— Sei muito bem. Mas qual é a minha desculpa?

A moça sorri para ela.

— Acho que as botas ficaram ótimas. — Em seguida, ela acrescenta baixinho: — Eu jogava squash pela Inglaterra. Agora, senhora... — diz ela, se afastando de Janice. — Como posso ajudá-la?

Enquanto Janice sai da John Lewis com suas botas *e* uma história, ainda dá para ouvir a voz birrenta da outra cliente:

— Mas você tem certeza de que elas não vão ficar *largas*?

21

Quando a coisa fica feia

Janice entra em casa mais rápido que nunca. Ela quer guardar a caixa com suas botas novas num lugar onde ninguém ache. Enquanto sobe a escada correndo — Mike não está à vista —, ela pensa na vendedora de sapatos da John Lewis. Talvez o segredo da vida não tenha nada a ver com a história pessoal de cada um? Pode ser que tenha a ver com fazer alguma coisa da qual você se orgulhe. Que sinta que te define. Ela pensa no seu vizinho, Sr. Mukherjee. Ele é dono de uma lavanderia, mas também jogava críquete pela Índia quando tinha dezesseis anos. Será que a jovem vendedora sorri ao se lembrar de ter jogado squash pelo país e pensa "sim, eu fiz isso"? Janice espera que esse pensamento a ajude a lidar com pessoas como a Sra. Botas Largas.

Ela escuta Mike saindo da sala e entra rapidamente no quarto de hóspedes. Dá apenas alguns passos depois de passar pela porta. Há grandes caixas de papelão espalhadas por todo canto. Estão empilhadas na cama, na cômoda e no chão. Ela vê que seus livros, fones de ouvido e casacos caíram, formando um montinho ao lado da cama.

— Oi, amor. Jan, vem aqui. Tenho uma coisa para te contar. Não se preocupe com as caixas, eu posso explicar.

Ela pega suas coisas e as deixa organizadas sobre a caixa de suas botas, que depois apoia em cima de uma das caixas maiores. O simples ato de arrumar aquilo está lhe dando um tempo para se recompor. Talvez Mike tenha arrumado um emprego com vendas e este seja o estoque? Talvez as reuniões tenham sido sobre isso e aquela conversa motivacional era papo de vendedor? Ela sente um aperto no peito — ele já tentou trabalhar com vendas uma vez. Mas, independentemente do que aconteça, essas caixas não vão ficar ali. Esse é o quarto *dela*. Ela não consegue largar o marido, mas nunca voltará para o quarto deles, para aquela cama.

— Vem, Jan. São boas notícias. O recomeço de que precisamos. Uma nova aventura.

Será que ele quer morar em outro país? Ele poderia ir sozinho, e ela ficaria aqui. Janice sabe que isso já é pedir demais, mas agora precisa descobrir.

Na sala, Mike está do lado de uma caixa, mas ela não consegue ver o que tem dentro. Ela se senta no sofá. Talvez ele já tenha começado a encaixotar seus pertences.

De repente, ela se dá conta de que está há horas sem comer nem beber nada.

— Antes de você começar, Mike, eu *adoraria* beber um chá.

— Você pode fazer pra gente daqui a pouco. Ou, melhor ainda, podemos ir ao pub comemorar.

Ela torce para que ele vá para a Nova Zelândia. É o lugar mais longe em que consegue pensar.

— Sei que você tem andado meio abatida — começa ele. — Bem, eu tenho trabalhado em uma coisa que acho que vai te dar o ânimo de que você precisa. Andei conversando sobre umas ideias que eu tive com um grupo que mostra como franquias podem te colocar em qualquer negócio. E, se você já está inserido no mercado, tende a ter mais oportunidades, obviamente. Se você expandir bem seu portfólio de produtos, você terá um clássico exemplo de crescimento exponencial.

Ok, então não é papo motivacional, mas isso ainda não faz o menor sentido. Uma franquia? Sua esperança de que Mike vá para o outro lado do mundo está se esvaindo depressa. Ela olha para o teto, pensando em todas aquelas caixas; isso está com cara de que não vai ser nada barato.

— O que tem nas caixas, Mike?

— Deixa eu terminar. — Agora ele está emburrado, mas ela o observa respirar fundo, então o Mike alegre volta. — Na verdade, foi você quem me mostrou esse caminho, e eu acho que deveria receber os créditos por isso.

Ela sabe que está olhando para ele com uma expressão impassível.

— O mercado doméstico... — continua ele, depois ri. — Foi mal, são muitos termos técnicos. Eles viviam me pedindo: "Facilita, Mike."

Ela não consegue evitar o seguinte pensamento: "Facilita a minha vida e não me arruma mais problema, Mike."

— Então, facilitando, vou abrir um negócio maravilhoso e vou combinar os nossos talentos.

Mike se senta ao lado dela. Ele tenta segurar sua mão, mas ela é mais rápida que ele.

— O que tem na caixa, Mike? — Isso é tudo que consegue perguntar.

— Certo, isso, talvez seja melhor começar por aí. Para que perder tempo se temos o produto bem aqui?

Ele abre a caixa e tira alguns produtos de limpeza. É de uma marca que ela nunca ouviu falar.

— O que são essas coisas? — pergunta, com um aperto no peito.

Ela desconfia de onde isso vai dar.

— Este é um kit completo de produtos de limpeza de alta qualidade... — Ele se apressa ao ver a expressão de Janice. — Não é o que você pensa...

Ele não faz a menor ideia do que ela pensa. Se fizesse, ela não estaria sentada aqui escutando essa merda.

— Eu não só investi nos ingredientes que compõem, digamos, a matéria-prima dos produtos de limpeza, como também pensei bastante no valor a ser adicionado pelas ferramentas de trabalho. Então, quando eu crescer na área por meio das franquias, a grana vai aparecer.

Agora ele tira da caixa uma bolsa grande com um tecido florido néon. A estampa lembra Janice de um dos recortes horrorosos nos vestidos da Sra. Sim-Sim-Sim. Ele abre o zíper e leva o produto até Janice. Dentro da bolsa tem o que parecem ser cinco escovas de dente elétricas enormes, cada uma com a cabeça de um tamanho diferente. As hastes das escovas têm a mesma estampa florida e chamativa da bolsa.

— E? — pergunta ela, desconfortável.

— Este jogo completo de escovas elétricas vai junto dos nossos produtos de limpeza para revolucionar as tarefas domésticas.

Ela não tem ideia de por onde começar. Então, decide começar pelo pior. Os produtos de limpeza parecem bem vagabundos; as escovas parecem ter custado muito mais.

— O que você fez, Mike? Quanto custou esse lote?

— Eu sabia que você ia reagir mal. Você nunca consegue ver o cenário completo.

Ele pega uma das escovas, como se fosse experimentar, e passa para ela, mas pensa duas vezes.

— Quanto foi, Mike?

— O kit de limpeza estava em promoção, o que significou um investimento inicial de apenas 750 libras, e nós vamos multiplicar esse número várias vezes. — Seu tom de voz é petulante agora. — As escovas são criações minhas, então obviamente eu precisei investir um pouco mais.

— Quanto foi, Mike?

— Cada kit é vendido por 59,99, então o lucro das vendas vai superar o gasto inicial. Nós vamos dobrar nosso dinheiro.

— Quanto foi, Mike? — Ela não sente nenhuma emoção, apenas frieza.

— É claro que eu tive que encomendar uma quantidade grande, mas consegui reduzir o preço unitário para 29 libras.

— Quanto foi, Mike?

Ela consegue se imaginar sentada naquele sofá de couro barato, parecendo a Miss Havisham da obra de Dickens, cercada por produtos de limpeza, dizendo até seu último dia: "Quanto foi, Mike?"

— O investimento inicial foi de 29 mil libras...

— Nossa, Mike! Esse era todo o dinheiro que a gente tinha. Como você pôde fazer isso?

Ela começa a tremer. Todo o seu trabalho, todo o seu tempo. E ele nem conversou com ela sobre o assunto.

— Você não está entendendo, Janice. Em vez de ver esse investimento como um patrimônio líquido negativo, você precisa ver isso como um patrimônio líquido positivo de mais de 30 mil libras.

— Você consegue devolver tudo e pegar o dinheiro de volta? — pergunta ela em tom de urgência.

— Acorda para a vida, Janice. Não é assim que se faz negócio. Eu importei os produtos em grandes quantidades, e se você não fosse só uma... — Ele se interrompe antes de dizer "só uma faxineira". Então continua: — Se você tivesse uma mente mais empreendedora, entenderia que, para conseguir o melhor preço, precisa pagar adiantado antes que os produtos sejam despachados. Não são coisas que podem ser compradas rapidinho num minimercado.

— Eu sei que não dá para comprar isso num minimercado.

— Quê? — Ele fica confuso, depois mais esperançoso. — Então você está começando a entender, Jan. Achei que levaria um tempo, mas eu sabia que você ia chegar lá...

— Mas dá para comprar isso no supermercado.

— Quê?

— O lugar onde comprei o kit que eu tenho. O cinza e branco que deixo debaixo da escada. Foi 7,99. E ele é *bem* útil, não para tudo, mas é ótimo para tirar o calcário do chuveiro.

Mike não parece tão interessado na parte do chuveiro. Ele está perplexo. Mas ela tem de reconhecer a capacidade dele de se recompor rapidamente.

— Acho que você não entendeu, Janice, que a qualidade desses aqui é muito melhor. E o mais importante é que as mulheres vão adorar essas cores. E — acrescenta ele, ficando mais confiante — você não viu o item mais importante, que é essa bolsa linda e prática.

— Do que você está falando? Ninguém sai por aí carregando material de limpeza.

Ele a encara com um ar estranhamente vitorioso.

— Isso não é verdade. Você leva às vezes.

— Mike, eu sou uma faxineira, caramba! — Ela percebe que o calor que estava sentindo é, na verdade, raiva.

— Eu sei que você é uma faxineira, droga — rebate ele, não mais alegre quanto antes. — Você acha que eu gosto que a minha esposa seja empregada dos outros? Você me trata como se eu não tivesse planejado as coisas.

Ela o encara sem acreditar.

— Mas você não planejou.

— Eu pesquisei tudo e vejo que esse negócio tem potencial. Eu até achei... Como eu sou burro! Achei que poderíamos trabalhar juntos. Você não percebe que com os seus contatos de faxina a gente poderia vender meu kit em todos os lugares onde você trabalha e para os amigos dos seus clientes?

Mike agora está andando para lá e para cá. É um homem grande e, de repente, o cômodo parece muito pequeno para ele. Mike tira as caixas do caminho com chutes.

— Então, sim, eu pesquisei tudo! Eu liguei para alguns clientes seus e ouvi a opinião deles. Para sua informação, eles não foram tão pessimistas quanto você.

— Você fez *o quê*?!

O tom de voz de Janice faz com que ele pare na hora. Ele nunca ouviu sua esposa falando assim.

Agora o calor de sua raiva é tão intenso que ela acha que vai cuspir fogo no marido. Janice se levanta, e Mike dá um passo involuntário para trás. Ela vê o reflexo dos dois no espelho: Mike, alto e hesitante; ela, pequena e tensa, todos os músculos retesados.

— Com *quem* você falou? — Ela precisa saber, seja por bem ou por mal.

Ele percebe só de olhar para o rosto dela que precisa lhe contar.

— Eram os quatro primeiros contatos da sua lista, a lista no seu telefone. — Agora Mike parece ter criado coragem. Ele estica o corpo para ficar mais alto. — Não sei por que você está fazendo tanto drama...

Mas o olhar dela o interrompe.

— Mike, eu estou indo embora.

Depois de dizer essas palavras, ela sente uma paz interior. Não importa o que aconteça em seguida, ela vai ficar livre disso. Prefere dormir debaixo da ponte a ficar mais um segundo com este homem.

Ela sai da sala e pega a mala debaixo da escada. Movendo-se de um cômodo a outro, escolhe e guarda suas coisas de modo rápido e eficiente. No andar de cima, escolhe uma bolsa grande no armário e faz o mesmo com suas roupas e com os itens de banheiro. O único problema são os livros. É difícil escolher quais levar, e não pode ficar com todos. Janice enche uma antiga caixa de vinho com seus favoritos. Pode pegar o restante depois. Tenta não pensar para qual lugar da face da Terra vai levar suas bolsas e esta caixa. Ela tem pouco dinheiro na conta, e só.

Mike aparece na base da escada.

— Qual é, Jan. Você não está falando sério. A gente pode conversar. Talvez as ideias precisem de alguns ajustes, mas você vai ver que eu estou certo.

Ela não responde; o ignora enquanto decide o que levar.

— Escuta, vamos tomar um café.

Ela perde a paciência.

— Mike, vai fazer você a merda do seu café. — Pela primeira vez, ela verbaliza isso. — E eu não tomo café com açúcar nem nunca tomei.

— Meu Deus, Janice, isso tudo é só porque fiz seu café errado? — Ele está olhando para ela no topo da escada.

— Não é por causa da *porra* do café — brada Janice. Ela acha que finalmente encontrou sua leoa interior. Nem precisou de música e de seus fones de ouvido. — É por estar sempre humilhando a mim e ao Simon. É por sentir que todos os erros que você comete são de alguma maneira culpa minha, que não sou nada e que deveria agradecer por ter um marido como você. Eu fiz tudo que pude para segurar as pontas enquanto você pulava de um emprego para o outro. Meu Deus, Mike, você acha mesmo que essa é a vida que eu sempre quis? Mas eu apenas segui em frente, e, não importa quanto me esforce no trabalho, você sempre faz eu me sentir como se devesse ter vergonha de ser "só uma faxineira".

— Mas você é *só* uma faxineira.

Ela não acha que ele diz isso para magoá-la; acha que é realmente isso que ele pensa dela e se pergunta por que demorou tanto para perceber. A paz está voltando. O filho dela nunca a fez se sentir como se fosse "só uma faxineira". Mesmo com a escola cara e os amigos esnobes, ele nunca fez isso. E, de repente, ela se lembra de que tem um motorista de ônibus por aí querendo tomar um café com uma faxineira.

— Eu estou indo embora, Mike — repete ela, com uma tranquila certeza.

— Mas você não pode. — Ele está subindo a escada de dois em dois degraus.

E, de repente, ela fica assustada — apavorada —, com um medo que a faz ficar sem ar e sem palavras. Ela se encolhe de medo.

Sua expressão o faz parar, e ele fica genuinamente atordoado.

— Jan, eu não ia te bater. Você sabe que eu nunca faria isso — diz ele, áspero.

Ela ajeita a postura, o coração acelerado.

— Eu sei. — Ela consegue sussurrar.

— O que foi, Jan? Olha, a gente pode dar um jeito — implora ele.

De repente, ela sente um cansaço que nunca havia sentido em toda a sua vida.

— Não podemos, Mike. Eu *estou* indo embora.

Ela pega suas coisas e desce com elas pela escada de maneira desajeitada. Mike se senta no topo da escada, vendo-a ir embora. A última coisa que ela faz é pegar o cartão-postal de sua irmã que ainda está na mesa do hall de entrada.

22

A história de um viajante

Janice dirige por Cambridge por uma hora. Ela não tem um destino definido, apenas vira alternadamente para a esquerda e para a direita até se perder. Se perder é bom, já que ainda não resolveu nem os seus problemas mais simples, como onde irá dormir. Ela não tem muito dinheiro. Talvez no carro? Será que conseguiria achar uma hospedagem bem barata?

Assim que o terreno descampado ganha forma, revelando um conjunto de celeiros abandonados, ela estaciona. Como Mike teve coragem de fazer aquilo? O que os patrões dela devem ter pensado dele — dela? Isso a deixa mais chateada do que ele ter usado o dinheiro. Aquele era seu mundo e era particular. Ela pensa na Irmã Bernadette e queria poder escutá-la agora, sussurrando em seu ouvido, mas há apenas o som do vento no carro e do ranger das cercas nos celeiros. Ela se dá conta de que a Sra. B a faz lembrar da Irmã Bernadette — a pequena freira quase sempre rabugenta. Pensa no cobertor azul com o qual a Sra. B a cobriu. Será que vai até a casa ela? Mas esse é o problema do universo que criou para si mesma, o universo que Mike acabou de violar. Neste universo, ela *é* só uma faxineira. E agora não tem mais uma leoa dizendo que ela é melhor do que isso, nem a Irmã Bernadette lhe sugerindo recorrer às irmãs se precisasse de ajuda. Na verdade, ela precisa pegar os contatos dos seus patrões — os contatos dos quais Mike se apropriou —, depois tem de ligar para eles e pedir desculpas pelo que ele fez. Ela o imagina vasculhando sua bolsa atrás de seu celular e copiando os números enquanto ela fazia o quê? Cozinhava? Colocava a roupa para lavar? Ela observa a silhueta escura dos celeiros e escuta o som que o vento faz. Pensa que, se *algum dia* sua versão patética, tímida e movida pela culpa tentar convencê-la de voltar para Mike, ela só precisará se lembrar deste momento, sentada em seu carro no escuro, perto dos celeiros abandonados. Sabe que será suficiente.

Janice pega o celular. Precisa fazer isso mais cedo ou mais tarde. Mike tinha dito que foram os quatro primeiros nomes. Só espera que a Sra. Sim-Sim-Sim não seja um deles. Ela aguenta qualquer coisa, menos fazer essa ligação. Janice toca na tela, e o telefone se acende.

É ruim, mas não tanto quanto imaginava. No entanto, sua raiva volta quando ela lê os nomes. Tudo se torna brutalmente real. Na lista estão: Major Allen, Sra. B, Dra. Huang e Geordie. Ah, Mike deve ter adorado essa última conversa. Não consegue nem pensar em quanto o marido bajulou o astro mundialmente famoso. Ela vai deixar Geordie por último.

Liga para a Sra. B primeiro. Acha que pelo menos a Sra. B sabe com quem está lidando quando se trata do seu marido. Ela se pergunta se a ligação foi antes ou depois de seu surto. A Sra. B não deu nenhum indício de que Mike havia ligado tentando empurrar seus produtos de limpeza para cima dela. Por outro lado, ela era uma espiã e sabia guardar segredos. As mãos de Janice começam a suar enquanto ela digita os números. O telefone toca, mas ninguém atende. Ela começa a ficar nervosa — então, se lembra de que a Sra. B não atende o telefone às vezes. Vai deixar para resolver isso pessoalmente.

A ligação para o Major Allen a faz rir, sendo bem sincera. Antes que ela se prolongasse nas explicações excruciantes, ele a interrompe:

— Não precisa dizer mais nada, Janice. Eu saquei logo de cara. Meu filho me alertou sobre esse tipo de coisa, e isso também aparece no jornal toda hora. Acho que se chama *phishing*. Eu soube que ele era um pilantra assim que ouvi sua voz. Deixei o telefone aqui do lado e fui fazer um chá. Deixei ele lá aumentando a conta do telefone. Clonaram seu celular, querida, foi isso que aconteceu? Talvez seja melhor mudar de número. Meu filho disse que isso geralmente resolve.

Janice diz que vai fazer isso e desliga.

A história do Major Allen é o que ela chama de história contada pela metade. No quarto de hóspedes do Major Allen tem duzentas e catorze caixas de sapato. Ela sabe disso porque já contou. Dentro de cada caixa tem um belo par de sapatos femininos. Ele encoraja Janice a admirá-los. São todos tamanho 33 (Major Allen calça 43) e nunca foram usados. Ele nunca disse por que coleciona esses sapatos (tamanho 33), e ela nunca perguntou. A história tem de ser contada por livre e espontânea vontade. As exceções são as histórias que ela coleta no ônibus, ou em um café. Como essas costumam incluir algum elemento de sua imaginação (e são classificadas como algo entre ficção e não ficção), ela permite que fujam das regras.

A próxima é a Dra. Huang. Essa conversa é mais constrangedora. Janice consegue sentir no tom de voz da doutora que ela acha que a ligação de Mike foi inconveniente e ofensiva, e que Janice caiu em seu conceito por permitir que seu marido tivesse acesso ao número dela. E ela tem razão. Ela acha que a Dra. Huang só não a demitiu porque Janice começou a trabalhar para ela há pouco tempo (e esperou muitos meses para isso). Janice ainda não descobriu a história da Dra. Huang, mas acha que deve ter algo a ver com as lindas orquídeas que ela cultiva em sua estufa — o tempo irá dizer.

Quando Janice chega ao nome de Geordie, ela percebe que está tremendo de frio. Liga o aquecedor e coloca um casaco mais quente que estava no banco traseiro. Mas não faz muita diferença. Geordie atende no primeiro toque, mas parece distraído, e ela se pergunta se ele está ocupado ou se não está conseguindo ouvi-la direito. Ela queria conseguir enxergar o lado engraçado de tudo isso — está sentada em seu carro velho, perto de um dos celeiros, pedindo desculpas aos berros para um tenor mundialmente famoso. Mas, enquanto fala, ouve sua voz embargando. Ela acha que Geordie também ouviu, pois seu tom de voz despreocupado muda.

— Fique tranquila, querida, toda hora surge um puxa-saco novo para me perturbar. — Isso só piora a situação já que comprova que a ligação de Mike foi cheia de bajulação, além de invasiva e inapropriada.

Um silêncio se instaura do outro lado da linha, e Janice se pergunta se consegue respirar sem que Geordie perceba que está chorando.

— Ainda está aí, querida?

Janice assente, mesmo sabendo que ele não pode vê-la. Ela não confia na própria voz.

Mais silêncio, e então ela escuta seu vozeirão tranquilo:

— Você bem que podia me ajudar, Janice. Onde está agora, querida?

— Estou dentro do carro. — Ela consegue dizer sem chorar, mas sua voz sai em um sussurro. Ela nem tem certeza se Geordie ouviu.

— Será que você poderia me fazer um grande favor? Estou esperando meu empresário chegar com o táxi. Estou indo para o Canadá. A turnê começa no sábado... — Ela o escuta chamar alguém mais distante. — Estou aqui! Já vou aí, um segundo. — Ele continua: — Seria bom ter alguém aqui para tomar conta do lugar. Você poderia cuidar da minha casa para mim, Janice? Seria por três semanas. Se não for pedir demais. Você conhece Annie e as plantas dela. Ela nunca me perdoaria se eu as deixasse morrer.

Janice acha que não é pela consideração às plantas de sua falecida esposa que ele faz essa proposta. Ambos sabem que Janice passa lá e cuida de tudo quando ele faz essas viagens.

Agora ela não consegue parar de chorar e sabe — e acha que Geordie também — que ele salvou sua vida. Afinal de contas, ele é o homem que, quando ainda era adolescente, foi até Londres a pé e recebeu ajuda de um andarilho que seguiu ao seu lado.

Quando para de chorar e consegue formular algumas palavras, ela diz:

— Boa viagem para você. Minha irmã mora no Canadá.

— Onde?

— Em Toronto.

— Que legal! Ela pode ir nos ver. Me mande o e-mail dela, que eu envio uns ingressos. E diga a ela para passar depois no camarim para me dar um oi, ouviu?

— Pode deixar — diz Janice. — E obrigada, Geordie.

— Pare com isso, você está me fazendo um favor. Você tem a chave. A casa é sua.

Então, ele desliga e ela fica no carro tremendo de frio, exaustão e alívio.

0—⚡

Quando chega à casa de Geordie, a luz da varanda está acesa e tem um bilhete preso no espelho do hall de entrada.

Cama arrumada para você no quarto de hóspedes principal. Tem uma bebida na geladeira. Até daqui a três semanas. Beijos, G.

Janice pega suas bolsas e a caixa de livros do carro e as coloca no hall. Ela fecha a porta e escuta o silêncio da casa. O suave ruído do relógio de pêndulo, o leve estalar do radiador (Geordie deixou o aquecimento ligado) e, o melhor de tudo, o silêncio agradável se misturando delicadamente aos outros sons. Janice se senta na cadeira do hall de entrada, apreciando aquela paz deliciosa. Ela pensa no homem que não fazia aviões e sabe que, neste momento, não trocaria essa calmaria nem pelo canto do pássaro mais lindo deste mundo.

Depois de um tempo, ela anda pela cozinha, um cômodo espaçoso, cujas paredes têm um tom desbotado de dourado. As gavetas são feitas de madeira, e na bancada estão os pratos azuis e vermelhos que Annie colecionava. Também há vários vasos de planta coloridos. Janice se lembra de Annie lhe contando que o casal tinha comprado muitos dos vasos em uma viagem ao México. Ela olha para a foto de Annie na prateleira do meio, uma mulher alta e atraente com cabelos longos e escuros. Geordie a conhecera em uma turnê pelos Estados Unidos na qual ela tinha divulgado seus shows. Certa vez, Annie contara a Janice que ela tinha morado em um orfanato na infância e sabia pouco sobre suas origens.

— Mas olhe para esse cabelo, Janice, só pode ser de ascendência indígena cherokee.

Janice se perguntava se Geordie e a esposa haviam decidido ter uma família tão grande porque Annie era órfã. Eles têm seis filhos, todos espalhados pelo mundo. Janice analisa a foto da esposa e mãe amada que morreu de câncer, um dia antes de seu aniversário de sessenta anos.

— Obrigada, Annie — agradece ela, baixinho.

De repente, percebe que o som que está ouvindo não são os canos do aquecimento central, e sim seu estômago. Está morrendo de fome. Ela dá uma olhada na geladeira, mas não tem muita coisa além de uma jarra de picles, manteiga, geleias, uma caixa de leite pela metade e uma garrafa de champanhe. Este último item tem um bilhete com seu nome escrito. Ela fecha a porta. Quem sabe um chá. Ainda não sabe se está em clima de celebração. Dá uma olhada no congelador e vê que Geordie tem um estoque de comidas congeladas. Janice colocará uma dessas no micro-ondas daqui a pouco; ela pode repor no dia seguinte. Enquanto espera a água na chaleira ferver, vai ver as plantas de Annie, embora saiba que todas ficarão bem. Geordie se dedica a manter essas plantas vivas com o mesmo amor de quando tentava salvar a talentosa dona das plantas. Janice sabe que Geordie não vai permitir que mais nada morra nesta casa.

— A menos que seja eu, menina. E aí...

— Eu sei, Geordie. — Janice costumava terminar para ele. — Eles vão encontrar a partitura de *La Bohème* embrulhando seu coração. — No fundo, ela acha que a ópera vai estar amarrada com um fio do belo cabelo de sua esposa.

Na cômoda ao lado do clorofito, há um antigo CD player. Os CDs favoritos de Annie estão empilhados ao lado. Ela curtia melodias mais calmas e suaves — cantores como Frank Sinatra, Nina Simone, Ella Fitzgerald e Louis Armstrong. Janice acha que não está pronta para dançar, mas seria bom escutar algo. Ela escolhe um CD aleatório que é uma compilação de músicas antigas.

Janice se senta na grande cadeira de madeira de Geordie perto do fogão Aga e dá um gole no chá. Ela não consegue conter o sorriso quando Frank Sinatra anuncia: "He's leaving today." Ele está indo embora hoje. Tudo bem, ele está indo para Nova York, não para uma casa labiríntica nos confins de Cambridge, mas ela pega o gancho.

— Eu e você, Frank — diz ela, sentindo-se mais confortável ao ouvir sua voz sair mais firme, sem parecer uma mulher prestes a cair no choro.

Quando a canção seguinte começa, ela larga o chá e caminha com certo molejo até o congelador para escolher uma das comidas congeladas. Mas a música é muito cativante. Antes de chegar à porta, ela gira nos calcanhares e dá um passo para o lado, percorrendo a cozinha. Enfim, como canta Nat King Cole, "There may be trouble ahead", "Let's face the music and dance". Pode ser que haja problemas à frente, mas ela sempre pode encarar a música e dançar.

23

À procura de Sherazade

Ela acorda com o som da notificação de uma mensagem em seu celular. Por um instante, fica meio desnorteada. A luz está diferente. Uma luminosidade fraca e aconchegante entra pelas cortinas. Ela deve ter dormido até tarde. Quando repara no tecido da cortina, tem a impressão de que há peônias e flores de pêssego pintadas nele. Ah, Annie que escolheu, então Janice se lembra de tudo. A cama é muito macia. O colchão a abraça, e ela se recorda da cama dura no quarto da faculdade. São lugares totalmente opostos, exceto pelo sentimento de estar onde ela realmente quer estar.

Pensar na mensagem interrompe suas reflexões sonolentas. Mike? É assim que vai ser a partir de agora? Sempre que o telefone apitar, ela vai se perguntar se é ele e se sentir meio enjoada? Ouviu dizer que dá para personalizar o som das notificações para saber quem está tentando falar com você. Talvez Adam lhe mostre como fazer isso. Ela se aconchega no quentinho da cama, tentando decidir qual som escolheria para seu marido. Por fim, chega à conclusão de que suas ideias são cruéis demais e um som de pum não daria muito certo porque as pessoas poderiam achar que foi ela. Agora que está rindo, Janice decide pegar o celular; melhor acabar logo com isso enquanto ainda está sorrindo.

Que tal o café The Copper Kettle em frente ao King's College, amanhã, meio-dia?

O Motorista de Ônibus, também conhecido como Euan.

Ai, meu Deus! Tanta coisa para pensar.

Ela vai estar livre? Vai garantir que esteja. Começará mais cedo. Ela imagina o Major Allen ainda na cama enquanto ela aspira o chão ao seu redor. Isso a faz sorrir um pouco mais — e ela já está toda sorridente.

E outra coisa: ela gosta daquele café. Tem uma vista bonita.

Meio-dia? Ele está pensando em tomar café ou almoçar? Talvez esteja querendo ir devagar — começar com um café e ver no que vai dar?

Ela se lembrou de pegar as botas novas? Sim, estão no carro.

Saia, suéter vermelho e casaco? Na bolsa ao pé da cama.

Ela gosta de ver que ele manda mensagem com a pontuação certinha.

Será que ele também gosta de ler?

Sem "beijos" no fim da mensagem? Sensato, isso a teria assustado.

Ela deixa a pergunta mais óbvia por último: Euan? Como ela se sente sobre isso? Acha bem bonito. Euan parece o nome de um homem que gosta de trilhas e sabe o nome de todas as árvores. Ele pode até ter dado aulas de geografia em algum momento da vida.

Ela responde à mensagem depressa.

Sim, está ótimo. Janice, também conhecida como A Faxineira.

Agora não consegue ficar parada. Precisa levantar e fazer alguma coisa. Ela não precisa trabalhar hoje (duas famílias para quem faz faxina foram esquiar). Não quer pensar nas perguntas mais práticas, como o que Mike está aprontando? O que vai fazer com o restante de seus pertences? O que vai fazer da vida quando Geordie voltar? Tudo isso pode esperar. Por enquanto, ela vai tomar um banho de banheira bem demorado com um livro e um café — preparado do jeito que ela gosta. Ela agradece a Geordie mentalmente outra vez.

Então, pensa em Simon; ela deveria lhe agradecer pelas botas. Espera poder falar com ele no fim de semana — embora só Deus saiba o que irá dizer. Por ora, ela manda uma mensagem.

Acabei de usar seu vale-presente da John Lewis. Estava guardando para uma ocasião especial. Comprei uma bota preta linda com ele — então, muito obrigada. Bjs da sua mãe.

Que bom que comprou algo legal! Bjo, Simon.

E aí está um beijo que não tem medo de ganhar. Ela se pergunta se vai chorar outra vez.

O celular toca quando ela está saindo da banheira. É Stan.

De repente, apesar do calor da banheira, ela sente um calafrio.

— É melhor você vir pra cá.

— Ai, não, Stan! O que foi?

Isso não, por favor, isso não. Ela deveria ter tentando ligar mais vezes ontem à noite.

Pelo visto, Stan percebe o pânico em sua voz.

— Não é nada disso... É só que... Bem, seria melhor se você viesse aqui. Eu não sabia para quem mais ligar.

Só quando Janice está entrando no carro, com o cabelo ainda molhado do banho, que ela se pergunta por que Stan não ligou para o filho da Sra. B.

Stan a acompanha rapidamente até a porta da Sra. B, a pequena porta de madeira que abre para o pátio. Ele não comenta nada sobre o que está acontecendo. Tudo que diz é:

— Eu não consigo fazer com que ela diga nada, ela só me manda dar o fora dali.

Janice corre até a sala, sozinha.

— E você pode dar o fora daqui também. — Ela faz uma pausa. — Ah, é você.

Em um primeiro momento, Janice não consegue ver a Sra. B. Depois percebe que ela está sentada embaixo da mesa de carvalho. Está encostada no pé da mesa com as pernas esticadas. Parece uma bonequinha minúscula e desgrenhada que alguém colocou ali. Suas bengalas estão do outro lado da sala. Este deve ter sido o lugar onde aterrissaram quando ela as jogou longe.

— Ai, Sra. B, deixe eu te ajudar. A senhora não pode ficar sentada aí desse jeito.

— Não quero mandar você dar o fora, Janice. Na verdade, você é uma das poucas pessoas para quem não quero dizer isso, mas você poderia, por favor, me deixar em paz?

— Mas a senhora não está em paz. Aconteceu alguma coisa. Posso ajudá-la a se a levantar e... eu poderia... Sei lá, fazer um chocolate quente para nós?

Ela ia continuar com: "E pode me contar o que houve." Mas teme que a Sra. B ache que ela está sendo atrevida e não quer deixar de ser uma das pessoas que a Sra. B não deseja insultar. Janice tem muito orgulho disso.

— Ah, cai fora, Janice. — Foi bom enquanto durou. — Chocolate quente? Você acha que eu sou o quê? Uma criança? Eu sou uma mulher de noventa e dois anos, formada em um dos melhores cursos que essa faculdade já ofereceu. Talvez você precise saber que foi a minha influência que trouxe meu marido até aqui, não a dele.

Eu falo quatro idiomas, tenho um QI extraordinariamente alto e já matei um homem estrangulando-o com um cinto, antes de aleijar o parceiro dele, que estava tentando me matar. E depois o droguei. Então, uma babá me dando uma caneca de chocolate quente não vai mudar porcaria nenhuma.

Janice é pega desprevenida. Ela não sabe o que dizer. Então, a Sra. B matou um homem.

A senhorinha chega mais para o centro da mesa e começa a falar sozinha. Janice só consegue entender frases soltas: "A porra de um saco bem grande teria dado conta... como se atreve... aquele patife..."

Isso a faz pensar na noite em que dormiu na faculdade. Será que a Sra. B está bêbada?

— A senhora andou bebendo conhaque? — pergunta ela em um tom mais ameno.

— Porra, que absurdo! Como você ousa, Janice? Não acredito que disse isso! — A Sra. B está morrendo de raiva e apoia as mãos no chão para tentar se sentar com a postura mais ereta.

Apesar da grosseria, Janice não resiste; tenta ajudá-la e dá um passo em sua direção.

— Não chegue perto de mim. Não sei por que não fiquei com uma das armas do Augustus. Eu queria trancar a porra das portas e atirar em você.

E, de repente, ela começa a chorar.

Aquela choradeira a faz perder as forças, e ela leva o queixo ao peito e deixa as mãos caírem no chão. Ela está arrasada.

Janice se vira, sobe a escada caracol e pega o cobertor azul e uma caixa de lenços de papel que estava ao lado da cama. Em poucos segundos, está ajoelhada ao lado da Sra. B, debaixo da mesa, puxando-a para a frente — como se ela fosse uma boneca — e cobrindo-a com o cobertor. Janice deixa os lenços ao lado da Sra. B, pega duas almofadas da poltrona e escora a mulher com elas. Por um instante, ela cogita carregá-la até a poltrona, mas sua intuição lhe diz que a Sra. B acharia isso humilhante. Mas pelo menos ela a deixou mais confortável.

Janice fica sentada ali por um tempo, enfiada debaixo da mesa ao lado da Sra. B, segurando a mão dela. A senhorinha não a afasta e, depois de um tempo, retribui com um leve aperto.

— Lenço? — pergunta Janice, oferecendo a caixa para a Sra. B.

— Ah, cai fora, Janice — responde a Sra. B, mas pega um e assoa o nariz.

— A senhora jogou suas bengalas lá? — questiona Janice, por fim.

— Talvez.

— Então também é recordista mundial de lançamento de dardo? Esqueceu de mencionar isso na sua lista?

A Sra. B bufa e não resiste a acrescentar:

— Na verdade, eu era atleta de corrida com obstáculos.

— Vai me dizer o que aconteceu?

A Sra. B fecha os olhos e suspira.

— Eu faço esse esforço. — Então, acrescenta em um tom mais suave: — Você se importa se ficarmos aqui embaixo da mesa? Acho esse lugar estranhamente relaxante.

Janice também; ela nunca havia reparado como a luz no vidro antigo da janela enorme forma sombras na parede e nas estantes do mezanino. É como se estivesse olhando para elas de dentro da água.

A Sra. B começa a falar, ainda segurando a mão de Janice.

— Meu marido, Augustus, adorava um bom vinho. E, durante os anos que passamos viajando, nós fizemos uma curadoria de vinhos, digamos assim, e montamos uma adega pequena mas interessante. Ela representa os países onde moramos, e as diferentes garrafas e safras representam eventos específicos que foram importantes para nós. Nós os guardamos, digo, guardávamos, na grande cristaleira perto do hall.

Janice sabia disso, já que tinha passado pela cristaleira, mas fora firmemente alertada pela Sra. B de que não deveria tirar o pó dali.

— Hoje meu filho, Tiberius... — Nesse momento, a Sra. B fecha os olhos como se tivesse dificuldade em dizer o nome dele. — Ele veio aqui e levou todos os vinhos.

— Ah, Sra. B... — diz Janice, sem pensar.

— Ele fez isso porque acredita, ou pelo menos *diz* que acredita, que sou alcoólatra. Ele achou a garrafa de conhaque vazia e as canecas na sacola do supermercado e, enquanto procurava por mais bebidas, achou também uma garrafa de vinho no meu quarto.

Janice imagina Tiberius causando um rebuliço pela casa com a Sra. B fisicamente impotente. Não é uma cena agradável de se imaginar.

— Mas a senhora não é. Eu poderia explicar a ele sobre as canecas. E eu limpo seu quarto, sei que não costuma tomar vinho lá.

— Você tem razão. Eu só levei uma garrafa especial para a cama porque ontem foi nosso aniversário de casamento. Era um vinho tinto que havíamos comprado juntos em uma viagem para Bordeaux.

Janice leva a mão à boca por um breve momento. Ela consegue sentir como está sendo difícil para a Sra. B revelar esses detalhes pessoais.

— Não precisa dizer mais nada se não quiser. Com certeza deve haver algo que a senhora possa fazer para recuperá-los?

Mas, enquanto diz isso, Janice se pergunta como. A Sra. B não consegue ir fisicamente até lá e pegá-los. Será que ela poderia ajudar de alguma maneira?

— A questão, Janice, não é se eu bebo ou não. Na verdade, aos noventa e dois anos, se eu quisesse beber umas duas garrafas por dia, ninguém deveria ter nada a ver com isso, a não ser eu. Tudo isso faz parte de um esquema do meu filho para me tirar da faculdade. Da *minha* faculdade.

Decius. O que aconteceria com Decius? Esse pensamento repentino a apavora. Dois minutos atrás, ela estava decidida a entrar na casa de Tiberius e mandá-lo devolver todos os vinhos. Tinha até pensado em botar todas as bebidas no carro enquanto a Sra. Sim-Sim-Sim estivesse na rua com o marido. Mas agora? Ela pensa no jeito gracioso de Decius de andar na ponta das patas, em suas sobrancelhas despenteadas e engraçadinhas, e se lembra de como é relaxante enterrar o rosto em seu pelo. Como poderia abandoná-lo? Janice sabe que, se Tiberius tivesse a menor suspeita de que ela estava conspirando com a mãe, ele a *demitiria*. Ela acha que deveria tentar se oferecer outra vez para falar com ele sobre a garrafa vazia de conhaque — aquilo realmente é culpa dela. Mas não consegue fazer isso por medo que a Sra. B aceite.

A Sra. B dá batidinhas em sua mão, consolando-a — o que só faz com que ela se sinta dez vezes pior.

— Você não tem que se preocupar com isso, Janice. Isso é entre mim e meu filho. E não vamos nos esquecer de Mycroft.

— Mycroft? — Ela tinha se esquecido dele. — Ah, Mycroft.

— Sim, ele vem me visitar depois de amanhã, e gostaria que me fizesse o favor de estar aqui. Também acredito que até lá já teremos uma noção melhor do que meu filho está planejando fazer com minha casa. Eu recrutei um agente duplo.

Essa informação faz com que a Sra. B se empertigue e sente mais ereta sob a mesa.

— Quem? — pergunta Janice, sabendo que parece incrédula.

— Senhor Stanley Torpeth.

— Quem? — repete Janice, mas a ficha começa a cair. — Ah, Stan. — Ela não resiste em acrescentar: — A senhora nem sabia o nome dele.

— Uma grande negligência da minha parte — diz a Sra. B, um pouco culpada. — Devo me lembrar de pedir desculpas por ter sido rude com ele. Apesar de que... — Ela dá uma risadinha. — Isso não é nada comparado com o que ele está acostumado.

— Não estou entendendo nada.

— A esposa de Stanley, Gallina, é russa. Ele prometeu trazê-la aqui um dia para nos conhecermos. Vai ser divertido. Pelo visto, ela tem o gênio forte. Sabe, a língua russa é muito expressiva, há várias formas de blasfemar e nuances maravilhosas a serem exploradas.

Jànice apoia a cabeça no pé da mesa.

— A senhora é mesmo uma pessoa incrível, Sra. B. Ah, a propósito, eu me separei do meu marido.

— Isso não me surpreende nem um pouco, querida. Quando ele me ligou, não me restou dúvida de que você faria isso. Mas tudo tem seu tempo. Não dá para apressar as coisas, não importa o que os outros pensem.

— Foi por isso que a senhora não comentou nada?

— Eu não comentei, Janice, porque não julgo mulher alguma pelo comportamento ou pela índole do marido dela. Augustus e eu sempre deixamos isso muito claro. É lógico que nós nos amávamos muito, mas éramos pessoas muito independentes. *Você* não tem nada por que se desculpar. Agora, se eu acho que seu marido merece ser chicoteado pelas ruas, de joelhos, com um cilício, isso já é outra história.

Janice queria dar um beijo naquela senhorinha sentada ao seu lado, mas, em vez disso, aperta sua mão outra vez e lhe oferece um chocolate quente.

— Sim, acho uma ideia excelente, e nós podemos ir para as poltronas agora. Minha bunda está completamente dormente.

Janice pega as bengalas da Sra. B e a ajuda a se levantar. Quando ela está acomodada, Janice vai até a cozinha.

— Não tem mesmo mais nenhuma bebida, Sra. B? Acho que seria uma boa colocar uma dose de conhaque no chocolate. A senhora ficou muito nervosa.

— Acho que não. Tiberius revirou a casa toda e levou todo o álcool que tinha aqui. Ele ter achado algumas bebidas debaixo da pia também não ajudou muito. Ficou evidente que ele não me levou a sério quando expliquei que as deixo ali porque não alcanço os outros armários, que são muito altos para mim.

— Mas, Sra. B, por que a senhora não pode guardar suas bebidas onde quiser? Ninguém tem nada a ver com isso.

— Tiberius quer que muita gente tenha algo a ver com isso. Como não está tendo muito sucesso em me tirar daqui utilizando minha fragilidade como argumento, ele agora está querendo me pintar de alcoólatra. Mesmo assim, ainda temos Stanley de olho e sempre posso contar com a ajuda de Mycroft.

Janice fica tentada a se oferecer para dar uma saidinha para repor alguns suprimentos e arrumar um conhaque para o chocolate quente da Sra. B. Mas e se Tiberius voltar? E se a pegar no flagra? Eis que a Sra. B diz:

— Você não tem que se meter nisso, Janice. Não quero que você coloque seu emprego em risco.

Janice acha que entende como Judas se sentiu.

Quando estão sentadas nas respectivas poltronas perto da lareira, a Sra. B pergunta:

— Então, você está interessada em saber mais sobre Becky, talvez não hoje, mas na sua próxima visita? Ou acha que ela é uma personagem imperfeita demais que não merece mais sua atenção?

— Ah, Sra. B, não é isso. A senhora sabe o que fez com que eu me sentisse daquele jeito.

— Sei em parte, mas acho que tem muita coisa que você não está me contando.

Janice olha para a Sra. B por cima da borda da caneca de seu chocolate quente.

— Eu sei exatamente o que a senhora está fazendo.

— E o que é? — pergunta a Sra. B, tentando parecer inocente.

— A senhora não achou que eu fosse voltar e trabalhar aqui, não é? Então ficou me entretendo com uma história, a história de Becky, achando que eu ia ficar curiosa.

— Bem, deu certo, não deu? — A Sra. B dá uma boa gargalhada.

— Sherazade! — declara Janice, tirando sua carta da manga. — Eu percebi que a senhora ficou desconfortável quando mencionei *As mil e uma noites*. Então fui dar uma lida no livro.

— E sobre o que é a história?

— É sobre um sultão que ficou tão magoado com a traição de sua primeira esposa que a matou. Depois disso, ele se casava com uma mulher virgem, passava uma única noite com ela e, na manhã seguinte, a matava também. Tudo para não se magoar de novo. Quando Sherazade teve o azar de ser escolhida, passou a noite contando para o sultão uma história fabulosa. Ele ficou tão encantado pela história que não a matou, já que queria que ela a continuasse na noite seguinte. E foi isso que ela fez, até que, como em toda história boa, eles se apaixonaram e viveram felizes para sempre.

Janice não consegue esconder o orgulho.

— Então eu sou Sherazade? — pergunta a Sra. B, sorrindo para ela.

Janice não consegue interpretar seu olhar, mas sabe que a Sra. B está tramando alguma coisa.

— Ah, as freiras estariam morrendo de vergonha neste momento. — A Sra. B balança a cabeça.

— Por quê? — pergunta Janice, desconfiada.

Ela não confia nessa mulher. Ela é muito ardilosa.

— Você precisa ser mais minuciosa nas suas pesquisas — declara a ex-espiã que integrou uma das melhores turmas da faculdade. — Sherazade não contava para o sultão a mesma história toda noite. Ela contava uma história diferente, e é essa a compilação de contos belos e místicos que compõem *As mil e uma noites*.

A Sra. B está balançando seu pezinho para a frente e para trás — um sinal claro de que está se divertindo bastante.

— Sherazade é uma contadora de histórias, mas, sobretudo, ela é uma colecionadora de histórias. — A Sra. B encara Janice com um brilho nos olhos. — Você, Janice, é sem dúvida Sherazade.

24

Uma ilha de livros

O Major Allen não parece se importar nem um pouco com o fato de Janice estar começando o trabalho mais cedo e, quando ela chega, ele já está na segunda caneca de café, fazendo as palavras cruzadas do *Telegraph*.

— Sempre acordo às seis da manhã e estou de pé às seis e meia, no máximo. Resultado de anos no exército. Nós costumávamos treinar nossos homens em ação da mesma maneira. Atividades intestinais às sete da manhã para começar o dia.

Ele tosse e volta para as palavras cruzadas, e Janice se pergunta se ele está arrependido de ter compartilhado essa última parte.

Ela é rápida mas minuciosa em sua faxina. Acredita que seja resultado de anos de experiência. Enquanto recolhe os lençóis que tirou da cama do major e os leva até a máquina de lavar, pensa em Sherazade. Então ela era uma colecionadora de histórias. Bem, Janice sabe que também é uma colecionadora de respeito e, agora, ao que parece, uma contadora de histórias. Ela já não vinha compartilhando algumas de suas histórias com a Sra. B? Mas... Sherazade? É um nome tão bonito, exótico e eletrizante. Ao passo que ela é uma mulher colocando a roupa na máquina, que depois vai pegar um esfregão para limpar o chá derramado e as marcas de mingau no chão da cozinha. Ela? Sherazade? Não mesmo.

Janice volta a pensar no comentário da Sra. B sobre ela não lhe contar tudo. É claro que é verdade. Ambas sabem disso. Será que Janice chegou mesmo a acreditar que era uma mulher sem história? Afinal de contas, ela é Sherazade (está se acostumando com a ideia) e acredita que *todos* têm uma história para contar. Mas será que é possível escolher a própria história? Ela pensa em Adam. Torce para que ele escolha uma história diferente para si. E, se ele pode fazer isso, será que não existe a possibilidade de ela fazer também?

Ela se lembra de Adam correndo pelo parque com Decius no dia anterior. Isso não traz o sentimento de alegria de sempre. Parece que há algo de errado — um medo latente de que esses momentos preciosos sejam destruídos.

Decius estava particularmente animado na volta do passeio. Pela primeira vez ele pareceu não sentir como estava o humor dela. Na soleira da porta, enquanto soltava sua coleira, o cachorro virou a cabeça e lambeu sua mão. Sua expressão parecia dizer: "Eu e você. O time perfeito." Ela quase não conseguiu olhar para ele. Da mesma maneira que não conseguiu olhar para todas aquelas caixas de vinho estocadas no corredor perto do escritório de Tiberius. Por um breve instante, ela cogitou ir até lá e pegar uma garrafa para a Sra. B — com certeza ele não daria falta de uma. Mas logo ouviu o *tap*, *tap*, *tap* familiar no chão de madeira e se lembrou do que estava em jogo, então se virou e foi embora rapidamente.

○—⚷

Ela chega ao café ao meio-dia e cinco. Ficou perambulando pela rua, perto do mercado, se programando para chegar neste exato horário. Não muito tarde, mas também não muito cedo. Cinco minutos de atraso mostra que ela não está interessada demais, mas que também não é uma pessoa desatenta e sem comprometimento. Euan já está sentado à mesa perto da janela com uma xícara de chá pela metade. Ela assimila tudo isso em poucos segundos, e a calça escura — parecida com a do outro dia, que era bege em vez de marrom —, o suéter bonito, preto com zíper. Ele se levanta e sorri — e o frio na barriga aparece outra vez. Janice está muito feliz por ter comprado as botas. Ela se lembra de que foram vendidas por uma mulher que jogou squash pela Inglaterra. A lembrança a ajuda a manter a calma ao atravessar o salão.

A primeira parte é fácil: qual café ela vai querer? Vai comer alguma coisa? A vista de King's Cross não é maravilhosa? Quantas bicicletas! Ele veio de bicicleta para cá? Não. Então você veio de ônibus (brinca, depois pergunta se ele foi dirigindo). Ela descobre que ele mora perto de Ely.

Depois, silêncio. Ela mexe o café. Ele olha para sua xícara vazia. Ela acha que deveria ser mais fácil que isso; está chegando à casa dos cinquenta e ele deve ter uns cinquenta e cinco. É muito injusto que logo agora, quando já deveriam ter passado dessa fase, suas versões adolescentes tenham decidido aparecer e dizer: "Ai, meu Deus. Isso é tão constrangedor!"

"Porra, mulher, se controla." Ela pensa no fox terrier que tanto ama. E a Sra. B não tinha comentado que um dos elogios que fizeram a Janice foi sobre a capacidade dela de deixar as pessoas mais à vontade? Talvez ela consiga deixar a si mesma mais à vontade.

— Esse sotaque é escocês? — pergunta ela.

— Acho que o nome "Euan" também entrega um pouco. — Ele olha para cima e está sorrindo outra vez. — Minha família é de Aberdeen, mas nos mudamos quando eu tinha sete anos e cresci em Wye Valley, não muito longe de Hay-on-Wye. Você já foi lá?

— Não, mas sempre quis conhecer. — Está ficando mais fácil. E ela realmente quer fazer a próxima pergunta; não está apenas tentando ser educada. — Eu li sobre a feira de livros que tem lá. Você já foi?

Por favor, por favor, por favor, me diz que você gosta de livros.

— Eu costumava participar do evento quando era jovem, como manobrista... — *Sim, mas você gosta de livros?* — E agora eu volto quase todo ano para isso. É uma boa oportunidade de rever meus amigos de lá e... — Ele olha para a xícara de café dela, que agora está vazia. — Você quer outro?

— Sim, por favor. — Mas está pensando: "Você vai pelos livros ou pelos amigos?"

Ele chama a garçonete e pede mais café e chá. Quando volta a olhar para ela, Janice está com a mesma cara que Decius faz quando está torcendo para que ela tenha levado petiscos de frango.

— Do que a gente estava falando? Ah, da feira. É ótima para dar uma movimentada na cidade, tem música ao vivo, barraquinhas de comida e bebida. É praticamente uma festa. Algumas pessoas odeiam, alugam suas casas e vão viajar... — Ele pausa quando uma jovem chega para limpar a mesa. Ele lhe entrega as xícaras vazias. — Pois é, algumas pessoas querem passar bem longe, mas eu gosto. Só que eu sempre gostei de livros. Tomei muita surra na escola por causa disso, claro, mas vendo pelo lado bom... — Ele dá de ombros e acrescenta: — Meu pai sempre cuidava de mim e me paparicava, sabe? Talvez ele se sentisse culpado. — Euan sorri. — Afinal, foi ele que me colocou em maus lençóis para início de conversa. Ele tinha uma livraria.

Janice se imagina levantando, se inclinando por cima da mesa, segurando o rosto desse homem maravilhoso com as duas mãos, puxando-o para perto e dando um beijo na boca dele. Em vez disso, pergunta o que ele gosta de ler.

⚷

A hora seguinte passa voando, e o café vira almoço. Ela descobre que ele adora Hemingway mas tem dificuldade em ler Fitzgerald — a escrita é linda, mas será que as histórias são verossímeis? Janice quase conta para ele que coleciona histórias — quase, mas não com todas as letras. Ela descobre que ele agora está lendo várias coisas de um escritor mexicano e pensa em Annie e em seus vasos de plantas. Durante a sobremesa (sim, é claro que deveriam pedir alguma coisa), estão debatendo se é melhor ser um autor bom e produtivo ou escrever uma única obra com uma beleza extraordinária, como *O sol é para todos*.

Então, eles pedem café e a conversa é interrompida. Ele olha seu relógio — sim, ainda tem mais um tempinho. Ela vai ao banheiro. Quando volta para a mesa, o peso da vida real a atinge e ela se dá conta de que basicamente está sentada ali com um estranho. Sabe muito pouco sobre ele. De repente, Janice começa a pensar em sua idade, em seu corpo, em suas mãos que parecem mãos de faxineira. E, neste momento, sua versão adolescente está de volta, puxando uma cadeira e dizendo: "Ok... o que eu digo agora?"

Ela repara que a conversa sobre livros gerou um espaço para trocas — uma ilha a ser explorada, algo agradável para fazerem juntos. Mas não podem ficar nessa ilha para sempre. E ela não sabe para onde ir em seguida. Sente-se impotente e sabe que fazer mais perguntas sobre livros só vai aumentar essa sensação.

— Eu me separei do meu marido.

Por que ela disse isso? No que estava pensando? É como se tivesse pulado da ilha deles e mergulhado na água congelante.

— Tá... certo... Você está bem?

Ela percebe que ele não tem ideia do que fazer com essa informação. Por que teria? Eles apenas combinaram que seriam amigos se encontrando para tomar um café — ou almoçar, como acabou acontecendo. Ela nota o conflito interno que se passa na cabeça dele, e é difícil testemunhar isso. Será que ele pode perguntar alguma coisa? Deveria perguntar? Ela se importaria? Por fim, ele olha para cima e faz o que Janice fez quando eles se conheceram: recorre ao papo furado.

— E você? Onde cresceu?

Janice relaxa; ela consegue fazer isso. Pelo menos por enquanto.

— Cresci em Northampton. Nós viemos para o Reino Unido quando eu tinha sete anos.

Ele assente, reparando na pequena similaridade que compartilham em suas histórias — a mesma idade que ele tinha quando se mudou para perto de Hay-on-Wye.

— Eu nasci na Tanzânia, mas nós nos mudamos para Durham quando meu pai conseguiu uma vaga como professor do Departamento de Arqueologia na Universidade de Durham. Eles tinham muito interesse na pesquisa dele sobre a Garganta de Olduvai.

— Eu já li sobre isso. Não é aquele sítio arqueológico que tem um dos primeiros registros feitos pelo homem?

Ela assente, pensando que o amor dele por aquela garganta, mais do que suas aulas em Durham, era o pilar da história de seu pai.

— E como vocês foram parar em Northampton?

Ela olha pela janela para algo muito além das bicicletas e dos prédios.

— Meu pai morreu quando eu tinha dez anos. Teve câncer no pâncreas. — Ela acrescenta: — Foi muito rápido.

Até hoje ela não sabe se isso foi bom ou ruim. Volta a olhar para Euan. Ela se sente grata por ele não ter dito o tradicional "sinto muito" automático. Ela sempre sentiu muito.

— Minha mãe quis continuar no Reino Unido, então fomos para Northampton porque a minha tia mora lá.

— Sua mãe ainda mora lá?

— Não, morreu quinze anos atrás.

Agora ele realmente diz:

— Sinto muito.

Janice deixa esse passar. Ela não sente muito. Sabe que é uma coisa horrível, e com isso uma onda de culpa a atinge. Por sorte, ela já estava preparada — já tinha aprendido a conviver com essas ondas intermináveis depois de tantos anos.

Pouco tempo antes eles conversavam em um tom de voz normal, mas Janice repara que agora estão sussurrando. Ela achou que conseguiria fazer isso, mas não consegue.

— Você tem irmãos?

— Tenho uma irmã. — É o que ela consegue responder, mas agora quer ir embora.

Não tem por que continuar com isso. Nunca vai dar certo. Ela se levanta, e, um segundo depois, ele faz o mesmo. Ele estica o braço na direção dela, como se fosse, o quê? Impedi-la de ir embora? Segurar sua mão? Mas, então, ele abaixa o braço. Ela só o encara e vê que ele está preocupado e com o cenho franzido.

— Eu tenho que ir — diz ela, se virando para pegar a bolsa no encosto da cadeira.

— Olha, Janice. — E agora ele estica o braço até o fim. Não chega a encostar nela, mas o deixa suspenso no espaço entre eles. — Podemos começar de novo? Não precisamos falar da nossa família. Podemos falar de livros. Podemos focar nisso.

Ela pensa na ilha formada por livros que eles encontraram e quer voltar para lá mais do que qualquer outra coisa. Para sua surpresa, ela se ouve dizendo:

— Eu coleciono histórias. Não estou falando das dos livros, apesar de ter algumas dessas, são mais histórias de pessoas. Só de pessoas. — Ela não sabe como explicar melhor do que isso.

— Eu coleciono conversas. — Ele fica constrangido, como se estivesse vendendo biscoitos industrializados em uma feira de bolos artesanais. — Não são histórias inteiras. Apenas coisas que eu escuto e que me fazem pensar, ou rir... — Sua voz vai diminuindo de volume. Então, ele recomeça: — Nós podemos falar de livros e trocar histórias... Quer dizer, as minhas não... são exatamente...

Por causa da dificuldade dele e por se dar conta de que não suporta pensar na possibilidade de nunca mais vê-lo, ela o interrompe:

— Eu adoraria.

Ele suspira, exausto, como um homem que escalou o Snowdon.

Quando vai embora, ela não consegue deixar de pensar em qual seria a história de Euan. Ela espera que ele lhe conte na próxima vez que se encontrarem. Mas Janice sabe que isso não será justo com ele, pois ela nunca lhe contará a dela.

25

Lendo as entrelinhas

A Sra. B está sentada à mesa de carvalho ao lado de um homem baixinho e roliço. Seu rosto é enrugado, como uma maçã que ficou na fruteira por muito tempo. As roupas são modestas, e, se Janice tivesse de chutar qual era sua profissão, diria que ele veio de uma longa linhagem de encanadores.

— Este é Mycroft — anuncia a Sra. B para Janice, convidando-a para se juntar a eles. — E *esta* é Janice — diz ela, inclinando a cabeça em sua direção.

O homenzinho se levanta — sua agilidade é surpreendente para sua idade. Ele estende a mão para Janice.

— Fred, por favor. Deixe disso. Sou Fred Spink. Muito prazer, Janice.

Ele não diz "já ouvi falar muito de você", mas as palavras não ditas pairam no ar e Janice agora tem certeza de que eles estavam falando dela pouco antes de sua chegada. Ela não consegue deixar de se perguntar o que a Sra. B disse.

A Sra. B interrompe seus pensamentos:

— Ah, para, Fred! Você *sempre* será Mycroft para mim.

Para sua surpresa, Janice se dá conta de que a Sra. B está flertando. Que coisa mais absurda!

Mycroft ri e enrubesce, ficando ainda mais parecido com uma maçã a cada minuto que passa.

— Comporte-se, Rosie. Senão vou contar para Janice sobre aquela vez em Madagascar.

Rosie?! Janice puxa uma cadeira para se sentar à mesa. Ela gostaria que tivesse um vinho na casa. Adoraria saber sobre "aquela vez em Madagascar" tomando uma taça ou duas. Mas é claro que não tinha nenhum vinho. A lembrança dos vinhos roubados a deixa mais séria, assim como a fala seguinte de Mycroft:

— Antes que a gente perca o foco, sugiro encarar logo o problema. — Ele puxa alguns documentos que estão na mesa e coloca um par de óculos de armação prata. — Eu conversei um pouco com Stanley e li toda a documentação que você me mandou, Rosie.

Janice não consegue evitar; está distraída de novo. Ela tenta se imaginar chamando a Sra. B de Rosie, mas não consegue. Nunca passou pela sua cabeça que ela tinha um nome — que dirá o nome de uma menininha. Se tivesse de escolher um nome, teria optado por algo como Drusilla ou Medusa — esta não é a mulher com cabelos de cobra? Mas Rosie? Rosie não é o nome de uma mulher que matou um homem.

— Janice, por acaso você vai nos agraciar com sua atenção? É pedir muito? — A Sra. B volta a reclamar com ela.

Mycroft continua:

— Eu também tive êxito em analisar a documentação da universidade e devo dizer que... — Neste momento, seu olhar vai até o canto mais distante da sala. — *Talvez* eu tenha dado a sorte de espiar a troca de e-mails entre as partes interessadas. — Ele parece ainda mais distraído do que segundos antes.

— Então você hackeou o sistema deles — constata a Sra. B e começa a balançar os pés para a frente e para trás embaixo da mesa, toda alegre.

— Ah, isso é algo que vai muito além das minhas habilidades e eu negaria veementemente se tal suposição fosse sugerida — diz Mycroft, olhando por cima dos óculos e movendo a cabeça de um lado para o outro, olhando para as duas.

Os pés da Sra. B ainda estão balançando.

— Mas você conhece um cara que sabe fazer isso.

— Mais uma vez, você está sugerindo algo que está muito fora da minha realidade. Afinal, sou apenas um servidor público aposentado, vivendo tranquilamente com minha esposa em Sevenoaks. A coisa mais divertida que faço hoje em dia é participar dos encontros mensais da sociedade de ornitologia da região. Você sabia que há pouco tempo encontramos uma toutinegra-do-deserto em Sheerness, que tinha saído de sua rota migratória?

Mas a Sra. B não se deixa levar por aquela conversa.

— E o que havia nos e-mails?

— Isso, você tem cópias que a gente possa ler? — pergunta Janice.

A cabeça de Mycroft e da Sra. B se viram ao mesmo tempo para ela.

Mycroft se estica e dá tapinhas na mão dela.

— Ah, querida, nunca se deve deixar nada por escrito. — Ele balança a cabeça para ela com certo ar de reprovação. — Vou resumir. Os fatos principais são estes: Augustus, como membro de um fundo educacional criado por seu bisavô, fez uma enorme doação em nome do fundo para a universidade durante sua época como diretor. — Ele faz uma pausa e olha para Janice. — Não sei se você sabe, Janice, que o dinheiro da família de Augustus vinha da importação e distribuição de bebidas alcoólicas. Um negócio muito lucrativo, ainda mais no fim do século XVIII. Porém, o bisavô de Augustus teve um momento de epifania quando foi preso, sem dúvida era uma testemunha inocente... — Mycroft examina as vigas no fundo da sala. — Isso aconteceu durante o episódio que ficou conhecido como o escândalo da Cleveland Street. A polícia invadiu um bordel e prendeu vários homens extremamente influentes, incluindo um duque, se não me engano. O bisavô de Augustus nunca foi acusado de nenhum crime, mas seu nome circulou pelos clubes de Londres. Foi nessa época que ele lançou uma campanha pública contra substâncias viciantes, particularmente as perigosas bebidas alcoólicas...

— Augustus sempre disse que ele era seu ancestral mais burro. Não pelas suas preferências, mas por condenar o mesmo negócio que deu origem à sua riqueza — interrompe a Sra. B.

— O que aconteceu? — quer saber Janice.

Mycroft continua:

— Ele investiu uma quantia enorme em um fundo educacional. No início, ela foi direcionada para promover um estilo de vida sem bebidas, mas, com o passar do tempo, o fundo passou a integrar outros estudos. Para a sorte da família, o bisavô de Augustus teve um derrame e morreu, garantindo então que o dinheiro não fosse mais desviado da família.

— Qual foi o valor que o fundo doou para a faculdade?

A Sra. B responde à pergunta de Janice:

— Quarenta milhões de libras, mais ou menos.

— Nossa! — exclama Janice.

Mycroft se inclina para a frente e junta a ponta dos dedos.

— E foi aí que Augustus mostrou suas habilidades como diplomata e negociador. — Ele se virou para a Sra. B. — Ele realmente era um homem impressionante, minha querida.

— Eu sei, Fred — diz a Sra. B, baixinho.

Mycroft tosse e retoma a história.

— Nos termos do fundo patrimonial, não há nenhuma referência direta a essa propriedade...

Nunca deixe nada por escrito. Janice está aprendendo rápido.

— No entanto, o uso de algumas palavras sugere que havia, digamos assim, um acordo. Ao ler as entrelinhas, me parece que a faculdade estava mais do que feliz em concordar com isso, já que o capital doado foi tão grande que não a deixaria sem dinheiro. O documento faz referência a outro presente, um presente pessoal, ou, digamos, um empréstimo. Nele, Augustus concede à universidade uma quantia de dois milhões que colocou em outro fundo. A insinuação deixa claro, mas preciso dizer que não é explícita, que o dinheiro que a faculdade receberia seria uma recompensa por permitir que Rosie morasse aqui até o fim natural de sua vida. Isso foi acordado na época em que Augustus recebeu seu diagnóstico final de câncer, quando descobriu que era terminal.

— Seu marido estava fazendo de tudo para que a senhora pudesse ficar aqui — conclui Janice.

A Sra. B só assente. Está na cara que não consegue dizer nada.

Janice olha para Mycroft.

— Então, ela pode ficar aqui, né?

Janice se dá conta de que está tendo dificuldade em decidir como chamar a Sra. B na frente do amigo dela. Até agora não fez uma escolha, a não ser o "ela" aqui e ali. "Sra. B" seria inapropriado, e a possibilidade de chamá-la de Rosie lhe parece absurda. Ela se pergunta por quanto tempo conseguirá fazer isso.

Mycroft está estudando o teto outra vez.

— É uma questão de cumprimento das estipulações estabelecidas no acordo. Segundo o documento, ela pode ficar, mas caso ela saia por vontade própria, ou não tenha condições de morar aqui, os dois milhões serão revertidos para o patrimônio de Augustus. E essa parte do patrimônio está destinada ao seu filho, Tiberius.

— Tiberius quer pôr as mãos nos dois milhões? — Janice está começando a entender a referência que Tiberius fez ao dinheiro. Mas não tinha dito que *não* era pela fortuna? — Ele quer o dinheiro para criar um legado do pai aqui?

Mycroft nunca esteve tão fascinado pelas vigas no teto.

— Ah, ele com certeza quer que a faculdade acredite nisso. E a instituição terá o maior prazer em fazer vista grossa. Afinal, eles adorariam recuperar esse prédio e ainda ganhar o tal investimento que Tiberius está oferecendo... Porém...

A palavra paira no ar, mas a Sra. B a pega e a joga na mesa.

— *Porém*, você descobriu que Tiberius não tem a menor intenção de dar o dinheiro para a faculdade e o plano que ele bolou é apenas uma fachada para conseguir o apoio deles.

Ele abre um sorriso meio triste para a esposa do velho amigo.

— Você pode até achar isso, mas, como dizem, eu não tenho nada a declarar.

Janice não consegue ver os olhos dele, pois a luz do sol do fim da tarde está refletindo nas lentes de seus óculos.

Os três se encostam em suas cadeiras.

— Então o que a gente faz? — pergunta ela para Mycroft, encarando a Sra. B, que está novamente em silêncio.

Janice pensa em como a traição do filho está afetando a Sra. B. Ela sabia? Ela imaginava? Então tudo que ouviu falar do prédio é papo furado. Ou talvez o filho dela se contente em deixar o prédio para a faculdade — só não vai deixar o dinheiro dele. E o que ele acha que sua mãe vai fazer em seguida? Morar com eles é que ela não vai.

Mycroft continua:

— A informação que recebi de Stanley é que Tiberius está incentivando a faculdade a reunir informações para provar que você não só está debilitada, como também é um risco para si mesma e para a propriedade da faculdade que habita, por causa do seu alcoolismo. Dessa maneira, ele espera conseguir tirar você daqui, mesmo sendo contra a sua vontade.

A Sra. B olha para os dois e balança a cabeça.

— Sei que para vocês eu posso parecer uma mulher muito burra por querer ficar aqui...

— Nem um pouco, minha querida. — Mycroft tira os óculos e esfrega os olhos.

— Vocês devem achar que meu filho tem direito a esse dinheiro...

— Rosie, deixa eu te interromper. Você lembra que eu fui um dos testamenteiros de Augustus. Nós dois sabemos que Tiberius foi muito bem amparado financeiramente.

— Sim, mas ele sempre gostou de coisas caras... — Ela faz uma pausa e olha para as prateleiras de livros ao redor da sala, como se estivesse procurando algo. — É só que eu realmente sinto mais saudade de Augustus a cada dia que passa, não o contrário, e foi aqui que fomos muito felizes e nos sentimos em casa, tanto que às vezes sinto até a presença dele aqui. Quando me sento de frente para a poltrona dele, quase consigo imaginá-lo aqui. E meu medo é que, se eu me mudar, vou perdê-lo.

Janice vê uma lágrima escorrendo pela pele fina da bochecha dela. Naquele momento, toma uma decisão. Se isso é uma guerra, já sabe de que lado está. Afinal de contas, Stan já virou até agente duplo; a Sra. B estará em boa companhia. Janice só precisa tomar muito cuidado. Tenta não pensar em Decius. Ela queria conseguir dizer a si mesma que ele é só um cachorro, mas sabe que isso é impossível.

— Como posso ajudar? — pergunta ela, deixando bem claro o lado que escolheu.

Mycroft olha para a velha amiga, estica o braço esquerdo e segura a mão da Sra. B. Com a outra mão, ele puxa um caderninho para perto de si e, depois de pegar uma caneta, escreve algumas palavras. Ele passa o caderninho para Janice.

— Para dar início à nossa estratégia jurídica, sugiro que nos inspiremos neste livro. Você deve encontrar uma edição dele nesta biblioteca.

Janice já organizou mais de dois terços dos livros da Sra. B e tem certeza de que não há nenhum livro de direito em sua coleção. Ela olha para o papel e franze o cenho quando lê o título escrito ali. Então, ela se dá conta. Em um gesto automático, estica o braço, toca o ombro da Sra. B e diz:

— Ah, a senhora vai adorar esse. — Ela fica feliz em ver o olhar jovial da Sra. B de quem está se lembrando dos velhos tempos.

Ela não vai dizer mais nada à Sra. B antes de subir a escada até o mezanino e encontrar o que está procurando. Sabe exatamente onde está; ela mesma o colocou lá entre *Barnaby Rudge* e *David Copperfield*. Ela retorna com uma edição em capa de couro de *A casa soturna*, de Charles Dickens, e entrega a Mycroft. Ela não resiste e comenta:

— Jarndyce *versus* Jarndyce, se não me engano.

O olhar perspicaz da Sra. B passa por Janice e por Mycroft, e seus pés começam a balançar para a frente e para trás.

— Então vai ser assim, né? Espero que você não me leve à falência, Mycroft.

— Não, ao contrário dos advogados em *A casa soturna*, que perderam muitos anos brigando pela fortuna de Jarndyce e ficaram sem nada no fim do caso, vou oferecer meus serviços sem nenhum custo.

— Ah, mas você não pode fazer isso, Fred. Você sabe que Augustus nunca aceitaria isso.

— Eu sei que ele ficaria incomodado com a necessidade de usar essas estratégias de adiamento contra o próprio filho. Mas eu acredito de verdade que ele teria gostado da ideia de me ver conduzindo os advogados da outra parte por um caminho tão complicado que eles não vão nem saber para onde fugir. Ah, sim, ele teria gostado disso.

Janice acha que a Sra. B está chorando de novo e sorrindo ao mesmo tempo.

— Você acha que existe alguma maneira de pegar os vinhos de volta? — pergunta Janice.

— Sinto dizer que essa já deve ser uma causa perdida. Não queremos nada, por menor que seja, que possa corroborar com o caso deles de que Rosie é uma idosa debilitada e alcoólatra. — Mycroft pega sua carteira no bolso do casaco. — No entanto, isso não quer dizer que não podemos pensar em outras estratégias. Janice, você se importa de ir até a loja de vinhos que eu vi na esquina para fazermos um brinde à nossa nova aliança? Acho que deveríamos chamar Stanley. Eu não sou um homem que costuma sentir muita raiva, mas, quando soube que Tiberius havia pegado os preciosos vinhos de Rosie e Augustus, pergunta só para a minha esposa, eu soltei fogo pelas ventas.

Janice vai até o armário perto da pia para pegar o que precisa.

— Um balde? — pergunta Mycroft.

— Bem, ninguém mais dessa faculdade precisa saber dos nossos planos, e quem é que presta atenção em uma faxineira de meia-idade com um balde na mão?

— Olha só, ainda vamos fazer você virar uma espiã — declara a Sra. B, enquanto Janice se dirige até a porta.

26

O príncipe estrangeiro

Mycroft está decidido a não tomar uma segunda taça de vinho.

— Só uma para mim, obrigado. Estou dirigindo, e Elsie vai ficar preocupada se eu não for embora logo.

Pouco tempo depois, ele pergunta a Janice se ela lhe faria a gentileza de mostrar o caminho até o estacionamento de visitantes. Ela tem a impressão de que ele não quer só uma companhia até seu carro e está certa.

— Espero que não se importe, Janice, mas queria falar com você em particular para te agradecer por cuidar de Rosie. Ela não é tão durona quanto demonstra. Aqui está o meu contato, caso precise de mim.

Ele saca um cartãozinho branco. Janice meio que espera ler "Spink & Filho, Família de encanadores desde 1910". Em vez disso, há apenas um número de telefone impresso, nada mais. Ah, nunca deixe nada por escrito. Quando pega o cartão, ela percebe que está tendo com Mycroft a mesma dificuldade que teve com a Sra. B mais cedo. Não consegue chamá-lo de "Mycroft" nem "Fred", e até "Sr. Spink" parece absurdo, então ela evita chamá-lo de qualquer coisa.

— O triste, Janice, é que tudo isso está causando um estresse desnecessário em Rosie, sendo que seria muito melhor para Tiberius e para a faculdade se eles esperassem mais alguns anos pelo dinheiro e pelo prédio. Espero que Rosie viva uns cinco anos ou mais, só que precisamos ser realistas com essas coisas. Por causa disso, eu também me certifiquei de que meu filho, Andrew, que tenho orgulho em dizer que seguiu meus passos na advocacia, esteja totalmente por dentro da situação. Ele assumirá de bom grado o caso, digamos, Jarndyce *versus* Jarndyce, caso eu venha a falecer. Ele adorava o Augustus e tem muita gratidão por tê-lo ajudado a resolver um problema na Mongólia envolvendo um policial e um camelo roubado. Coisa de jovens, é claro, mas as autoridades não enxergaram da mesma forma.

Janice (a colecionadora de histórias) se pergunta se um dia conseguirá convencer Mycroft a contar a história de seu filho.

Mycroft abre a porta do carro. Enquanto acomoda o corpo rechonchudo no banco, ele se vira.

— Acho que o que me deixa mais chateado com tudo isso é ver que uma mulher forte como Rosie pode ser intimidada e enganada só por ser velha. E o fato de ser o próprio filho a fazer isso me deixa tão triste que chego a ficar sem palavras.

Ele balança a cabeça e bate a porta. Janice se dá conta de que, pelo menos, os problemas que tem com Simon são por causa da distância que existe entre eles, em vez de serem fundamentados em desprezo ou mentiras.

Enquanto volta para a portaria, ela vê que Stan retornou ao seu posto. Ele dá uma piscadinha furtiva em sua direção quando ela passa. Ao virar a esquina que dá no pátio, ela dá uma olhada no celular e vê que tem quatro mensagens de Mike. Sem contar as outras oito que recebeu mais cedo. Elas variam de um tom carinhoso (*oi amor, pfvr fala comigo, saudades*) para levemente irritado (*sério, preciso falar c vc, isso ñ tá serto*), até um tom autoritário (*preciso do carro agora!!!*). Ela está surpresa por ele não ter mandado um "*o q tem pra janta?*". Ela não respondeu a nenhuma mensagem de Mike, só avisou a ele que estava viva e na casa de um amigo, e não disse mais nada. Vai pensar sobre o carro depois. Ela se sente mal por privá-lo de usar o veículo, mas passou tanto tempo sem usá-lo que acha que ele não vai morrer por aprender qual é a sensação de esperar o ônibus na chuva. Ela arrumou um tempo para resolver duas coisas em relação a Mike: ligar para o banco para ter certeza de que não há a menor possibilidade de ele conseguir um empréstimo pela conta deles e tentar entrar em contato com a sociedade de crédito imobiliário. Ela não teve sucesso, pois a informação de contato no site sempre a levava de volta para a página de perguntas frequentes, em vez de indicar um número de telefone ou e-mail que pudesse usar. Ela quer se certificar de que Mike não consiga hipotecar a casa deles — de novo.

Ela também recebeu uma mensagem de Euan, e dessa vez eles marcaram de tomar uma cerveja na noite seguinte no pub perto do rio. Quando leu a mensagem dele pela primeira vez, ela sentiu uma onda de pânico crescendo por dentro, mas repetiu para si mesma que devia focar apenas nos livros e nas histórias, que tudo daria certo. Isso está dando certo, pois agora ela realmente está empolgada com o encontro.

Quando volta para a casa da Sra. B, Janice a encontra sentada perto da lareira, esperando-a ansiosamente. Ela serviu outra taça de vinho para as duas, e Janice decide deixar o carro por lá e voltar de ônibus. Ela se pergunta se Euan alguma vez trabalha no turno da noite.

— Está preparada para o próximo capítulo da história de Becky? — pergunta a Sra. B, acomodando-se de maneira mais confortável em sua poltrona.

— Entra o príncipe estrangeiro pelo lado esquerdo do palco?

— Exatamente.

— Sra. B, antes que comece, a senhora está bem?

— Então agora eu voltei a ser a Sra. B, é? Eu percebi que você não me chamou de nada quando Mycroft estava aqui.

— Eu estava pensando em usar "Rosie".

A Sra. B ignora o comentário e dá um gole no vinho, mas Janice vê um músculo se contrair na lateral do rosto dela, denunciando-a.

— Nós deixamos Becky curtindo Paris, que, apesar da guerra, pois estamos falando de 1917, ainda era um lugar muito agradável se você tivesse dinheiro e contatos, e Becky tinha os dois em abundância. Nós nos juntamos a ela durante seu almoço no Hotel de Crillon, admirando a Place de la Concorde. Eu a imagino revirando um pedaço de lagosta no prato enquanto observa a praça, onde um século atrás, ou até mais, Maria Antonieta foi condenada à guilhotina e se livrou de seus problemas mundanos.

— Nossa, a senhora está ficando bem poética — diz Janice enquanto pega o vinho.

— É o que acontece quando se passa muito tempo na companhia de Sherazade.

É a vez de Janice conter um sorriso.

— Uma amiga de longa data de Becky, que queria apresentá-la a uma pessoa, se junta a ela à mesa. Como você sabe, há algumas regras em seu mundo, inclusive regras de etiqueta sobre apresentações. Um novo "pretendente", vamos chamá-lo assim, precisa de uma terceira pessoa para dar a primeira investida. Então, a amiga de Becky fez as apresentações. Seu companheiro era um jovem de vinte e poucos anos, apesar de ser compreensível a confusão de Becky ao achar que ele era até mais novo. Um jovem bonito, magro e inseguro. O príncipe estrangeiro.

— De onde ele era? Eu já ouvi falar dele?

— Nós chegaremos lá. Ele se sentou ao lado dela, e começaram a conversar. Ele não gostava muito de francês, mas até que falava bem. Seu alemão era muito melhor. Depois de um almoço leve, passaram-se o que o príncipe veio a descrever como "três dias de êxtase". Eles passeavam de carro à tarde pelos campos serenos e arborizados, longe das batalhas. Comiam juntos em Montmartre, iam ao cinema e iam cavalgar com os cavalos do estábulo de Becky pelo Bois de Boulogne todo dia de manhã. Quando descobriram que as boates no centro de Paris estavam fechando mais cedo por causa da guerra, eles, e muitos outros, foram para festas em casas afastadas do centro de Paris, onde podiam beber e dançar a noite toda. E é claro que não podemos esquecer o *cinq à sept*.

— Então o príncipe tinha se tornado um "homem importante"?

A Sra. B assente.

— E Becky tem culpa? Ele não só era jovem e atraente, como também era um príncipe e podre de rico. E aqui chegamos a outras regras de *la courtisane*: um príncipe não pagaria pelos serviços prestados por Becky com algo tão sórdido como dinheiro. Entretanto, havia outras recompensas. Prestígio, é claro, e o príncipe poderia dar joias e roupas, poderia enviar flores ou um frasco de perfume caro. E poderia escrever para *"mon bébé"*, como o jovem príncipe dizia, declarando seu amor e preenchendo as páginas das cartas com apelidos melosos. Em troca, Becky enviava chocolates de que ele mais gostava e literatura erótica, algo de que passou a gostar bastante. Mas vamos por partes. Ainda estamos em Paris, o casal teve três dias maravilhosos juntos, e agora é hora de o príncipe retornar aos seus deveres.

— Para onde ele foi? A senhora disse que ele falava bem alemão.

— Estou vendo que você está imaginando um parente do Imperador Wilhelm, com seu par de botas pretas alemãs apoiadas no sofá do Hotel de Crillon. Você estaria parcialmente correta, eles eram parentes. O pai do príncipe, o Rei, era primo do Imperador. O príncipe da nossa história é o Príncipe de Gales.

— A senhora quer dizer Edward, tipo o Edward da Sra. Simpson?

A Sra. B assente, toda satisfeita consigo mesma.

— Jura?

A Sra. B apenas sorri para ela, e isso faz com que Janice se lembre de quando Decius leva um galho grande para ela.

— Quando a senhora disse "estrangeiro", pensei que ele fosse egípcio, como o amante anterior.

— Um homem inglês não poderia ser um estrangeiro? Estou chocada. — A Sra. B levanta a sobrancelha desgrenhada.

— Pelo amor de Deus, a senhora sabe que não é isso. Eu posso ter saído da Tanzânia quando era muito pequena, mas ainda me lembro dos estrangeiros, dos ingleses visitando a escavação com meu pai.

— Então você é da Tanzânia, e seu pai era arqueólogo. Garganta de Olduvai?

Janice não acredita que mordeu a isca da Sra. B. Apenas mais uma prova de que nunca se deve subestimar uma ex-espiã de primeira classe que já matou um homem — não importa a idade.

— A senhora é ardilosa, Sra. B. Eu sabia que não prestava na primeira vez em que a vi com aquele quimono roxo ridículo.

A Sra. B sorri para Janice como se ela tivesse acabado de lhe fazer o melhor elogio do mundo.

— Você quer saber mais sobre Edward e Becky?

— A senhora sabe que eu quero — responde Janice, servindo o fim do vinho para elas. — Eu nem sabia que ele tinha tido outras amantes. Mas é bem provável, a gente é que só sabe da Sra. Simpson.

— Edward demorou a amadurecer. Anos antes de conhecer Becky, ele tinha sido enviado para ficar um tempo com a família na França. Acredito que a ideia era que ele fosse apresentado a um mundo mais sofisticado, se é que posso colocar dessa forma. Acharam a companhia de Edward muito sem graça. Ele dormia cedo, só se interessava por esporte: tênis, polo, hipismo, vela e golfe. Os planos de atrai-lo para o mundo dos vinhos, das mulheres e da música falharam terrivelmente, assim como as tentativas da família de introduzi-lo em uma sociedade mais culta. Na verdade, ele achava os almoços com pessoas importantes chatos e preferia bater uma bola na quadra ou no campo. Porém, antes de conhecer Becky, ele foi apresentado a uma mulher que ficou encarregada de cuidar do príncipe. Assim ela o fez, e o resultado foi incrível. Edward decidiu que gostava de mulheres tanto quanto de esportes e começou a correr atrás do tempo perdido. Ele não demonstrava sua atração pelo sexo oposto de uma maneira muito elegante, Edward não tinha interesse naquelas que descrevia como "o cão chupando manga", e muitos dos seus comentários sobre mulheres eram depreciativos e ofensivos. Mas, quando conhecia uma moça que realmente achava atraente, ele sabia ser encantador e atencioso. O interessante é que muita gente que o conhecia dizia que ele sabia ser tão atencioso que chegava a ser encantador. Aqueles que o conheciam melhor sabiam que, na verdade, o príncipe se lembrava de quase nada desses encontros. Apesar disso, não houve dúvida de que seu almoço com Becky o deixou muito impressionado. Ele era emocionalmente imaturo e, comparado com Becky, um principiante em sexo. Ele ficou caidinho por ela, e isso não foi surpresa para ninguém. Acho que é correto dizer que ela foi sua primeira paixão de verdade. É curioso pensar que depois ele passou a escolher mulheres bem dominantes, pedindo até que elas lhe dessem uma "boa surra". Quem sabe, talvez Becky, em sua figura de dominatrix, dera início a isso, por assim dizer?

— A senhora *tem certeza* de que tudo isso é verdade, Sra. B? Eu não consigo acreditar.

— Esse caso foi relatado por muitos historiadores. Eu só estou te contando uma versão melhorada.

Janice assente. Sabe que é assim que as coisas funcionam; ela mesma está se tornando uma contadora de histórias, além de colecionadora.

— Você consegue ter uma ideia, a partir de tudo isso, de como Edward era de verdade? — Janice percebe que está fascinada pelo novo personagem da história. — A essa altura, ele provavelmente estava na melhor fase da vida dele; jovem, com seus vinte e três anos, tímido e doce. Conforme foi se transformando no homem Edward, acho que você teria encontrado motivos suficientes para transformá-lo no vilão de qualquer história. Ele era egocêntrico, vaidoso e ganancioso. Mais tarde, durante a abdicação, ele quase mentiu sobre suas riquezas em uma tentativa de fazer o país bancar sua nova vida. Ele conseguia ser petulante e guardar rancor de pessoas com quem não se dava bem. Também era extremamente teimoso; dizem que, apesar de parecer uma gazela, ele era na verdade um porco. Nem seus melhores amigos diriam que ele era um homem inteligente, e tenho certeza de que você sabe que ele demonstrou depois um interesse doentio pelo fascismo que estava em ascensão na Alemanha e na Itália. Racismo e machismo se tornaram seus melhores amigos. Tanto o membro mais experiente da corte quanto o primeiro-ministro disseram que ele seria um desastre como rei, e assim foi. Mas, como qualquer personagem, qualquer vilão, sempre há um outro lado.

— E qual é o outro lado?

— Acho que a melhor coisa a fazer é lhe contar uma história. Durante a Primeira Guerra Mundial, o papel de Edward foi basicamente administrativo e figurativo, melhorando a imagem da Coroa. Ele achava a maior parte do trabalho muito chata, e, como vamos ver, ele aproveitava todas as oportunidades para dar uma escapada para Paris ou para onde quer que Becky estivesse. Entretanto, na manhã desta história específica, ele tinha que visitar soldados que foram feridos em combate. No hospital, estavam homens que tiveram ferimentos terríveis, alguns sem membros ou com a visão perdida, e outros que sofreram as piores lesões faciais que se pode imaginar. Enquanto Edward andava pelas alas, um comentário despretensioso de um dos médicos revelou que Edward não estava vendo todos os pacientes. Aqueles com as lesões faciais mais horripilantes ficavam escondidos. Edward insistiu em visitar esses homens também e, quando se deparou com um que não queria nem olhar para ele, um homem que não parecia nem humano, Edward se abaixou e beijou o que restava da bochecha do homem.

Janice de repente precisa conter as lágrimas. A Sra. B a observa atentamente.

— Pois é. — Isso é tudo que diz. Depois de uma pausa, ela acrescenta: — Sei que você gosta de histórias que mostram talento, bondade e coragem em situações rotineiras. Mas tenho que acrescentar algumas histórias que nos deem esperança de que nossos vilões ainda têm salvação. Gosto de pensar dessa forma.

Janice se pergunta se ela está pensando no filho. Ao observar o rosto da amiga — e inesperadamente se dá conta de que a Sra. B *é* sua amiga —, ela consegue ver a tristeza em sua expressão.

— Contanto que você não espere que eu volte para o meu marido e o perdoe. Isso não vai acontecer de jeito nenhum — diz ela para fazer a Sra. B sorrir, e faz mesmo, e porque é verdade.

A Sra. B se empertiga na poltrona.

— Então, voltando para Becky e seu novo "homem importante". Eles ficavam juntos sempre que podiam, e era de conhecimento geral que Becky era a "protegida" do Príncipe de Gales, o que nós chamamos de amante. Quando era forçado a ficar com o Rei e a Rainha durante a visita deles à França, ele dava um jeito de dirigir até onde Becky estava morando, em Deauville, e voltava de manhã. Quando estava mais distante, escrevia para ela, cartas cheias de falas melosas, apelidos, e abarrotadas de indiscrições: críticas ao Rei e informações sobre a situação da guerra.

A Sra. B balança a cabeça.

— Como eu disse, Edward não era o homem mais inteligente do mundo.

— Mais uma de suas qualidades maravilhosas.

— Exato. E foi assim até o momento em que Edward, que estava apenas começando a explorar sua sexualidade, encontrou outra mulher. Dessa vez era uma inglesa que ele tinha conhecido em Londres e era casada com um Membro do Parlamento do Reino Unido. Agora as cartas mal escritas, egocêntricas e indiscretas eram direcionadas a ela, e Becky tinha virado passado em sua cabeça. Ele viajou a Paris quando a paz foi declarada, mas não visitou Becky, que tinha voltado a morar lá. Nem se deu ao trabalho de entrar em contato com ela, não finalizou o acordo que existia entre eles como um cavalheiro. Ele não a tratou de acordo com as regras de *la courtisane*.

— Ele a tratou como uma faxineira.

— Exatamente. E esse foi o erro dele, já que eu e você sabemos que Becky era uma mulher de gênio forte. — A Sra. B reprime um bocejo. — Vamos deixá-la assim por enquanto, furiosa em seu apartamento, jogando suas porcelanas de Sèvres nas paredes e destruindo uma blusa de seda que Edward deu para ela.

— Mas não rasgou as cartas de Edward?

A Sra. B bufou levemente.

— É claro que não, pois o que Edward tinha de burro Becky tinha de inteligente.

Mais tarde, quando está indo dar uma olhada em seu carro antes de pegar o ônibus, Janice pensa na necessidade da Sra. B em ter vilões que possam ser perdoados. Odeia ter de reconhecer, mas ela é uma mulher bem idosa. Será que quer mesmo passar seus últimos dias brigada com o filho? Janice acredita que a Sra. B perdoaria Tiberius por mentir e conspirar para colocar as mãos no dinheiro, mas pegar seus preciosos vinhos, tachá-la de alcoólatra e dizer que está fazendo tudo isso pelo seu pai, o homem que ela amava? Essa parte seria difícil. Ela não consegue pensar em Tiberius beijando um homem que perdeu metade do rosto. Mas é evidente que a Sra. B não quer perder a esperança de que seus vilões ainda tenham salvação.

E o que ela mesma quer? Não faz ideia. O papo da Sra. B sobre estrangeiros a fez se lembrar da época em que se sentia um ET na Inglaterra — algumas memórias são mais dolorosas que outras. Mas hoje? Ela já morou em Cambridge e perto dali por quase trinta anos, e, por mais que não se sinta deslocada por causa de sua origem, às vezes tem a impressão de que é uma intrusa na própria vida.

Ela está tentando assimilar melhor esse pensamento quando chega à rua onde seu carro está estacionado. Precisa verificar se terá de pagar para deixar o carro por mais horas de estacionamento. Ela olha ao redor, mas há somente um espaço vazio — seu carro sumiu. Em seguida, ela o encontra. Está no fim da rua sendo levado embora, e ela não tem como não reconhecer a cabeça do motorista: Mike.

27

A bebida vem antes da história

Janice está atrasada para encontrar Euan, e não são só os seus cinco minutos casuais por "não estar tão interessada assim", mas meia hora atrasada. O tipo de atraso que faz alguém pensar: "Acho que levei um bolo. No que eu estava pensando?" Sem o carro, ela precisou pegar o ônibus, mas ele demorou a passar.

Ele está esperando por ela a uma mesa perto da lareira e se levanta depressa quando a vê. Assim que ela pede desculpas — "não se preocupe, a culpa é do motorista" (diz ele) —, as bebidas são pedidas (também por ele) e ambos se sentam. A lareira deixa o ambiente quente, ainda mais depois de correr do ponto de ônibus até lá, e Janice consegue sentir sua versão adolescente despertando e resmungando mais uma vez: "Ai, meu Deus, isso é TÃO constrangedor." Dessa vez, ela tem uma carta na manga. Puxa um livro de sua bolsa (deixando sua versão adolescente num cantinho em sua cabeça) e o entrega a Euan.

— Você disse que nunca tinha lido esse, então peguei um exemplar para você quando fui à biblioteca.

— Que maravilha! Obrigado.

Ela acha seu gesto ousado e espera que isso sirva como uma recompensa por esperá-la até agora. A conclusão óbvia é: sim, eu estava pensando em você; me dei ao trabalho de trazer algo de que você poderia gostar; *e* é um livro da biblioteca, então vamos ter de nos encontrar de novo para você me devolver. Ela espera não ter exagerado, mas Euan parece ter gostado. Enquanto conversam sobre livros baseados na Segunda Guerra Mundial — que é o período no qual a história se passa —, ela percebe que ele está alisando a capa e dando tapinhas nela. Janice acaba pensando em como seria estar no lugar daquele livro.

Pedem mais bebidas e decidem dividir um prato de frios e queijos. Então ele não é vegetariano. Isso é sempre uma incógnita quando se trata dos fãs de atividades ao ar livre que escalam montanhas.

— Você já foi professor de geografia?

Ela acha que bebeu a primeira taça de vinho rápido demais.

Ele ri.

— Essa pergunta me pegou de surpresa. — E sorri ao perguntar: — Eu deveria ser professor de geografia, ou pareço com um professor que você sempre odiou?

Janice dá um longo gole no vinho; agora não dá para voltar atrás.

— É só que, quando eu te vi no ônibus pela primeira vez, achei que você parecia um professor de geografia.

Ele está rindo e sacudindo a cabeça.

— Eu gosto de professores de geografia — diz ela.

Isso o faz rir ainda mais.

— Como assim? De todos eles? — Ele a encara e parece ter tomado uma decisão. — Você disse que coleciona histórias. Quer escutar uma das minhas?

— Quantas você tem? — Ela entra no modo colecionadora. Uma pessoa, uma história.

— Eu diria que umas... quatro. Mas quero ter cinco.

O que isso quer dizer? Ele não pode ter tantas assim; está violando as regras. Então Janice pensa em duas coisas: por que ela precisa dessas regras, para início de conversa? E existe alguma *chance* de a história número cinco ter algo a ver com ela?

— Então, me diga, quantas eu posso ter? As pessoas não costumam ter mais de uma história?

Ela não consegue pensar direito. Uma pessoa, uma história — essa é a regra. Mas por quê? Isso é uma forma de organizar as histórias em sua cabeça? De não entrar em pânico? Mas será que ainda tem esse sentimento, mesmo depois de se separar de Mike? A resposta é "sim", às vezes, mas não sempre. Sim, quando se lembra de que Geordie vai voltar daqui a pouco. Sim, quando a Sra. B cutuca uma de suas feridas com seu dedo magro. Sim, quando pensa em sua irmã. Mas aqui, neste pub, com este homem?

— Você pode ter quantas histórias quiser. — Ao fazer essa sugestão ousada em voz alta, ela escuta a Irmã Bernadette outra vez; fazia um tempo que ela não sussurrava em seu ouvido. "Como você foi boazinha, pode pegar mais uma, Janice." Mais uma o quê? Bebida? Com certeza não, Irmã Bernadette sempre a alertou sobre os perigos de beber. Mais uma história? Essa é uma ideia revolucionária; em vez de ser a mulher sem história (ou com uma história que não quer contar), talvez ela possa escrever uma nova história para si mesma.

Ela olha para Euan, que está aguardando sua resposta ansiosamente. Ele não faz ideia de onde está se metendo.

— Ah, já saquei. Você acha que, se ficar em silêncio por tempo suficiente, vou acabar te contando todas elas. Boa tentativa. Não vou te dar todas de uma vez. Vou contar a história em que eu chego mais perto de ser um professor de geografia, já que esse parece ser seu ponto fraco. Ela é legal, de certa forma. Não tem um final triste.

— Você tem alguma com final triste? — Ela sabe que não deveria perguntar, mas não resiste.

— Uma — responde ele depressa e dá um gole na cerveja. Então, fica quieto, como se estivesse pensando em algo. Ele parece ter tomado uma decisão. Ainda encarando sua bebida, diz: — Eu realmente tenho uma história que é triste. Talvez eu te conte um dia. Eu a considero uma das minhas quatro — Euan olha para ela —, ou talvez cinco, histórias porque é uma parte importante da minha vida. Mas também tive outros momentos, coisas que aconteceram... — Ele faz uma pausa e segura o copo, remexendo a bebida devagar. Depois respira fundo e olha para Janice. — Eu era o timoneiro de um barco salva-vidas na Irlanda. Minha família sempre trabalhou com pesca, até que meu pai... Bem, ele precisava de uma mudança de vida, então nós nos mudamos. Mas, quando terminei a escola, acabei indo para a Irlanda e voltei a trabalhar com barcos. Primeiro, fui voluntário na Royal National Lifeboat Institution, depois consegui um emprego como timoneiro de um dos barcos maiores. Eu amava todos os detalhes: a luz, o mar, as simples ondulações da água e o horizonte. E eu tinha ótimos companheiros. Mas, um dia, teve uma tempestade que começou do nada. É claro que estávamos monitorando, mas ela sofreu um desvio e mudou de curso. Nós estávamos procurando um iate que passava por problemas. Em dado momento, o encontramos e... — Ele parou no meio da frase. — Nós conseguimos tirar os pais e a menininha, mas perdemos o garoto, filho deles. E algo mudou dentro de mim. Eu sabia que todos havíamos dado o nosso melhor, mas acho que aquilo foi difícil demais para mim. Assim que atracamos, eu fui embora. Isso foi há dezoito anos. Desde então, nunca mais entrei no mar.

Janice observa Euan inclinar o copo de um lado para o outro bem devagar, deixando a cerveja balançar lá dentro. Ela pensa nas histórias que gosta de colecionar e como costuma amar o inesperado. Mas tem muita dor aqui. Ela não criou suas regras e categorias para se blindar da dor? Mas é loucura achar que ela pode ser evitada. Janice não pode colocar aquela história nos fundos de sua biblioteca e ficar apenas com as que têm finais felizes.

Ele olha para cima e abre um sorrisinho.

— Olha, sei que não nos conhecemos muito bem. Eu não costumo contar isso para as pessoas, mas, já que estamos conversando sobre histórias, eu queria te contar porque *não* aceito que essa seja uma das minhas histórias. O que não quer dizer que eu não pense nela, só quero poder contá-la do meu jeito. Não sei se isso faz sentido.

— Você acha que pode escolher a própria história? — Janice faz a pergunta pensando em Adam, mas também porque quer saber se ela ainda tem chance.

— Eu espero que sim. E, de qualquer forma, não se esqueça de que são *histórias*, para mim, não é uma só. Não se esqueça. E, bem, eu gosto de ser motorista de ônibus. Apesar de ser um motorista muito cri-cri em relação à segurança no trânsito. Alguns dos outros motoristas me chamam de Checkpoint Charlie, por causa do posto de controle de passagem no período da Guerra Fria.

Euan vai até o bar e pega mais bebidas para eles, e Janice o analisa de costas, tentando imaginá-lo no comando de um barco, cuidando de uma tripulação. Ela consegue visualizar a cena perfeitamente, mas não sabe dizer o porquê. Pensamentos soltos ocupam sua mente enquanto o observa. Por que era o pai dele que o mimava? Onde estava sua mãe? E qual é a história triste? Ela também tenta imaginá-lo criança explorando a livraria do pai.

Euan volta à mesa determinado a deixar a tristeza para trás, então ela abre um sorriso amigável quando ele se senta.

— Está bem, você pode ficar com uma das minhas histórias, a que mais se aproxima da ideia de eu ser um professor de geografia. — Ele faz uma pausa dramática. — Eu sou o motorista viajante.

Agora sua risada é genuína.

— Todos os motoristas de ônibus viajam, não?

— Não da mesma maneira. Eu nunca dei aula de geografia, mas adoro mapas e amo conhecer lugares novos. Principalmente aqueles que vejo nos meus livros favoritos. Agora, talvez você não saiba disso, mas existem poucos motoristas de ônibus ao redor do país. E, se estiver dirigindo por tanto tempo quanto eu, é bem provável que seja chamado por alguma empresa que envia motoristas para companhias de ônibus que precisam de funcionários com urgência. Gosto de me imaginar como um motorista viajante super-herói, só que sem a roupa justa. — Ele sorri. — Então, eu fico de olho nessas vagas e, quando acho uma em algum lugar que me interessa, coloco minha bicicleta no trem e o pé na estrada. A empresa me deixa em uma pensão ou em uma hospedaria mais simples e, quando não estou dirigindo, vou caminhar ou andar de bicicleta. Também visito outros lugares citados em livros que falam da região. Algumas semanas atrás, eu estava em Brecon Beacons; no verão passado, fui a Northumberland conhecer a Muralha de Adriano. — Ele dá outro gole na bebida. — Isso conta como uma história? Atende aos seus pré-requisitos?

— É uma ótima história. — diz ela com sinceridade e pergunta sem pensar: — Você faz isso tudo sozinho? Quer dizer, você não é casado... ou algo assim... — Sua versão adolescente vem se vingar (provavelmente por ter sido abandonada num cantinho da cabeça de Janice). "Ai, meu Deus! Ele vai perceber que estou a fim dele... Que vergonha... Euan vai achar que quero me casar com ele." O fato de que a Irmã Bernadette também voltou a sussurrar em seu ouvido não ajuda muito: "Mas você quer, não quer, Janice?" Ela pensa na Sra. B surgindo em meio ao vapor de uma casa de chá russa. Será que este é um "momento perfeito" igual àquele? Não pode ser. Aquele era romântico; este é só esquisito.

Ele está sorrindo para ela como se ouvisse seus pensamentos, e ela quase bebe o vinho todo de uma vez.

— Não, eu nunca me casei. Mas essa é outra história. Por enquanto, você só tem direito a essa. Eu te conto outra na próxima vez que nos encontrarmos.

Agora ela pensa em Sherazade, seduzindo o sultão com a promessa de outra história. Se a Sra. B estivesse ali, estaria chorando de rir.

— Vamos lá. Te contei uma das minhas. Agora é a sua vez de me contar a sua história. — Ele está sorrindo, mas não tem ideia do que fez.

Ela olha para as mãos e percebe que seus dedos estão entrelaçados com força, como se, apertando uma mão na outra, ela fosse conseguir se controlar. Mas não adianta. Onde ela estava com a cabeça? Mesmo com as unhas cravadas na pele, ela sente o autocontrole escapando pelos dedos.

As palavras dele estendem as mãos e a seguram enquanto ela desaba.

— Janice, me desculpe. Escuta, você não precisa me contar sua história. Me conte uma das suas outras histórias, as que você coleciona. O que acha?

Janice olha para o livro na mesa, e isso a deixa mais tranquila. Ela vasculha sua biblioteca mental. Há várias histórias que aconteceram durante a Segunda Guerra Mundial. Ela espera que Euan não se importe que ela conte a história como se estivesse lendo um grande livro — assim como faz com a Sra. B —, pois sabe que isso vai ajudá-la a se acalmar.

Ela começa.

— Essa é a história de um italiano que descobriu como tirar manchas de mofo de praticamente qualquer coisa. — Ela continua: — É uma história que qualquer faxineira que se preze gostaria de ouvir. — Janice diz isso para mostrar para ele (e para ela) que tudo estava voltando ao normal: ainda são a faxineira e o motorista de ônibus que estão bebendo juntos e falando de livros e histórias. — Durante a Segunda Guerra Mundial, o italiano foi recrutado para lutar na África, mas não era um soldado muito bom, antes da guerra tinha sido treinado para ser carpinteiro e era muito melhor naquele ramo. Não demorou muito até que ele fosse capturado e levado para a Inglaterra, para um campo de concentração em Lake District. Depois foi enviado para trabalhar em fazendas da região e nos bosques que ficavam perto dali. Ele achava que estava traindo o país que havia deixado para trás, mas a verdade era que gostava da cidadezinha onde estava morando na época. Ele gostava dos morros que mudavam de cor com a luz do sol e das florestas que uivavam com o vento. Gostava das pessoas que havia conhecido, fazendeiros, aldeões, comerciantes e até os guardas, e o sentimento era recíproco. Não tinha como não gostarem dele. Ele também fez amizade com outros prisioneiros italianos, e alguns, assim como ele, encontraram um lar em um momento em que já tinham perdido as esperanças. As pessoas que mais gostavam dele, no entanto, eram aquelas que não o viam. As crianças. É claro que elas o viam passando quando iam para a escola ou quando ele subia os morrinhos com as ovelhas. Mas nunca o viam quando ele trabalhava nos presentes que deixava para elas na floresta. As crianças nunca descobriram quem era a pessoa que deixava animais entalhados a partir de troncos de árvores velhas. Só viam os texugos, as raposas e os coelhos, que, como num passe de mágica, apareciam para brincar com elas na floresta. Quando a guerra acabou, o homem que comandava o campo de concentração pediu ao italiano que o ajudasse a arrumar emprego para quem quisesse ficar na Inglaterra. A essa altura, ele já conhecia a maioria das pessoas que poderiam ter um emprego para oferecer a esses homens, e tanto os italianos quanto os ingleses confiavam nele. Então, ele ajudou os homens, e fez isso muito bem. Bem até demais, no fim das contas. Algumas semanas depois, ele já tinha arrumado trabalho para todos os italianos que eram bons. Mas tinha se esquecido de uma coisa: de arrumar um emprego para si. O italiano não queria abandonar aquele lugar que virou seu lar, então lia o jornal todos os dias à procura de algo que pudesse fazer. Por fim, ele viu um anúncio com inscrições abertas para o cargo de vendedor da Cleenyzee. Ele não sabia absolutamente nada sobre limpeza e nunca tinha ouvido falar da nova linha de produtos de limpeza Cleenyzee, mas se candidatou e conseguiu o emprego. Em pouco tempo, ele aprendeu a tirar crostas grudentas do fundo das panelas e a melhor maneira de remover mofo de praticamente qualquer lugar. Ele aprendia rápido. Sua parte favorita do trabalho era poder viajar pela cidade que amava, conversando com pessoas de quem gostava. A maioria de seus clientes o convidava para tomar um chá, ainda mais aqueles que moravam sozinhos e passavam muitos dias sem receber visitas. O italiano ficava feliz em ir até lá para realizar algumas tarefas para eles, sem contar que as casas ficavam um brinco. Ele visitava uma senhorinha que não tinha forças para fazer uma faxina com os excelentes produtos que comprava dele, então ele fazia uma demonstração e, no processo, limpava a casa inteira. Na semana seguinte, voltava e fazia a demonstração toda de novo. Na outra semana, ele mostrou como se pendurava o trilho da cortina caso ele caísse. E, na outra, mostrou como se consertava uma goteira no teto. Quando a senhorinha morreu, ela deixou a casa e o terreno para o italiano, e foi lá que ele morou até os seus oitenta e cinco anos, quando veio a falecer. Todos da vizinhança sempre diziam que a casa do italiano era a mais limpa da cidade.

Janice olha ao redor. Ela está um pouco estupefata por estar ali, sentada naquele pub. Fica ainda mais surpresa ao se dar conta de que Euan parou de alisar o livro da biblioteca e agora está segurando sua mão.

28

Nunca deixe nada por escrito

Janice está no sótão com Fiona, vendo as reformas mais recentes da casa de boneca.

— Então, o que você achou? — pergunta Fiona.

— Achei maravilhoso... mas por que...?

— Por que uma loja de queijos?

Janice assente. A placa do Jebediah Jury (agente funerário) saiu, e a nova plaquinha diz "Fiona Jury". Tem um espaço em branco no lugar onde antes ficavam as palavras "agente funerário" pintadas com tinta dourada.

— Quando eu e John passamos um fim de semana em Bath, conheci a loja de queijos mais maravilhosa do mundo e desde então eu sempre tive vontade de ter uma também.

No andar de baixo, onde ficavam os caixões, agora há armários e mesas abarrotados de rodelas e fatias de queijo. Em uma mesinha, está a caixa registradora e uma balança dourada.

— Ainda não decidi se vou expandir o negócio para frios e bolos. Por isso deixei o espaço em branco. Estava pensando em colocar "Fiona Jury delicatéssen". O que acha?

— Você poderia colocar mesas e cadeiras do lado de fora e servir café e bolo — sugere Janice, imaginando mesas brancas e vermelhas enfileiradas do lado de fora da loja.

— Boa ideia — concorda Fiona, analisando o interior da loja.

— E o nome, hein? — pergunta Janice. — Acho que não conseguiria mesmo imaginar um homem chamado Jebediah fazendo brownie e café com leite.

— Exatamente — diz Fiona, recostando-se na cadeira e olhando para Janice. — Esse é o meu negócio. Ele vai ser administrado por uma mulher. Uma mulher que vai dar um jeito de fazer tudo sozinha.

Janice não sabe se ri ou se chora, mas, antes que consiga se decidir, elas são interrompidas por Adam e Decius, que entram no cômodo.

— E aí, você vem ou não? — Decius rodopia ao lado de Adam.

Ele poderia mesmo ser um cachorro de circo. Janice o imagina se equilibrando nas duas patas em cima de uma bola. Então, Decius a encara com sua expressão que (como sempre) diz tudo. "Nem pense nisso."

Tudo bem.

Então, Janice pergunta para Adam:

— Você gostou das mudanças que a sua mãe fez na casa de boneca?

Adam a encara como se ela tivesse ficado louca.

— Acho que gostei — responde ele, mas ela percebe que a situação do *Assassinatos de Midsomer* se repete. A situação em que Adam pensa: "Como você consegue gostar disso?"

Ela sorri para si mesma e se junta a eles em direção à escada. Antes de saírem do sótão, Fiona diz:

— Eu também tive uma ideia em relação ao Adam. Se der, eu te conto mais tarde quando ele não estiver por perto.

Janice também tem algo que gostaria de dizer para Fiona. Ela quer contar que seu amigo Euan (o motorista de ônibus viajante) deve acompanhá-los em alguns passeios. Quer apresentá-lo para Decius. Ela se pergunta como vai ser esse encontro.

Mais tarde, quando chega à casa da Sra. B, Janice se lembra de que nem ela nem Fiona disseram o que queriam dizer.

A Sra. B está de bom humor em sua poltrona de sempre.

— Alguma notícia de Mycroft? — pergunta Janice, tirando uma garrafa de gim Hendricks e três águas tônicas do balde.

Ela preferiu não comprar vinho, pois não sabia qual comprar, já que Mycroft não estava lá para dar uma sugestão. No entanto, ela se lembrava de ter visto uma garrafa de Hendricks e alguns copos na bandeja em uma das estantes.

— Acho que já falei isso, mas você é uma faxineira *excepcional* — declara a Sra. B ao ver o gim. — Me diz quanto foi para eu te pagar.

— Se não me engano, a senhora disse que eu era uma *mulher* excepcional — corrige Janice, ajeitando as garrafas na bandeja. Como a Sra. B não esboça nenhuma reação ao seu comentário, ela repete: — Mycroft?

A Sra. B esfrega as mãos.

— Sim, tenho notícias. Vamos tomar um gim-tônica enquanto conversamos?

— Que tal um chocolate quente para começar? — sugere Janice, como se fechassem um acordo. Ela não sabe dizer se sua ética de trabalho permite bebidas alcoólicas tão cedo assim.

— Já que você insiste.

Enquanto segue para a cozinha, Janice se pergunta qual seria o problema de tomar um gim-tônica com a Sra. B às duas horas da tarde. Nenhum, para falar a verdade. Como Euan havia mudado suas regras para colecionar histórias (uma pessoa, uma história), ela passou a questionar todas as outras.

— E Mycroft? — pergunta Janice outra vez, entregando o chocolate quente para a Sra. B e pegando o espanador de pó.

— Você não vai me acompanhar? — questiona a Sra. B, olhando para a poltrona velha do marido.

— Daqui a pouco, talvez. — Como dizer à Sra. B que ela precisa manter um pouco do profissionalismo na relação das duas? Precisa sentir que merece receber o dinheiro dela. Daqui a pouco Geordie está de volta, ela não tem muito dinheiro na conta e ainda não conseguiu falar com ninguém da sociedade de crédito imobiliário para resolver a questão da hipoteca.

A Sra. B bufa, mas depois continua:

— Mycroft planeja agir de duas maneiras. Ele entrou em contato com o comitê que supervisiona os patrimônios residenciais da faculdade e me contou que entregou a eles uma lista de questionamentos jurídicos que os manterá ocupados até o Natal. Ele disse que até citou uma frase de um estatuto da época de Henrique VIII. — Os pés da Sra. B começaram a balançar para a frente e para trás. — Eu não ficaria surpresa se ele tivesse inventado esse estatuto. Seu senso de humor é meio perverso.

Janice não resiste em perguntar com um tom de voz inocente:

— Ele já era assim quando vocês foram para Madagascar?

A Sra. B ri por cima do chocolate quente.

— Ah, você vai precisar se esforçar mais que isso. Como eu estava dizendo, Mycroft também está tentando outra abordagem. Parece que ele é sócio do mesmo clube que o atual diretor da faculdade. Eles andaram conversando sobre seu interesse mútuo em ornitologia enquanto tomavam umas garrafas de Château Margaux. — A Sra. B olha para o teto e encara as vigas. — Augustus sempre disse que uma das maiores qualidades de Mycroft é que ninguém sabe quando ele vai entrar em ação. — Ela volta a encarar Janice e ri.

O━➤

Assim que termina a faxina, Janice aceita a oferta do gim-tônica feita pela Sra. B e se acomoda na poltrona em frente à dela.

— Vamos lá, Becky e as cartas. O que ela fez depois?

— Ela escreveu uma carta para o príncipe. Mas não podemos esquecer que ela é uma mulher de gênio forte... — A Sra. B se distrai. — Você sabia que teve uma vez que ela bateu em um de seus amantes com um chicote na frente de todo mundo? Ele parecia um homem tranquilo, mas isso foi demais até para ele. O homem a deixou lá no restaurante, entrou no carro e se recusou a deixá-la entrar. Becky simplesmente abriu a porta do motorista, jogou o pobre do chofer no asfalto, entrou no carro, deu partida e dirigiu o amante até a sua casa. Que mulher! — A Sra. B dá um gole no gim-tônica. — Então você pode imaginar o tipo de carta que ela escreveu para o Príncipe de Gales. Ele não só a tinha abandonado sem dizer uma palavra, como também errara por não agir como um cavalheiro e recompensá-la de alguma maneira. Ele deve ter ficado com medo de o papel queimar sua mão quando abriu o envelope. Ela o fez se lembrar de suas últimas correspondências, de algumas frases que ele havia usado e dos comentários que fizera sobre o Rei, entre outras coisas.

— Aposto que ela queria ter visto a cara dele ao ler a carta.

— Ah, com certeza. O Príncipe de Gales de repente não teve outra opção a não ser chamar seus conselheiros. Houve rumores de que até o Sir Basil das Operações Especiais foi consultado. Eles falavam sobre "a mulher de Paris", aos sussurros e entre quatro paredes, em Paris, Londres e Windsor. Quando lhe perguntaram sobre as cartas, Edward confessou que ela "não havia queimado nenhuma delas" e que era o tipo de mulher que pedia "cem mil libras ou nada feito". Todos os apelidos carinhosos e melosos foram esquecidos, e ele começou a chamar Becky de "coisa".

— Ela deve ter ligado muito para isso — ironiza Janice.

— Concordo. — A Sra. B assente. — Quanto ao próximo assunto, devo dizer que discordo de alguns historiadores. Alguns argumentam que Becky estava realmente pensando em chantagear o príncipe. Porém, eu não acho que ela tenha realmente cogitado isso.

Ela era uma mulher abastada e ganhava seu dinheiro sendo bancada por homens ricos. Duvido muito que ela teria arriscado seu ganha-pão com uma conduta que, se viesse à tona, teria assustado outros homens. Ela não ia matar sua galinha, ou melhor, seus galos dos ovos de ouro, se é que você me entende.

— A senhora acha que ela queria só se vingar?

— Sim, acho que ela queria fazer Edward comer o pão que o diabo amassou por não ter seguido as regras. Com certeza Becky não fez isso porque estava chateada com o término. Tenho minhas suspeitas de que ela nunca foi muito apegada a Edward, ele era apenas uma fonte de dinheiro.

— E o que aconteceu depois?

— Ah, você vai gostar dessa parte... ou não...

Janice levantou a sobrancelha para a Sra. B, que continuou:

— Nossa Becky se casou. Escolheu um homem rico para si...

— É claro...

— Um oficial da Força Aérea cujo pai era um dos diretores do Hotel de Crillon e de uma loja de departamentos luxuosa.

— Tomara que ela tenha descolado um desconto — interrompe Janice.

— Eles formavam um péssimo casal, tanto que a própria Becky sabia que eles não ficariam juntos por muito tempo. Seu marido gostava de literatura, uma ópera de vez em quando e noites tranquilas em casa. E Becky...

— Não.

— Quer parar de me interromper e servir mais uma dose pra gente? — brada a Sra. B.

Janice faz o que ela pede com um sorriso no rosto.

— O casamento deu a Becky três coisas que ela queria: um sobrenome respeitável, dinheiro e, com isso, o poder de levar sua filha para Paris.

Janice olha para cima enquanto enche o copo até a metade.

— Então ela ficou com a filha!

— Por um tempo.

Janice percebe que a Sra. B está analisando sua reação com uma expressão preocupada.

— Ah, não. Ela deixou a filha ser atropelada também?

A Sra. B abre um sorriso meio triste.

— Não. Depois de um tempo, Becky descobriu que nem a maternidade nem o casamento eram feitos para ela. Então, se divorciou do marido, que foi para o Japão, deixando-a com uma boa condição financeira. E mandou a filha para uma escola na Inglaterra.

— Ah. — Janice não tem uma opinião formada sobre isso. Não foi o que ela e Mike fizeram com Simon? — A senhora mandou Tiberius para um internato? — pergunta ela.

— Claro. Ele foi para a mesma escola onde o pai estudou.

— Quantos anos ele tinha?

— Oito.

Janice consegue sentir a outra enrijecendo ao seu lado.

— Você não concorda com a minha decisão, Janice? Fizemos o que era melhor para o nosso filho. Era uma escola com um excelente histórico acadêmico e era o lugar perfeito para ele.

Janice se pergunta quem a Sra. B está tentando convencer.

— Ele não foi para uma escola local, como certamente aconteceu com seu filho, porque nós queríamos dar o melhor para ele.

Está na cara que a Sra. B está irritada. Mas Janice também está.

— A senhora acha que, só porque eu sou pobre e faxineira, eu não gostaria de dar o melhor para o meu filho? Para sua informação, nosso filho, Simon, também estudou em um internato desde os doze anos. Por que a senhora acha que eu comecei a trabalhar como faxineira para começo de conversa? Mesmo com uma bolsa, eu precisava de cada centavo que conseguisse ganhar. — Ela bate o copo na mesa. — Mas pelo menos eu consigo admitir que *não* sei se fiz a escolha certa. Não estou me prendendo a uma ideia qualquer de que, só porque o pai estudou lá antes dele, então essa era a coisa certa a se fazer. — E, como está muito irritada agora, Janice não consegue se controlar e dispara: — E pelo menos eu não dei o nome de Tiberius para o meu filho. A senhora tem noção de como crianças podem ser cruéis?

Um silêncio absoluto se instaura.

Ele se estende por um bom tempo, e Janice não se atreve a mexer um músculo e fazer o couro da poltrona ranger sem querer.

A Sra. B tosse.

— Seus melhores amigos se chamavam Algernon e Eurípides.

E Janice não consegue conter a risada.

— Desculpe, Sra. B.

— Pelo quê? Pelos nomes ridículos que demos aos nossos filhos?

— É uma pergunta retórica. — Não, eu é que devo pedir desculpas. Acho que você percebeu que a criação de Tiberius é um assunto delicado para mim. Sinto que eu e Augustus não passamos tanto tempo com ele. Acho que tentei me convencer de que era por causa do nosso estilo de vida itinerante, mudando de um país para o outro. Mas a verdade é que eu e Augustus nos sentíamos completos com a nossa companhia, e hoje percebo que isso deve ter sido difícil para o nosso filho.

— A senhora já conversou com ele sobre isso? — pergunta Janice.

— Não. Você já conversou com... Acho que você disse que o nome do seu filho era... Simon?

Janice concorda com a cabeça.

— Nós formamos uma bela dupla, não é mesmo? — A Sra. B estica a mão e dá tapinhas de consolo no braço de Janice.

Naquela noite, Janice decide ir a pé até a casa de Geordie. Não é muito longe e ela precisa de um tempo para pensar. Será que eles realmente fizeram o que era melhor para Simon? Ela se dá conta de que ainda nem contou para ele que se separou do pai. Eles só trocaram um "oi, tudo bem?" no fim de semana, mas tiveram de encerrar a ligação porque uns amigos dele tinham chegado ao seu apartamento.

Ela disca o número de Simon.

— Oi, mãe. Tudo bem?

— Tudo certo. Você tem cinco minutinhos?

— Sim, o que houve?

Janice consegue ouvir a preocupação na voz dele. Por onde ela começa? A família de Simon não é perfeita, mas pelo menos antes ela se orgulhava quando dizia que ainda estavam juntos. Uma base para onde Simon poderia voltar, se um dia precisasse — mas é claro que ele nunca precisou.

— Mãe?

— Eu me separei do seu pai.

Silêncio.

— Simon? Você me ouviu?

— Vocês vão fazer as pazes. Sempre fazem.

Ele está tentando incentivá-la a voltar para Mike? Ela sente que precisa ser sincera com o filho — pelo menos uma vez na vida.

— Não, não vamos. Ou melhor, eu não vou fazer nada. Eu me separei dele e não quero voltar com ele de jeito nenhum.

Mais silêncio, ela acha que Simon ficou sem sinal. Então, escuta o filho respirando fundo.

— Bem, só posso dizer que já estava na hora!

— O quê? — Ela não acredita no que está escutando.

— É isso mesmo que você ouviu, mãe. — Ele faz uma pausa. — Você tem ideia de como foi difícil ver meu pai te tratando feito lixo durante todos esses anos? Não se engane, eu sempre soube que você era a pessoa que dava um jeito em tudo e que resolvia as coisas. E desculpe, mãe, sei que deveria ter te dado mais apoio e ligado mais vezes, só que eu estava com muita raiva de você por se colocar nessa posição.

— Estava? — Seu tom de voz é incrédulo e esperançoso ao mesmo tempo.

— Estava! Eu só achava que nada do que eu dissesse faria diferença. Ele te tratava como lixo, e eu queria que você o enfrentasse. Chegou uma hora que eu não aguentava mais ver aquilo.

— Ai, meu Deus, Simon. Me desculpe.

— Caramba, mãe, você não tem nada do que se desculpar. Você é incrível. Eu só queria que conseguisse enxergar isso. Eu não aguentava mais ver meu pai tentando te convencer de que estava sempre certo. É por isso que eu raramente o encontro. Não quero ser sugado para dentro daquela porra de mundo louco dele.

— Posso te perguntar uma coisa?

— Qualquer coisa, mãe. O que você quiser.

— Você gostou de estudar num internato? Não me culpou por permitir que isso acontecesse?

— Nossa, não! Eu adorava a escola. Tudo bem que foi difícil no início. Mas pude descobrir quem eu era de verdade. Ainda sou amigo dos meninos que conheci lá e, quando estava na escola, eu podia praticar esportes o tempo inteiro, e naquela idade eu só queria saber disso.

Ela não consegue acreditar no que está ouvindo. Por que nunca perguntou essas coisas antes? Ela se sente mais leve — uns dez anos mais jovem.

— Será que a gente poderia almoçar juntos algum dia desses, quando eu for a Londres? — Apesar da sensação de alívio, ela ainda está hesitante, como se estivesse pisando em ovos.

— Claro, mãe, eu adoraria. Mas você está bem? Onde está morando? Ainda está em casa?

— Por enquanto estou tomando conta da casa de um amigo.

Simon está preocupado; pelo visto conhece bem o pai.

— Ele não consegue esvaziar as contas bancárias, consegue? Ou fazer mais dívida?

Ela não quer confessar que ele já fez isso. Mas tranquiliza o filho ao dizer que tirou seu nome de todos os cartões de crédito de conta conjunta anos atrás.

— E a hipoteca?

Ela fica encantada ao ver como seu filho é atento.

— Estou tentando entrar em contato com a sociedade de crédito imobiliário para que ele não consiga fazer uma nova hipoteca, mas eu não consigo falar com ninguém.

Ela ouve Simon rindo do outro lado da linha.

— O quê? O que foi? — Até ela está sorrindo, mas não faz ideia do porquê.

— Você sabe com o que eu trabalho, mãe?

— Na verdade, não. — Ela odeia ter de admitir isso. — Com alguma coisa no centro financeiro de Londres?

— Eu trabalho para as Autoridades de Conduta Financeira. Olha, eu não vou poder cuidar do seu caso, mas acho que consigo mexer uns pauzinhos e ver o modelo de contrato de hipoteca no qual a sua foi baseada. Se você me der o nome da sociedade de crédito imobiliário, eu arranjo o telefone de alguém com quem você possa falar. Pode mencionar meu nome. Isso te ajuda?

— Ajuda, sim. — De repente, ela sente que não está sozinha.

— E mãe?

— Oi.

— Vem me visitar logo, tá?

Quando desliga, ela se pergunta se a Sra. B um dia conseguirá sentir, depois de uma conversa com Tiberius, o que ela está sentindo agora. Por algum motivo, ela duvida muito.

29

Vozes suaves

O carro não está na garagem quando Janice chega em casa, e ela espera que isso signifique que Mike não está lá. Mike quase não falou com ela desde que pegou o carro, mandou apenas algumas mensagens. Uma (*eu disse q precisava do carro*), depois outra, no meio da madrugada (*Eu tinha parado de acreditar no amor, mas depois de ver seu sorriso eu voltei a acreditar. Eu te amo, penso em você e sinto a sua falta*). Ela consegue imaginá-lo bêbado, copiando e colando isso da internet. A pontuação já entrega logo de cara. Na manhã seguinte, Mike volta à sua versão original: *ñ acho o ferro de passar roupa*. Ela tem a impressão de que o viu passando de carro pela rua de Geordie na noite anterior, mas depois pensou que devia ser coisa da cabeça dela — afinal de contas, muitas pessoas dirigem peruas antigas, e ela nunca contou a ele onde estava ficando.

A casa está um silêncio absoluto, e no mesmo instante Janice tem certeza de que não há ninguém lá. Ela separa as roupas e os livros que veio buscar, enchendo a bolsa que trouxe consigo no ônibus. Euan estava dirigindo, e ela havia sentado no primeiro banco, perto dele. Ele deixou bem claro que não era para ela sentar muito longe dele, e Janice o imaginou como um timoneiro em um barco salva-vidas, mantendo a tripulação na linha. Ele tinha se oferecido para deixá-la onde quisesse, até se disponibilizou a deixá-la na porta de casa. Quando ela sorriu e perguntou o que os outros passageiros diriam, ele apenas riu e disse:

— Meu ônibus, minhas regras.

Eles vão se encontrar hoje à tarde para passear com Decius, e Janice está ansiosa de um jeito bom e ruim. Ela contou para Euan que é apaixonada por aquele fox terrier, mas que seu linguajar não é dos melhores.

Ela pega as coisas de que precisa no armário e nas estantes, depois dá uma olhada no quarto de hóspedes. As caixas ainda estão lá, mas algumas estão abertas. Janice se pergunta o que Mike vai fazer com todo esse estoque que ele — ou melhor, ela — comprou. Ela pensa em pegar umas escovas, mas não consegue pensar em absolutamente nada para fazer com elas. Passa o olho no restante da casa rapidamente. Não está tão bagunçada quanto ela imaginava, mas está bem suja. Mesmo assim, ela tenta se convencer de que isso não é mais problema seu. Pega o ferro no armário perto do fogão e deixa um bilhete para Mike na mesa da cozinha. Não quer que ele ache que ela está entrando lá escondido — até porque tem todo direito de estar ali. Por fim, olha a caixa de correio — nada além de umas contas. Eles vão ter de conversar sobre isso em algum momento e sobre o que vão fazer com a casa. Simon tinha mandado um contato da sociedade de crédito imobiliário e a mulher com quem conversou foi muito prestativa, deu algumas orientações e explicou os procedimentos e as condições legais da situação deles. Mais uma vez, ela teve a sensação de que não estava sozinha. Isso já havia acontecido com muitos outros casais e todos conseguiram resolver seus problemas.

Ela fica nervosa ao se aproximar da casa da Sra. Sim-Sim-Sim e pede a Euan que espere por ela no fim da rua. Não quer que essas pessoas invadam sua felicidade recém-descoberta nem com um olhar.

E isso *é* felicidade; já entendeu isso. Ela ainda não sabe dizer se agora tem um "momento perfeito" para revisitar, mas não importa. O que pode admitir é que o motorista de ônibus, que nunca foi professor de geografia, a faz feliz. Ela tenta não ir muito além, pois, quando faz isso, Nat King Cole começa a cantar em seu ouvido. "There may be trouble ahead..." Ela prefere os sussurros da Irmã Bernadette.

A Sra. Sim-Sim-Sim abre a porta e se vira sem nem olhar para Janice. Ela está ao telefone.

— Sim-sim-sim... Sei, sei.

Em seguida, ela vai até a cozinha, ao mesmo tempo em que Decius vem deslizando através do portal. Janice acha que até ele está ansioso por se livrar da Sra. Sim-Sim-Sim. Enquanto pega a coleira dele no gancho, Janice vê Tiberius em sua "toca" — um lugar sem graça, que não passa de um metro quadrado, logo depois da cozinha. A porta de correr da toca está encostada, mas ela ainda consegue vê-lo aparecer e desaparecer pela fresta da porta, andando de um lado para o outro. Ele está ao telefone e não parece muito feliz.

— Bem, mande ele resolver isso. Você quer essa droga desse prédio ou não?

Ele faz uma pausa.

— O diretor disse *o quê*?

Ela consegue ouvir o barulho da lixeira sendo chutada dentro do cômodo.

— Mas o que ele tem a ver com isso, porra?

Outra pausa.

— O advogado dela? Merda, você só pode estar de sacanagem.

Janice agora tem certeza de quem foi o responsável pelo linguajar de Decius. Também acha que Augustus estava certo: ninguém sabe quando Mycroft vai entrar em ação.

De repente, Tiberius olha para cima e vê Janice o observando. Ela não tem para onde correr, e não existe a menor dúvida de que ela estava bisbilhotando. Ele olha para ela, depois para Decius e de volta para ela, antes de fechar a porta de correr com força.

Janice está tremendo e sabe que a expressão de Decius é um reflexo da dela.

"*Ai, merda.*"

— Você está bem? — Euan fica visivelmente preocupado quando ela sai da casa depressa, com Decius correndo ao seu lado.

— Vamos sair logo daqui.

Eles caminham em silêncio por alguns minutos, depois ela se dá conta de que não precisa passar por tudo aquilo sozinha. Está tão acostumada à falta de interesse de Mike e ao seu desdém que só agora percebe que pode compartilhar esse momento com alguém e que esse alguém está andando ao seu lado. Então, ela conta para Euan o motivo pelo qual trabalha para a Sra. Sim-Sim-Sim, seus apelidos, e como acabou conhecendo a Sra. B. Passa muito mais tempo falando da Sra. B e da história de Becky. Ele fica encantado com Becky, mas confuso.

— Certo. Ela se chama Becky ou não?

Janice explicou que ama *Feira das vaidades* e que a Sra. B decidiu lhe contar uma história real com uma heroína (se é que podemos chamar Becky assim) que fosse parecida com a Becky Sharp de Thackeray.

— Você podia procurá-la. Aposto que conseguiríamos descobrir o verdadeiro nome dela. Ou será que a Sra. B te contaria?

Janice tenta explicar que quer mantê-la como Becky — por algum motivo isso parece ser importante por causa do lugar onde a história começou a ser contada. No entanto, ela confessa que gostaria de ver uma foto da mulher.

Ela deixa algumas coisas de fora: seu surto, a Sra. B a cutucando para descobrir sua história, Sherazade e o fato de a Sra. B ter matado um cara. Mas ela conta quase tudo e percebe que Euan é um ouvinte atencioso e compreensivo. Ele ri quando ela espera que ria e segura a mão dela nas partes difíceis. Ele não fica tentando dar conselhos, mas também não faz pouco-caso de suas preocupações. Quando chegam à porta de Fiona e Adam, ele olha para Decius e, então, para ela.

— Acho que você está certa em ser cautelosa.

Ela toca a campainha, e, enquanto esperam, Euan agacha e faz carinho na cabeça de Decius. Ela o observa com atenção, sentindo uma ansiedade repentina.

— Espero que não tenha problema — disse Euan, tirando um pacotinho do bolso.

Ela não precisa dizer nada, Decius já responde pelos dois e agora está subindo nos joelhos de Euan.

— Você disse que ele gostava de cubinhos de frango. São pequenininhos.

— Cachorrinho assanhado — diz ela para Decius, rindo.

Ele balança o rabo rapidamente e olha para trás. É como se ele estivesse arqueando a sobrancelha para ela. "Se eu sou assanhado, você também é."

Fiona os convida a entrar e conversa com eles no hall enquanto esperam por Adam, que está trocando o uniforme da escola. Ela não vai com eles hoje, pois tem uma reunião com uma família que perdeu um ente querido. Fiona fica olhando de Euan para Janice enquanto conversam e, quando Adam aparece e eles seguem para a porta, ela faz um sinal de aprovação com os polegares para Janice por trás de Euan.

— Por que você está fazendo joinha com os dedos, mãe? — Adam começa a fazer uma série de gestos com as mãos para a mãe, como se fosse um rapper. Em seguida, ele revira os olhos e vai embora, sacudindo a cabeça.

Janice contou para Euan algumas coisas sobre Fiona e Adam, mas não sobre a casa de boneca nem o fato de que acha que a casinha na verdade é uma metáfora para a cura do luto dela. Quando chegam ao parque, Euan e Adam começam a procurar um graveto para Decius brincar. Ela consegue ouvir partes da conversa deles. Euan está indo devagar. Ele começa com alguns comentários sobre futebol. Uma breve resposta de Adam, mas nada de mais. Adam menciona quadrinhos de ficção científica, mas Euan não arrisca falar do assunto (o que foi provavelmente sensato). Euan fala sobre uma série da Netflix — isso gera uma breve conversa, seguida de silêncio. E então Euan acerta na mosca. Adam lhe conta sobre uma nova série de animais selvagens que ele viu sobre grandes felinos, e depois disso eles não param mais. Euan ainda não viu a série inteira, mas acabou de ler um livro sobre a reintrodução de leões no nordeste de Ruanda.

Enquanto conversam, pausando de vez em quando para jogar um graveto para Decius, ela os observa e se pergunta: "Se um coração pode ser partido, será que pode ser reconstruído? Talvez não da mesma forma que antes, mas de modo que o faça deixar de ser o montinho de cacos que era?" Ela pensa em John, queria que ele pudesse ver seu filho neste exato momento. Parada, com a grama molhada batendo em seus tornozelos, ela também se pergunta se um dia voltará para a Tanzânia. Antes isso não era possível por falta de oportunidade e de dinheiro, e Mike nunca havia demonstrado interesse — muito pelo contrário. Mas antes ela era fraca. Se fosse mais parecida com uma leoa, teria dado um jeito. Agora, parada em um descampado em Cambridge, com uma névoa pairando sobre o rio, ela acha que gostaria de ver as leoas da Tanzânia.

Por mais interessante que esteja seu papo com Euan, Adam dedica um tempo limitado a conversas e logo começa a correr com Decius. Euan volta a caminhar com Janice, e eles seguem em silêncio. Esses silêncios estão se tornando mais agradáveis, apesar de às vezes acabarem ficando desconfortáveis. Ao mesmo tempo que observam Adam, ela pensa que este seria o momento ideal para falar sobre filhos, mas sabe que Euan não tem nenhum e ela ainda está tentando entender melhor sua situação com Simon e não está pronta para compartilhar isso com ele. Então, eles caminham em silêncio — ambos conscientes de que a versão adolescente deles estava de volta. Ela a via com menos frequência ultimamente, mas ainda aparecia. Neste momento, estão arrastando os pés no chão com seus sapatos escolares. "Sobre o que você quer conversar?... Não sei. Sobre o que você quer conversar... Não sei."

Euan se vira e manda os adolescentes irem pastar.

— Você quer que eu te conte sobre as conversas que eu coleciono?

— Quero. — Ela quer muito, muito, muito.

— A gente escuta todo tipo de coisa no ônibus. Não são histórias inteiras como as suas, mas me fazem rir ou refletir. Às vezes, os dois. Como o que uma pastora disse para a amiga: "O problema de ser pastora é que, quando você pergunta para uma pessoa se está tudo bem, ela vai ser sincera com você." Isso me fez pensar em como devia ser a vida daquela mulher, e se alguém chega a perguntar se está tudo bem com ela e realmente quer saber.

Janice abre um sorriso encorajador. Percebe que Euan está nervoso. Ela acha sua timidez repentina encantadora, mas repara que ele é diferente quando está dirigindo o ônibus — todo à vontade e confiante. Ela pensa no rapaz que comandava um barco salva-vidas, lutando contra as ondas. Talvez ele ache mais difícil lidar com pessoas.

— Continue — disse ela.

— Outro dia, tinha uma mãe no ônibus que estava levando o filho para tomar uma injeção, uma vacina, ou algo assim, e ela estava tentando explicar ao menino como elas funcionam. Quando a pessoa recebe uma parte do vírus e então o corpo aprende a combatê-lo, sabe? E o filho disse: "É por isso que eu não fico resfriado." Então, ela perguntou por que ele achava isso. E o menino respondeu que era porque ele tirava meleca do nariz e comia.

Janice ri, e Euan começa a andar um pouco mais rápido, seus músculos relaxando ao falar. Ele caminha a passos largos, e ela o imagina em um convés balouçante sem perder o equilíbrio, com os pés bem firmes no chão.

— Certa noite, dois amigos subiram no ônibus. Pareciam mais colegas que se conheciam há muito tempo em vez de amigos, talvez tenham estudado na mesma escola, ou algo do tipo. Eu reconheci um deles logo de cara, era um artista. Ele é de Cambridge, mas hoje em dia é mais fácil vê-lo na televisão. Você sabe qual é, aquele que está sempre com um chapéu fedora azul e velho. Enfim, o outro rapaz estava perguntando sobre sua última exposição e depois começou a fazer piada dizendo que deveria ter comprado uma de suas pinturas quando ele ainda estava no começo da carreira. O artista disse: "Compre uma agora. Ainda seria um bom investimento." O outro cara riu e disse que as chances de ele poder pagar por uma obra eram mínimas, ou algo do tipo. Então perguntou: "E se eu comprar o seu chapéu?" E brincou dizendo que talvez pudesse pagar por ele. Quando o artista estava indo embora, ele se virou e o chamou do outro lado do ônibus: "Ei, Jimmy!" Em seguida, jogou o chapéu para ele e desembarcou. Eu vejo Jimmy no ônibus quase toda semana e ele ainda usa o chapéu do artista.

Euan emenda uma conversa na outra, e, quando começa a seguinte, Janice acha que ele está sendo muito modesto: ele está contando histórias, não apenas conversas.

— Tinha um casal no ônibus, acho que eram professores... Bem, ela com certeza era, pois eu ouvi um dos adolescentes que estavam desembarcando chamá-la de "professora" e outro de "professora Rogers". Ela estava contando ao marido que tinha dado sua última aula para o primeiro ano do ensino médio e que tinha sido uma aula perfeita. Não estava se gabando: estava apenas constatando um fato. Explicou que a estagiária dela disse no fim que não conseguia determinar se aquela tinha sido uma aula boa, já que a Sra. Rogers não chamou a atenção de ninguém. O Sr. Rogers então disse que a menina não tinha entendido o que presenciara porque sua esposa claramente tinha feito a turma trabalhar em equipe e fizera isso parecer fácil, então acho que ele deveria ser professor também. Sua esposa disse que ninguém tomaria conhecimento do que ela havia feito naquele dia, e aquilo não fazia a menor diferença no fim das contas, mas ela sabia o que fizera e tinha certeza de que, se aquela matéria caísse no exame nacional do ensino médio, a turma dela tiraria de letra.

Então, a Sra. Rogers teve o "momento perfeito" dela, reflete Janice, e segura a mão de Euan enquanto caminham.

— Você coleciona histórias quando está no ônibus? — pergunta ele.

— Coleciono, mas geralmente as ouço pela metade já que fico lá por pouco tempo, então eu invento o restante. Mas, sim, às vezes você escuta algo que faz seu coração parar e se dá conta de que, para aquela pessoa, essa *é* a história dela. Como a mulher que eu escutei dizendo que a mãe esteve em um campo de concentração na Alemanha durante a guerra. Ela ia para as câmaras de gás, mas as máquinas quebraram e eles tinham acabado de chamar os engenheiros, e é assustador pensar que essas monstruosidades recebiam manutenção.

— Pois é, eu li que algumas empresas colocavam em seus portfólios as câmaras de gás que eles haviam criado — aponta Euan.

— É inacreditável. — Janice balança a cabeça. — Enfim, a mãe dessa mulher achava que ia morrer quando os engenheiros chegassem, mas, na manhã seguinte, foram os norte-americanos que chegaram ao campo. E essa jovem acabou se casando com um dos homens que os libertaram. Ela usou um vestido de noiva feito da seda do paraquedas do homem.

— Isso, sim, é uma história incrível — comenta Euan.

— Você costuma ter problemas no ônibus? — Janice de repente quer saber. — Quer dizer, pessoas gritando ou sendo grossas e agressivas com você.

Euan sorri.

— Claro. Eu sou motorista de ônibus. Nós somos um alvo fácil para muita gente, principalmente para os bêbados.

Janice sabe como é.

— O que você faz?

— Eu presto atenção nas vozes mais baixas.

Janice para e olha para ele.

— Como assim?

— Há um bom tempo eu percebi que, se eu der ouvidos às poucas pessoas que gritam comigo, estou dando a elas mais importância do que merecem. Suas palavras vão ficar na minha cabeça, me deixar chateado e as vozes estrondosas continuarão soando, mesmo depois que a gritaria acabar. Então, em vez disso, eu presto atenção nas vozes baixas, que são a maioria das pessoas. São as pessoas que dão uma aula perfeita sem ninguém saber. As crianças que comem meleca. O artista que dá seu chapéu a um homem. Ou uma pastora que apenas gostaria que as pessoas perguntassem como ela está. Essas pessoas, as pessoas gentis, têm coisas mais importantes a dizer.

Janice concorda totalmente.

O━☆

Mais tarde, eles decidem ir ao café onde almoçaram juntos pela primeira vez para fazer um lanche da tarde. Janice acha que suas versões adolescentes finalmente os deixaram em paz, e os imagina perambulando pelo parque que visitaram com Adam enquanto murmuram: "O que vamos fazer?... Eu não sei, o que você quer fazer?... Eu não sei, o que você quer fazer?" Ela está feliz por se livrar delas.

Tomando chá e comendo bolos, Janice e Euan conversam sobre um monte de coisa.

Comida favorita: Janice, mexicana; Euan, tailandesa.

O que faria se ganhasse na loteria: Janice compraria uma casa perto do rio, largaria as faxinas, passaria as férias no Canadá e na Tanzânia; Euan não quer ganhar uma bolada, umas quinhentas e cinquenta mil libras seria perfeito, deixaria o valor render um pouco em um investimento, depois pensaria no que fazer.

Janice acha sua resposta sem graça e o convence a comprar uma bicicleta nova com sua bolada imaginária.

Música e dança (Janice juntou as duas categorias na esperança de que Euan goste de dançar): Janice, basicamente qualquer coisa dançante; Euan, gosto musical eclético, arrisca dizer que gosta de folk. Janice diz que a maioria dos professores de geografia gosta. Então, ele dá a cartada final. Ela não pode rir, mas ele sempre quis aprender dança de salão, principalmente tango.

Mais uma vez, Janice se imagina inclinando-se para a frente e beijando este homem. E pode ser que isso realmente aconteça um dia. No entanto, imaginar-se dançando tango com ele é um pensamento para outro dia.

Enquanto essas ideias passam por sua mente, ela olha pela janela e vê seu marido. Ele está com um blazer azul-marinho elegante com um emblema no bolso. Ela percebe que ele está usando seu segundo melhor par de calças e que não foi passado direito. Segura um guarda-chuva de cabo longo na mão direita e de repente o ergue para cima na direção do céu. Isso faz com que o grupo que o segue pare de repente. Ele se vira para encarar as pessoas e começa a falar com elas. Ela não sabe o que ele está dizendo, mas pelo visto o grupo de idosos e pessoas de meia-idade está se divertindo e todos estão sorrindo. Pelo visto, Mike, o homem dos mil empregos, agora é um guia turístico. Na verdade, ela acha que ele vai se sair bem dessa vez; é um homem agradável num primeiro momento e conhece bem a cidade. Ninguém vai ter de ficar com ele por mais de uma hora. Então, ela pensa nas pessoas para quem Mike está trabalhando. Quanto tempo até ele dizer que a rota que eles escolheram é ruim? E um pensamento ainda mais preocupante: quanto tempo até ele começar a tentar vender o conjunto de escovas eletrônicas em uma linda bolsa impermeável para os turistas?

Euan interrompe seu fluxo de pensamentos.

— No que está pensando? Você está com a cabeça nas nuvens.

— Que isso não é problema meu.

— O que não é problema seu?

Como sabe que não existe um bom momento para isso, ela aponta para a janela.

— Aquele é o meu marido. Mas fico feliz em dizer que ele não é mais problema meu.

— O cara de blazer?

— Aham.

— Ah, então ele é guia turístico?

— Pelo menos por enquanto. — Ela não quer falar disso, então muda de assunto. — Você disse que ia me contar mais uma de suas histórias.

Euan está com o cenho franzido e olha na direção de Mike algumas vezes, que agora está andando cheio de confiança até os portões do King's College com o guarda-chuva erguido.

— Certo — diz ele, hesitante.

— Sua história? — incentiva Janice.

Ele se vira para ela outra vez e sacode um pouco a cabeça.

— Minha história. — Ele dá um gole na xícara de chá e recomeça: — A história número dois é o motivo pelo qual não sou casado. Eu já namorei algumas mulheres. — Ele olha para ela, como se quisesse convencê-la disso. — Na verdade, com várias, mas a questão é que, quando estou com uma mulher, nove em cada dez vezes, a mulher se casa com o homem que aparece logo depois de mim, ou reencontra uma paixão do passado e se casa. E acho que deu certo para todas elas, pois parecem estar felizes. — Ele olha na direção do portão pelo qual Mike acabou de desaparecer.

Janice quer lhe dizer que ele não tem com o que se preocupar, mas não quer dar uma longa explicação. E, de qualquer maneira, ela está muito mais interessada na história de Euan.

— Então o que acontecia?

— Para começo de conversa, eu não sabia de nada. Foi só com o passar dos anos que minhas ex-namoradas, muitas ainda são minhas amigas... — Ah, as mulheres com quem ele toma chá. E ela não consegue deixar de pensar "ainda bem que ele disse que são todas casadas e muito felizes". — ... elas sempre me diziam que eu realmente as escutava quando estávamos namorando, mas juro que não estou tentando me gabar. Eu devo ter escutado porque estava interessado no que elas tinham a dizer. Muitas delas falavam sobre seus outros relacionamentos, geralmente um em específico, e descreviam tudo que tinha dado errado. Outras me contavam sobre o tipo de homem com quem saíam, eu perguntava por que escolhiam esses caras e elas me explicavam.

Janice assente; está acompanhando tudo até agora. Ela acha que ele não faz ideia de como é um cara especial.

— Enfim, depois de um tempo, às vezes semanas ou meses, elas terminavam de contar suas histórias e perguntavam o que eu achava. E, como diziam que queriam saber a minha opinião, eu falava. — Ele ri. — Acho que essa parte eu não entendia direito. De qualquer maneira, espero nunca ter sido indelicado, mas eu respondia à pergunta com sinceridade, afinal de contas elas haviam pedido a minha opinião. Acho que o que acontecia logo depois você consegue imaginar.

— Ah, sim.

— Mas não sei se o problema era o que eu dizia ou se, na verdade, qualquer coisa que aparecesse depois de mim seria melhor, mas a maioria das mulheres com quem saí se casou com o próximo homem que conheceu. Como eu disse, às vezes era uma paixão do passado que acabava se reaproximando. Ou um novo relacionamento, e não com homens que elas costumavam escolher.

Agora Janice está rindo.

— Acho que você realizou um trabalho inestimável para a comunidade feminina. Mas isso é meio triste para você. Não tem ninguém com quem você já tenha pensado em se casar?

Agora Euan está rindo.

— Eu cheguei a conhecer uma menina na Irlanda de quem eu gostava muito. Ela era bonita e comunicativa. Na verdade, mais que isso. Digamos que ela gostava muito de falar.

— Você quer dizer que ela nunca calava a boca.

Euan sorri, mas não diz nada.

— Então o que aconteceu?

— Eu a levei para um lugar lindo com vista para o mar. Estava com a aliança no bolso. Aí eu peguei a caixinha, a segurei firme e, admirando a vista, eu a pedi em casamento. A questão é que ela estava tão distraída falando que não me ouviu. Eu me sentei e pensei: "Será que pergunto de novo?" E algo dentro de mim fez com que eu colocasse a caixinha de volta no bolso.

A risada de Janice para de repente.

— Eu sei o que você está aprontando, tá? — Mike está parado em frente à mesa com o guarda-chuva na mão. Ele a encara.

— Mike, o que você está fazendo aqui?

Mike ignora Euan, que tinha se virado para ver quem estava falando.

— Eu disse que eu *sei* o que você está aprontando. Eu te segui.

— Do que você está falando?

— Você sabe exatamente do que eu estou falando.

Quando ele diz isso, ela vê uma expressão estranha no rosto do marido: ele parece magoado e vitorioso ao mesmo tempo.

— Os rapazes também acham que eu nunca tive a menor chance. — Com isso, ele se vira e sai batendo o pé pelo salão, deixando um silêncio desconfortável. Depois de um tempo, o burburinho das conversas retorna e as duas únicas pessoas em silêncio são Janice e Euan.

Ele se inclina para a frente.

— Você está bem?

Ela assente e se dá conta de que está tentando não rir.

— O que foi?

— Acho que meu marido pensa que eu o larguei pelo Geordie Bowman, e quer saber de uma coisa? De alguma forma esquisita, acho que ele está muito orgulhoso disso.

— Você conhece Geordie Bowman?

Janice suspira, mas ainda está rindo. No entanto, o que ela vai fazer para resolver essa situação com Geordie, só Deus sabe.

— Sim, eu conheço Geordie Bowman. Você quer conhecê-lo?

— Bem, não exatamente. Tenho certeza de que ele é um cara legal e tudo mais, só que não sou muito chegado a ópera.

E, com isso, Janice decide que Geordie será um dos seus primeiros amigos a quem vai apresentar Euan. Ela tem a impressão de que eles vão se dar muito bem.

30

O fim de uma história

— Você está diferente.

Janice para de encerar a mesa. Ela está esperando a Sra. B dizer mais alguma coisa. A senhorinha ergue os olhos do *Times*.

— E?... — pergunta Janice. Melhor acabar logo com isso.

— Não, é só isso, você está diferente. — Ela ri. — Eu aprendi a minha lição.

Janice cede.

— Estou diferente. Estou feliz.

— Isso é muito bom. Quer me contar alguma coisa?

— Não — responde Janice, sorrindo, depois acrescenta: — Ainda não.

A Sra. B bufa e começa a dobrar o jornal.

— Então vamos continuar a história de Becky? Acho que este será o último capítulo, e é maravilhoso.

Janice aplica um pouco mais de cera no pano e se prepara para encerar e escutar.

— A última vez que estivemos com Becky, ela estava divorciada e tinha mandado a filha para uma escola na Inglaterra.

Janice interrompe:

— Acabei conversando com Simon, e ele disse que gostava da escola. Eu vou almoçar com ele semana que vem. — E então deseja não ter dito isso, pois tem certeza de que as coisas estão indo de mal a pior na relação da Sra. B com o filho. — Enfim, de volta para Becky — diz ela, apressada.

— Becky logo voltou aos seus velhos hábitos e, pouco tempo depois, estava vivendo no Cairo sob a proteção de um banqueiro italiano rico. Foi nesse momento que ela bateu os olhos no nosso segundo príncipe.

— Que não era um príncipe — relembra Janice.

— Exatamente. Ele era um jovem cavalheiro com título de nobre, mas sua posição não era equivalente à de um príncipe real. Porém, acho que ele não se importava muito com isso e ficava feliz só de ser chamado pelo título quando viajava para fora do país; algo que acontecia com frequência, pois era um playboy rico. Seu nome era Ali...

— Príncipe Ali. — Janice ri. — Desculpe, eu me lembrei do *Aladdin*.

— Ah, Sherazade, a história do menino com a lâmpada, de acordo com a versão do século XVIII, de *As mil e uma noites*?

— Hmm... — concorda Janice vagamente, pensando no *Aladdin* da Disney.

— Vamos chamá-lo de Príncipe Ali na nossa história. Ele tinha se interessado pela gloriosa Becky e, sendo rico, jovem e meio tolo, achou que a conquistaria com presentes extravagantes. Ele tinha barcos, vários deles, na verdade chegou a ganhar uma competição com uma de suas lanchas na Regata de Monte Carlo, mas isso é outra história. Ele decorou um barco com arranjos de flores enormes formando as iniciais de Becky e pintou as mesmas iniciais no casco de outro. Ele tinha vinte e poucos anos, então não vamos pegar tão pesado com o rapaz. Seu dinheiro vinha de um negócio próspero de algodão que ele havia herdado do pai quando ainda era bem jovem. Ele era filho único e muito mimado pelas mães e tias. Seu único dever era pagar o salário do secretário, um coroa que tinha trabalhado no Ministério do Interior no Cairo, antes de assumir o cargo de secretário/mentor do rapaz.

— E Becky caiu nessa?

— Não. Não adiantava nada ele estalar os dedos e esperar que ela aparecesse. Como você sabe, existem regras, e ele precisava ser apresentado formalmente.

— Então ele encontrou alguém para apresentá-los?

— Encontrou. Conseguiu achar uma conhecida para fazer as apresentações quando voltou para Paris. Acho que eles almoçaram no Hotel Majestic, e logo depois Becky se mudou para a suíte que Príncipe Ali tinha lá, onde ele lhe mostrou suas joias e seus presentes caros.

— Ela se deu bem.

— Ou melhor, voltou a se dar bem — murmura a Sra. B. — Em seguida, começou um jogo de gato e rato. Às vezes Becky o acompanhava em suas viagens: Deauville, Biarritz. Às vezes adiava sua visita ou nem ia. Quando ele voltou para o Cairo, estava louco para que Becky se juntasse a ele e, em algum momento, o príncipe fingiu que estava doente para fazê-la ir até lá.

— Mas ela queria ser sua... Como foi que você disse? "Protegida"?

— Sim, claro, mas em seus próprios termos. Por fim, ela embarcou no Expresso do Oriente e seguiu para o Egito. Quando chegou lá, encontrou o Príncipe Ali em ótimo estado, e, depois de um reencontro apaixonado, ele a pediu em casamento.

— Como a família reagiu?

— Bem mal. Ficaram horrorizados. Becky não só era uma mulher com uma reputação escandalosa, como também não era muçulmana.

— Isso era um problema para o Príncipe Ali?

— Becky concordou em se converter, e eles decidiram realizar duas cerimônias para oficializar o casamento.

— Então eles foram felizes?

— Por um tempo, mas foi pouquíssimo tempo. Eles tinham um estilo de vida luxuoso no Egito. Foi o ano da descoberta de Tutancâmon, 1922. Eles jantaram com o Lorde Carnarvon e visitaram o sítio arqueológico, Becky posou em um dos sarcófagos com seu chicote e suas mãos cruzadas sobre o peito. Eu adoraria ter visto essa cena.

— Eu também. — Janice desistiu do polimento e está sentada com os cotovelos apoiados na mesa e a cabeça apoiada nas mãos.

— No entanto, eles tinham um relacionamento conturbado. Príncipe Ali cometeu o mesmo erro de muitos homens de se apaixonar por uma mulher sedutora e acreditar que, depois do casamento, essa mulher deveria se comportar como sua mãe.

— Não consigo imaginar Becky aceitando isso.

— Não mesmo. E não devemos esquecer o gênio dela. Eles tiveram várias discussões em público, mas vou te contar só algumas para você ter uma ideia. Teve uma vez, na recepção de um hotel, que o Príncipe Ali arrancou uma pulseira de diamante do braço de Becky e jogou nela. Em outra situação, ele ameaçou jogá-la no rio e ela ameaçou quebrar uma garrafa de vinho na cabeça dele. Ele a xingou de prostituta, e ela respondeu na mesma moeda, dizendo que ele era um gigolô. Ambos arrumaram hematomas e cicatrizes por causa dos embates físicos, confrontos que o pobre do secretário do Príncipe Ali teve que separar muitas vezes. Em certa ocasião, o Príncipe Ali deixou a esposa no teatro e voltou para casa sem ela. E, em outra, Becky ameaçou o marido com uma pistola. Ela estava acostumada a dormir com uma Browning semiautomática debaixo do travesseiro, por causa das joias absurdamente caras.

— Eles ainda estavam morando no Cairo?

— Não, eles viajavam muito, rodavam o mundo com os ricos e influentes. A pior briga aconteceu quando eles estavam em Paris, tudo porque Becky achou que não haveria problema em sair com seus velhos amigos, digamos assim.

— Ela é osso duro de roer. — Janice precisa admitir.

— Quase uma reencarnação de Becky Sharp. Como eu disse, nossa Becky logo voltou aos velhos hábitos, e é claro que as brigas ficaram cada vez piores. As coisas passaram do limite em uma noite quente e tempestuosa, em julho de 1923, quando o casal estava hospedado no Savoy, em Londres. Eles iam passar o verão na cidade e haviam reservado uma suíte e quartos adicionais para seus funcionários por um mês. Becky sempre viajava com sua empregada e seu chofer. O Príncipe Ali tinha uma equipe maior, incluindo, é claro, seu leal secretário e seu servo, um menino analfabeto do Sudão que ficava agachado na porta, do lado de fora da suíte, esperando por horas até ser chamado.

— Coitado.

— Ah, mas, como o Príncipe Ali dizia, ele era um "zé-ninguém".

— Para ele, talvez, mas pode ter sido alguém importante para outra pessoa.

— Pois é — concorda a Sra. B.

— Desculpe, eu a interrompi. Eles estavam no Savoy, e era uma noite escura e tempestuosa...

— Fala sério. — A Sra. B volta a esbravejar. — O jovem casal foi ao teatro, Becky usava um vestido de cetim branco feito sob medida por Coco Chanel, depois voltaram para o Savoy para jantar. A refeição terminou com a briga de sempre. Becky saiu batendo o pé até o quarto deles, e o Príncipe Ali pegou um táxi e saiu pela noite de Londres. No entanto, ela não foi dormir, pois estava se preparando para voltar mais cedo para Paris. Esse havia sido o motivo da briga daquela noite: ele queria que Becky ficasse em Londres, mas ela, não. Eu só consigo presumir que eles voltaram a discutir quando o Príncipe Ali por fim retornou ao quarto, porque, às duas da madrugada do dia 10 de julho de 1923, Becky deu três tiros na parte de trás da cabeça do marido e o matou.

— Ela fez *o quê*?

— Foi isso mesmo que você ouviu — responde a Sra. B, toda orgulhosa de si.

— O quê? Como? Nossa! Alguém viu?

— Um concierge do turno da noite carregava algumas malas por ali quando o casal saiu para o corredor, brigando como sempre. Becky com seu vestido branco, Príncipe Ali com um roupão chique. O príncipe mostrou ao concierge as marcas em seu rosto, alegando furiosamente que sua esposa tinha batido nele e exigindo falar com o gerente. Enquanto isso, Becky tentava puxá-lo de volta para o quarto e seu cachorrinho corria em círculos pelo corredor, ganindo. O coitado do concierge mandou o recado pelo ascensorista e disparou pelo corredor a caminho da próxima suíte para entregar as malas. Foi então que ouviu três tiros. Ele voltou correndo e encontrou o Príncipe Ali deitado no corredor em uma poça de sangue e Becky parada na soleira da porta com a arma na mão, que depois jogou longe.

— E o garoto? Aquele que ficava na porta, do lado de fora?

— Estava me perguntando se você se lembraria dele. Ao que parece, ninguém mais viu a cena e acho que ele nunca foi chamado para dar seu testemunho.

— Meu Deus. O que aconteceu com Becky? Ah, as cartas... Ela ainda tinha as cartas?

— Você está se precipitando, Janice, mas está no caminho certo. Depois de muito protesto, Becky foi presa e mandada para Holloway, mas não ficou em uma cela imunda. Ela foi acomodada na ala hospitalar. E, por fim, foi a julgamento. Durante esse período, é interessante reparar na transformação de Becky. No início, ela devia estar realmente apavorada. Ela dizia coisas como "eu atirei nele" e ficava repetindo "o que foi que eu fiz?". Quando encontrou os policiais pela primeira vez, ela chegou a trocar seu vestido branco manchado de sangue por um terninho verde. Quando foi vista no tribunal, estava toda de preto, mas ainda usava uma seleção incrível de joias. No dia mais importante do julgamento, ela estava de preto, sem nenhuma joia, e tinha se aperfeiçoado na arte de chorar e desmaiar.

— A senhora acha que era tudo mentira?

— Acho que, quando o choque do que tinha feito passou, ela voltou a ser a Becky que conhecemos: uma mulher totalmente comprometida com os próprios interesses.

— O que aconteceu no julgamento? E as cartas?

— Uma coisa de cada vez. Assim que descobriram quem era a mulher dos tiros no Savoy, a notícia se espalhou depressa pelos apoiadores do Príncipe de Gales, e a essa altura as Operações Especiais também estavam envolvidas. Eles agiram rápido, e, mesmo tendo compromissos no Reino Unido, Edward foi afastado para uma viagem "oficial" ao Canadá. Ter uma ligação com Becky já era ruim o suficiente, mas se ela publicasse as cartas... Bem, o tempo só a tornou uma arma ainda mais perigosa. Os apelidos carinhosos e as indiscrições já eram ruins por si só, mas, além disso, pintavam o príncipe como um homem que estava fornicando e farreando enquanto milhões de pessoas morriam. Já havia registros dos horrores causados pela Primeira Guerra Mundial, e o comportamento dele nessa época teria sido alvo de muitas críticas.

— O que ele achava de tudo isso?

— Não sei os detalhes, mas as cartas que ele enviava para a amante da época, que ainda não era Wallis Simpson, mostravam que estava bem preocupado.

— Becky usou as cartas?

— A essa altura, quero que você se lembre de uma das premissas de Mycroft.

— Nunca deixe nada por escrito?

— Exatamente. Então, se você pensa em homens como Mycroft mexendo os pauzinhos por baixo dos panos, dá para presumir que algum acordo foi feito quando Becky estava em Holloway. Existia um boato de que certas pessoas importantes chegariam de trem a Londres levando certos pacotes. O que nós realmente sabemos é que o juiz não aceitou que o passado de Becky fosse utilizado como evidência.

— Sério?

— Sim, sério, e, sendo bem sincera, surpreendente. Por outro lado, a vida do Príncipe Ali podia ser investigada em detalhes, e foi isso que o advogado de Becky fez. Ele fez o Príncipe Ali parecer a pior pessoa do mundo: um homem que batia na esposa, que cometia abusos psicológicos e com gostos sexuais tão anormais que nenhuma mulher deveria nem ouvir falar deles, que dirá se submeter a eles. Ele chegou à conclusão de que o Príncipe Ali tinha um relacionamento extremamente indecoroso com sua secretária e que ele também forçava sua esposa a práticas sodomitas. Durante a apresentação dessas evidências, Becky chorou, desmaiou e precisou até ser carregada para fora da corte algumas vezes. Uma grande performance de uma mulher que oferecia sodomia como uma especialidade de seu cardápio.

— Mas Becky admitiu ter atirado nele.

— Você se esqueceu do pior pecado do Príncipe Ali: ele era estrangeiro.

— Mas Becky também era. E duvido que ela pensasse dessa forma. Dois de seus amantes, no mínimo, eram egípcios, e ela não impediu que um deles fosse assassinado?

A Sra. B assente.

— Mas, como sabemos, a principal preocupação de Becky era cuidar de si mesma, então nesse momento ela era uma francesa de fala mansa, dando seu testemunho com bravura, por meio de um intérprete. E é claro que você deve se lembrar de que, apesar de ambos serem estrangeiros, ela era branca.

Janice está em silêncio. Ela sabe o que vai acontecer em seguida, mas acabou de perceber as consequências disso.

— O júri ouviu as evidências e, depois de um tempo relativamente curto, retornou com um veredicto de que Becky era inocente.

A Sra. B olha para Janice e faz uma pausa antes de continuar.

— Dizem que a multidão foi à loucura. E Becky estava liberada para voltar a Paris, e assim o fez, retomando sua vida antiga. Acho interessante mencionar que a peça que o casal foi ver na noite em que Becky atirou no marido era *A viúva alegre*. — Mais uma vez, a Sra. B olha para Janice, mas ela não consegue encará-la. — Ela ficou morando lá, em um apartamento de frente para o Ritz, até morrer aos oitenta anos. Acho que ainda era bancada pelos velhos amantes antes de morrer. Durante esses anos, ela deve ter esbarrado com Edward e a Sra. Simpson, já que eles moraram no Ritz por um bom tempo quando se mudaram para Paris... — A Sra. B interrompe a narrativa. — O que foi, Janice? O que aconteceu?

Janice fica imóvel, com medo de que um movimento ou um olhar revele seus pensamentos. Ela não consegue olhar para a Sra. B.

A Sra. B se inclina na direção de Janice, observando-a atentamente, mas continua contando o fim de sua história.

— Quando Becky morreu, dizem que seu último amante, acho que era um banqueiro, foi ao apartamento dela e destruiu seu livro de registros, o histórico que ela guardava com as preferências de todos os clientes e umas cartas que foram escritas por um homem que um dia fora o Príncipe de Gales. — Ela faz outra pausa, franzindo o cenho para Janice, e continua: — Parece que Becky guardou algumas cartas de Edward até o fim. — A Sra. B agora se inclina ainda mais e quase encosta na mesa. — Janice, o que houve?

Janice olha rapidamente para ela e, com um tom de voz que quase não reconhece, se força a dizer com alegria:

— Ótima história, Sra. B. Obrigada por me contar. Então as cartas, o acordo... Sim, eu entendo, foi assim que *ela* escapou.

Ela reconhece seu erro no mesmo instante. Não pode arrumar a bagunça que acabou de fazer ou enfiá-la em um armário. Sua entonação reverbera, e ela estremece: não ela, mas *ela*. O *ela* que revela uma semelhança. Janice quer pegar essa palavra e enfiá-la em um lugar escuro onde ninguém a encontre. Ela se senta completamente imóvel, ouvindo a própria respiração, que tenta fazer da maneira mais silenciosa possível, apesar das batidas do seu coração.

A Sra. B encosta na poltrona e não diz nem uma palavra sequer. Janice percebe que não precisa falar mais nada. Não precisa contar seu segredo para a Sra. B. Ela já sabe que nesta sala há duas mulheres que mataram alguém. E Janice, assim como Becky, escapou ilesa.

31

A história não contada

Ela não faz ideia há quanto tempo está encarando a lareira elétrica. Deve ser bastante tempo, já que agora tem duas canecas de chá na mesa ao seu lado. Estranho que seja chá, não chocolate quente ou conhaque. Talvez a Sra. B tenha colocado açúcar; por causa do estado de choque. Mas a Sra. B não parece estar chocada; a impressão que dá é que ela está sentada naquela poltrona há um bom tempo à espera desse momento. Janice percebe que o rosto dela está muito pálido e sente um aperto no peito pelo que duas canecas de chá custaram à sua amiga. Janice pega uma das canecas, segura o objeto com as mãos, mas não toma o chá.

— Quando meu pai morreu, eu tinha dez anos e minha irmã, Joy, cinco. — Este é o pontapé inicial. A história começa a partir do momento em que tudo mudou. — Ele tinha descoberto que estava morrendo e, como o acadêmico que era, organizou sua morte assim como organizava seu trabalho. Montou pilhas de livros e papeladas em seu escritório, e eu me lembro de me perguntar: "Se eu puxar uma folha, será que vai cair tudo?" Quando vim aqui pela primeira vez e vi seus livros, pensei nele. — Ela olha para cima e analisa as prateleiras de livros agora arrumadas. — Por semanas, antes de ele acabar indo para o hospital, pessoas entravam e saíam da nossa casa, às vezes indo embora com vários livros. Minha irmã e eu ficávamos sentadas na escada, observando. Ele e nossa mãe nos contaram que ele estava morrendo, mas nós não tínhamos entendido o que isso realmente significava. A nossa impressão era de que talvez a gente tivesse que mudar de casa. — Ela faz uma pausa. — Não acho que meu pai tenha ficado com medo de morrer. Seu trabalho o fazia pensar no ser humano em termos de milênios, não na expectativa de vida de cada um, mas acho que ele queria preparar o terreno para o que viria em seguida. Então, organizou todo o seu trabalho e colocou todo dinheiro que pôde em um fundo de investimentos para nossa educação. — Janice aperta mais as mãos em torno do seu chá intocado, segurando-o mais perto, querendo sentir o calor no coração. — Acho que a única coisa que ele se esqueceu de fazer foi se despedir.

A Sra. B se inclina para a frente.

— Beba um pouco do chá, Janice, vai ajudar.

— Vai mesmo? — Ela olha para a senhora ao seu lado.

A Sra. B a encara também.

— Não. Acho que não.

Janice dá um gole mesmo assim e sente o calor aliviar sua garganta.

— Para mim, é difícil descrever meus pais. Eu só consigo visualizar meu pai a partir de fragmentos de memórias, como um espelho quebrado. Cada pedaço que restou me mostra uma lembrança alegre dele. — Ela sacode a cabeça. — Sei que posso estar idealizando um pai que nunca tive, mas realmente acredito que ele era um homem bom e que eu o amava. — Ela não quer chorar, mas as lágrimas escorrem mesmo assim.

— E a sua mãe?

— Acho que, quando meu pai morreu, ela só se levantou e foi embora. Mas não foi um abandono físico, ela acreditava que sua vida tinha chegado ao fim e... eu ia dizer que ela ficou distante, mas foi algo muito além disso... Mesmo com dez anos, eu sabia que minha mãe também tinha partido. Ela só continuou existindo, mas não passou disso.

— O que aconteceu depois?

Janice ignora a pergunta.

— Eu queria que a senhora tivesse conhecido minha irmã, Joy, quando ela era criança. — De repente, fazer a Sra. B compreender isso passa a ser algo fundamental, fazê-la imaginar sua irmãzinha. — Quando a senhora falava sobre o irmão de Becky, eu pensava nela. Ela foi uma criança doce como ele. — Janice está tendo dificuldade em encontrar as palavras. — Quando se dá um nome a uma criança, como saber se aquele nome será apropriado para ela? — Janice sabe que pais podem cometer erros terríveis com nomes. Janice não espera uma resposta da Sra. B e continua rápido: — Meus pais acertaram em cheio com Joy, um nome que significa "alegria". Ela lembrava o menininho que você descreveu, gostava de conversar sozinha e com outras pessoas. Era como se ela tivesse descoberto um segredo que a fazia rir e quisesse compartilhar com todos. Quando ficava irritada, ficava muito irritada, mas isso nunca durava muito tempo, e depois ela caía no sono de repente. Joy podia dormir em qualquer lugar: na cadeira enquanto comia ou no meio da escada. E era nesses momentos que eu a observava. Suas mãos abriam e fechavam durante o sono, suas bochechas eram redondas e macias, muito macias. Às vezes, eu esticava o braço para tocar a ponta do seu nariz e traçava com o dedo um caminho até as suas bochechas. — Janice dá um gole no chá. — Eu não sei se ela sentiu saudade do nosso pai quando ele morreu, deve ter sentido, mas sentia mais falta da nossa mãe. Havia momentos em que Joy parecia estar alegre, mas passou a ser algo mais esporádico e ela começou a se preocupar muito em agradar a todo mundo, principalmente a nossa mãe. — Janice faz uma pausa e encara a Sra. B por alguns segundos. — Foi muito difícil ver sua mudança e tudo que tentava fazer para deixar mamãe feliz, sendo que nada funcionava.

— Deve ter sido muito difícil para você também, Janice. Não havia uma pessoa mais próxima de vocês que pudesse ajudar?

— Tivemos que nos mudar quando nosso pai morreu, pois estávamos em uma casa que era propriedade da universidade. Então fomos para Northampton. A irmã da minha mãe, Yvonne, morava lá. Nossa casa era pequena, e, virando a esquina, ficava a casa da minha tia. Eu achava que isso mudaria as coisas, que minha tia a deixaria feliz ou veria que Joy estava muito triste e faria algo para ajudar.

— E ela ajudou?

— Se levar minha mãe para sair e deixá-la bêbada é ajudar, então ela ajudou bastante. Não fez muito mais que isso. Ela falava muito e fazia pouco. — Enquanto diz isso, Janice se dá conta de que se casou com um homem que é igual à sua tia. Ela não consegue acreditar que só percebeu isso agora, ou que se permitiu ser tão burra.

A Sra. B pega a xícara vazia da mão de Janice com gentileza e a coloca na mesa.

— Como era a sua mãe antes da morte do seu pai?

— Na maior parte do tempo, eu não consigo me lembrar, aí de repente surge alguma imagem na minha cabeça: ela cozinhando, prendendo o cabelo da minha irmã, dando uma olhada no meu material da escola para ter certeza de que eu estava fazendo as tarefas. Mas agora já nem sei mais se essas lembranças são reais ou algo que eu almejava.

— Então, quem fazia essas coisas para você e sua irmã quando seu pai morreu?

— Eu fazia a maior parte. Tinha vezes que minha mãe e minha tia saíam à noite e só voltavam dois dias depois. Elas chegavam com um monte de doces e bijuterias brilhantes e baratas e agiam como se tivessem acabado de sair para fazer compras, e nós tínhamos que ficar contentes com os presentes. Mas Joy ficava com muito medo quando minha mãe saía, mesmo comigo mentindo onde ela estava, tentando cozinhar alguma coisa para comermos e separando tudo que Joy precisava levar para a escola. Ela sabia que eu estava tentando disfar-çar. Nessa época, eu tinha doze anos, e Joy tinha sete. Minha irmã era muito inteligente. — Janice não consegue esconder o orgulho ao dizer isso. — Eu tentei de tudo com a minha mãe, desde implorar a ela até gritar com ela, mas não fazia a menor diferença. Ela simplesmente agia como se eu não estivesse ali, e arrumar briga só piorava as coisas para Joy porque ela queria acreditar que a mamãe estava realmente nos dando presentinhos.

— Alguém percebeu o que estava acontecendo ou tentou ajudar vocês? Um vizinho ou um professor?

Janice ignora a pergunta da Sra. B outra vez. Ela sabe que tem algo que quer lhe contar.

— Minha irmã foi batizada como Joy, mas eu não fui batizada como Janice. Bem, eu fui, é o meu nome do meio, em homenagem à minha avó, que eu nunca conheci.

— Qual é o seu nome de batismo?

— Hope. — Janice fecha os olhos com a lembrança e a ironia dolo-rosa. — Nós viemos de uma família tradicional, e nomes como Mercy, Grace e Happy eram bem comuns. Hope e Joy. Esperança e alegria. Imagina como nos sentíamos... Quando fomos para a nova escola em Northampton, comecei a usar meu nome do meio.

— Como a sua mãe te chamava?

— Ela quase não me chamava. Eu nem consigo me lembrar dela falando meu nome.

— E a sua irmã? Como ela te chamava?

— Ela costumava me chamar de mana, ou de Hope às vezes. Na escola, era muito boazinha e se lembrava de me chamar de Janice. Para a senhora ver como ela era inteligente. Pegava as coisas rapidinho.

A sala fica em silêncio, as duas mulheres perdidas em pensamentos. Por fim, a Sra. B suspira e pergunta com delicadeza:

— Você quer que eu te chame de Hope?

— Só se a senhora quiser que eu a chame de Rosie. — As duas mulheres tentam sorrir, mas ambas perderam essa capacidade.

A Sra. B se empertiga na cadeira.

— Quero saber como ninguém viu o que estava acontecendo com você e com a sua irmã — comenta ela, voltando à sua pergunta anterior.

— Nós não conhecíamos nossos vizinhos, e eu fiz minha irmã prometer que não diria nada na escola. Eu sabia que o que estava fazendo era errado e que, se alguém descobrisse que eu estava tomando conta dela sozinha, ficaria em maus lençóis. — Janice balança a cabeça. — Parece surreal agora.

— Mas ninguém na escola chegou a perguntar como era sua vida em casa?

— O dinheiro que meu pai guardou para mim e para minha irmã pagou nossa escola particular, que era num convento. — Janice presume que teria feito piada sobre isso com a Sra. B em outro momento, teriam rido porque a senhora tinha razão; ela foi educada por freiras. — A escola era muito formal. As professoras não eram mulheres amigáveis e acessíveis. Só a professora de inglês, Irmã Bernadette, se interessou por mim. Ela era gentil e às vezes, na hora do recreio ou do almoço, nunca depois da aula, porque eu tinha que voltar logo para casa, me deixava organizar os livros com ela e me dava biscoitos como recompensa.

— Ela devia ter feito mais — diz a Sra. B, constatando um fato.

Janice se pergunta se isso faz alguma diferença agora. O que fez diferença foi o que aconteceu naquela época e ela sempre será grata à Irmã Bernadette. Ela precisa acreditar que seus pequenos gestos de gentileza foram algo bom. Senão, o que lhe resta?

Janice olha para a mulher à sua frente e vê que aquelas lágrimas, que achava que eram suas, pertencem à outra. Ela se lembra da noite em que riram e choraram, e que ela não sabia dizer de quem era o riso ou o choro. Agora não sabe dizer quem está chorando. Tem a impressão de que está à beira de um abismo, olhando para baixo. Será que consegue se jogar? Com certeza não seria só um pulinho, mas talvez ela pudesse só se entregar? Se tem um lugar onde ela pode fazer isso é aqui, no meio dos livros, com esta mulher.

— Minha mãe conheceu uma pessoa, um cara que trabalhava com ela. Ela era gerente, eu não sei exatamente o que ele fazia. Um belo dia, ele começou a aparecer lá em casa.

— Como ele era?

— Ah, Ray fazia de tudo um pouco. E minha mãe mudou da água pro vinho. De repente ela estava rindo, cantando pela casa, se arrumando. Joy estava muito feliz, costumava sentar e ficar vendo mamãe se arrumar, e falava sem parar que ela estava linda.

— E você?

— Eu estava com muita raiva. Por que Joy, que era um doce e um amor de pessoa, não fazia minha mãe se sentir daquela maneira? Parte de mim queria que minha irmã sentisse raiva também. Mas outra parte de mim queria ser feliz como ela: só aceitar. Acho que, de certa forma, eu queria acreditar que ficaria tudo bem e que minha mãe começaria a se comportar como uma mãe de verdade.

— E ela fez isso? — pergunta a Sra. B, como se já soubesse a resposta.

— O que a senhora acha? — responde Janice, também sabendo a resposta.

— Depois de... não sei quanto tempo, Ray se mudou para nossa casa. Ele não levou muita coisa além de alguns halteres e um saco de pancadas que ficava na sala em frente à TV. Pensando melhor sobre aquela época, eu me pergunto por que ele se deu ao trabalho. Afinal de contas, não demorou muito para ele descobrir que minha mãe era um ótimo saco de pancadas. Ele era um homem pequeno, magro e forte, seus movimentos eram ágeis. Ninguém diria que ele ocuparia muito espaço dentro de casa, mas ocupava. Dava para sentir sua presença em todos os lugares. Ainda que não estivesse no mesmo cômodo, ele estava dentro da nossa cabeça por causa do medo que sentíamos de ele chegar.

— Ele foi abusivo com você ou com a sua irmã? — pergunta a Sra. B, sem rodeios.

— Não no início, e nunca do jeito que a senhora está pensando. Hoje em dia eu consigo perceber que ele era uma pessoa violenta por natureza, qualquer mudança de humor gerava uma reação física, geralmente agressiva. Mas isso não era tão óbvio no começo. Minha irmã e eu só sabíamos que ele estava nos observando. A gente ficava vendo televisão abraçadas, e, quando eu olhava para cima, o via nos encarando com os olhos semicerrados. Depois de um tempo, percebi que seu interesse não era por mim, e sim por Joy. Ele ficava mais de olho em Joy quando ela estava de bom humor, parecendo a criança que fora um dia. Ele a analisava como se nunca tivesse visto aquilo.

— E a sua mãe? O que ela estava fazendo enquanto tudo isso acontecia?

— Ela estava ocupada. Ocupada cozinhando, ocupada conversando, ocupada arrumando as bagunças dele, ocupada fazendo o cabelo e as unhas. Mas, acima de tudo, ela estava ocupada rindo de tudo que Ray falava. Ele ria também, e então minha irmã tentava participar, só que, na maioria das vezes, ela não sabia do que os dois estavam rindo.

— E você?

— Eu queria que todos eles calassem a boca. Os sons se tornaram insuportáveis, como o alarme de um carro que não para nunca. Todas aquelas risadinhas reverberavam pela casa. Eu simplesmente não conseguia me juntar a eles, então, na maioria das vezes, me sentava em silêncio, de olho na minha irmã e de olho nele. Então, Ray começou a fazer piadas sobre eu ser uma adolescente mal-humorada e todo mundo achava graça, até minha irmã. E as risadas recomeçavam.

— Ah, Janice. — As palavras não passam de um sussurro.

— Eu não consigo fazer isso, Sra. B — declara Janice de repente, sentindo-se derrotada.

— Consegue, sim, Janice. Você é uma mulher incrível e acredito que muito corajosa também.

Janice sabe que não tem nada de corajosa.

— Quantas histórias existem no mundo? Sete? Oito? Não consigo me lembrar. Li em uma revista qualquer que existe um número de histórias já contadas.

A Sra. B fica sentada em silêncio, observando-a. Janice suspira.

— Nós duas sabemos o que acontece em seguida, não sabemos? É uma história previsível. Já foi contada em casebres e palácios por todo o mundo desde o início dos tempos. Não existem histórias novas, Sra. B.

— Mas esta é a *sua* história, Janice, e você precisa contá-la.

— Preciso mesmo? Vai fazer alguma diferença? Eu não posso mudar o fim.

— É aí que você se engana — constata a Sra. B. Ela faz uma pausa antes de acrescentar: — Uma das frases favoritas de Augustus era do filósofo Cícero: "Enquanto houver vida, há esperança." Ele precisava disso enquanto lutava contra o câncer, e sei que realmente o ajudou, apesar de o câncer tê-lo levado. — Ela se estica e segura a mão de sua amiga. Sua amiga chamada Hope. — Às vezes, tudo que precisamos é de um pouquinho de esperança.

Janice olha para as mãos das duas entrelaçadas, uma branca como giz e outra num tom de cedro polido. Ela vira a cabeça e olha para a linda janela. O céu está limpo, sem as nuvens carregadas que se formaram mais cedo, e a luz do sol é forte, revigorante. Ela quer que a luz pura e límpida a encha de esperança, mas não é isso que ela sente, não consegue sentir o cerne do seu nome. É algo que escapa pelos seus dedos como os raios de sol difratados que criam estampas na mesa de carvalho. Ela olha para as estantes de livros ao seu redor, para todas aquelas estantes que organizou, e começa a pensar que talvez haja uma forma. Uma forma de encontrar essa esperança. Afinal, ela é uma colecionadora de histórias. Talvez possa contar sua história da mesma maneira que conta as outras?

Então, ela começa:

— Essa é a história de uma menina que morava com sua irmã mais nova em uma cidade onde se produziam muitos sapatos. A casa delas não era grande, mas tinha espaço suficiente para as duas, sua mãe e um homem que não era o pai delas. A mãe amava muito o homem. Ela o amava até quando ele a acertou com um cortador de linóleo, fazendo-a sangrar. O sangue que gotejava no chão era do mesmo tom de vermelho das rosas que ele comprou para ela como pedido de desculpas.

Janice olha para a Sra. B, que assente suavemente.

— O homem dizia que amava a mãe, mas nunca disse que amava suas filhas. Por que amaria? Elas não eram do seu sangue, e a menina compreendia isso. Também sabia que ele não a amava porque, quando ela o encarava, seu olhar dizia: "Eu sei exatamente quem você é." O homem baixo e magro quase nunca olhava a menina nos olhos, e ela achava que ele tinha visto seu olhar e sabia o que significava. Em vez disso, o homem ficava de olho na irmã. A irmã queria que todo mundo achasse que ela era feliz, então ria e brincava como se realmente fosse. E tentava fazer outras pessoas felizes porque acreditava que, assim, a alegria seria contagiante e ela conseguiria pegar um pouco para si. Às vezes o homem fingia que ela o deixava feliz e a jogava no ar, rindo, e outras vezes ele a deixava cair e fingia que tinha sido sem querer. Depois virava de costas e sorria. Ele achava que ninguém havia visto o seu sorriso, nem a mãe nem a irmã que estava chorando. Mas a menina via, porque ela tinha prometido para si mesma que, enquanto estivesse acordada, não tiraria os olhos dele.

Janice sente a leve pressão da mão da Sra. B na sua e aperta aquela mão frágil mas firme, como se o gesto pudesse impedi-la de cair. Ela não tem certeza se uma mãozinha tem esse poder todo, mas sabe que a Sra. B não vai soltá-la e cairá com ela, se for preciso.

— Certo dia, o homem voltou para casa e disse que tinha um presente para a mãe. Era um cachorro. A mãe riu de nervoso porque não gostava de cachorros, então riu mais um pouco para garantir que o homem não percebesse. O cachorro era pequeno e forte como o homem, mas, enquanto ele era magro, o cachorro era robusto, como uma pequena rocha. A irmã riu igual à mãe quando viu o animal e, por mais que estivesse com medo, fez carinho nele. A menina mais velha encarou o cachorro da mesma maneira que encarava o homem, mas, ao contrário dele, o animal olhou para ela. A menina pensou em um livro que tinha lido na escola que dizia que todas as criaturas de Deus começaram suas vidas como peixinhos nadando no mar. Ela sabe que o cachorro fora um tubarão, porque ainda tinha o mesmo olhar. A irmã tentou fazer amizade com o cachorro, porque sabia que o homem amava o animal. O homem falava com o cão em um tom de voz diferente e rolava no chão, brincando com ele. A irmã tentava fazer a mesma coisa, mas o homem baixo e magro fazia o cachorro morder os dedos dela. E o sangue que a menina limpava da pele da irmã, depois de dar um beijo para sarar o machucado, era da mesma cor do sangue da mãe que gotejara no chão. O homem não comprava para a irmãzinha flores da mesma cor do seu sangue, mas ria dela quando não estava olhando. A menina sabia disso porque nunca parava de vigiá-lo. Em um dia de sol, quando a mãe tinha ido fazer compras, a menina estava em seu quarto lendo um livro. Ela pôde fazer isso porque o homem havia saído com seus amigos. Então, pelo menos uma vez, não precisou ficar de olho nele, mas pela janela ela conseguia ver a irmã, que estava colocando as bonecas para tomar chá com ela no jardim. Como a menina estava muito cansada de tanta vigilância, caiu no sono rapidamente. Quando acordou, ouviu a irmãzinha chorando e o homem gritando. Também ouviu outro som nauseante e horrível, mas não sabia o que era. A menina correu mais rápido do que nunca e viu que o homem estava segurando sua irmãzinha, como se ela fosse uma das bonecas, e a sacudindo. Ele estava com o rosto muito próximo da irmãzinha e cuspia enquanto gritava. A menina viu que o cachorro estava cuspindo também. O animal estava deitado enquanto cuspia e sua saliva parecia a espuma da parte suja do rio perto da fábrica de cerveja. O homem estava zangado porque o cachorro tinha se juntado às bonecas no chá. Como as bonecas não estavam com muita fome, o cachorro havia comido todo o chocolate que sua irmã servira para elas no prato, assim como para si mesma. O homem disse que a irmã havia feito isso de propósito para deixar o cachorro doente. A menina estava com muito medo, mas também com muita raiva de si mesma por ter pegado no sono e não ter ficado de olho. Então, correu até o homem que não era o pai delas e só parou de bater nele quando ele colocou sua irmã no chão. Ele, então, se virou e a encarou como se quisesse chacoalhá-la como uma boneca também, ou pior. A menina pegou a mão da irmãzinha e subiu a escada correndo até o quarto delas. O homem era ágil, mas dessa vez elas foram mais rápidas. Quando chegaram ao quarto, a menina empurrou a irmã para dentro e fechou a porta. Ela não entrou com a caçula, pois já tinha visto o que o homem era capaz de fazer com as portas quando estava com raiva, e pensou que dessa vez ele teria que passar por cima dela e da porta também. O homem subiu correndo a escada na direção dela, e a menina nunca estivera tão assustada em toda a sua vida. Mas ela não queria que esse homem chegasse perto da irmã que tanto amava, então ela correu na direção dele também. E foi nesse momento que aconteceu. O homem baixo e magro tinha pés pequenos. Se tivesse pés maiores, se estivesse mais devagar, talvez nada disso teria acontecido. Mas seus pés pequenos escorregaram no último degrau e a menina o empurrou escada abaixo com toda a sua força.

A Sra. B tenta falar, mas Janice precisa terminar; ela precisa contar tudo.

— O homem agora está deitado como se estivesse quebrado. Seu braço está torto, sua perna também, mas sua voz ainda está boa e ele a usa para atacar a garota. Ela não sabia o significado de todas aquelas palavras, só sabia que significavam encrenca para sua irmã. Então, ela não foi ajudá-lo e não chamou a ambulância, como as freiras haviam lhe ensinado. Em vez disso, sentou no topo da escada e olhou para ele lá embaixo, pelo corrimão. Ela não sabia o que fazer. Só conseguia ouvir a irmã chorando atrás da porta do quarto e o homem torto gritando com ela, dizendo o que faria com sua irmã para punir a menina. Foi nesse momento que a menina viu os pesos que o homem usava para continuar forte; eles estavam atrás dela. Quando não aguentava mais ouvir aquelas palavras, ela puxou os pesos até a beirada do último degrau no topo da escada e, com os dois pés, os empurrou escada abaixo. E a gritaria parou. A menina desceu a escada, pulou o homem quebrado, foi até a cozinha e achou um pano. Ela pegou o pano e limpou suas digitais dos pesos antes de largá-los na base da escada, da mesma maneira que ele tinha largado sua irmã. Ela não olhou para o cachorro ao fazer isso, mas sabia que não precisava. Sabia que não precisava sentir mais medo dele. Então, foi até a porta dos fundos onde guardava sua antiga corda de pular e a colocou no meio da escada. Em seguida, a menina e a irmã aguardaram no quarto. Ela se sentou com a irmã no beliche inferior, segurou sua mão e sussurrou bem, bem baixinho em sua orelha.

32

O luto não é tão pesado
quanto a culpa

— Você não deve se sentir culpada pelo que fez, sabe disso, né, Janice? Você estava protegendo a sua irmã — diz a Sra. B, séria.

Por onde ela começa? Como explicar o que a faz se sentir culpada e o que não faz? As duas listas são longas, mas uma é muito maior que a outra. Então ela de repente se dá conta de que talvez seja melhor contar logo para a Sra. B. Afinal, elas já compartilharam tanta coisa.

— Se pedirmos a Stan, será que ele consegue arrumar uma garrafa de conhaque pra gente? Eu quero contar tudo, mas acho que não consigo fazer isso sem beber alguma coisa e acho que minhas pernas não estão funcionando.

— Bem-vinda ao clube — esbraveja a Sra. B, e essa resposta direta dá forças a Janice da mesma maneira que uma dose de conhaque daria.

Isso faz com que ela se lembre das outras vezes em que se estranharam e disseram coisas que faziam a outra se sentir burra ou que estava errada. A Sra. B pega o telefone, e em pouquíssimo tempo Stan está na porta. Por acaso, ele tem uma pequena garrafa no armário e ficaria feliz em emprestá-la para poupá-las (ou poupá-lo) de sair.

Assim que Janice dá o primeiro gole no conhaque, começa:

— Antes de qualquer coisa, Sra. B, eu nunca me senti culpada por matar Ray. Eu sei que deveria, e de madrugada me vem a culpa por *não* me sentir culpada. Sei que a maioria das pessoas nunca entenderia. Como é possível tirar a vida de uma pessoa e não se sentir mal por isso? Mas a verdade é que eu não me sinto.

— Fico feliz em saber — responde a Sra. B, e seu tom de voz faz Janice acreditar que, se ela estivesse lá naquele dia, Janice não precisaria ter empurrado Ray escada abaixo, pois a Sra. B teria feito isso por ela com o maior prazer.

— Também não me sinto culpada por mentir para a polícia. Eu só pedi desculpas pela escada estar bagunçada quando Ray subiu correndo para pegar o número do veterinário. Ele estava com pressa, e eu achava que ele tinha tropeçado e escorregado. Não, eu e minha irmã não vimos nada, estávamos lendo no nosso quarto. Pensando melhor agora, não tenho certeza se a polícia realmente acreditou. Tinha um homem, um detetive jovem, que suspeitava que tinha acontecido mais alguma coisa, pois ele perguntou inúmeras vezes se havia mais alguém na casa. O álibi da minha mãe foi confirmado, mas eles conheciam Ray fazia bastante tempo e, hoje em dia, eu entendo os policiais terem achado que tinha rolado uma briga. Mas Joy e eu continuamos falando a verdade, ninguém havia entrado em casa. E acho que ninguém compreendeu a implicação disso. Acho que eles sabiam o tipo de homem que Ray era, ele já tinha um histórico de violência contra mulheres, e era só olhar para a minha mãe, para a nossa casa, para saber. Até as paredes tinham marcas.

A Sra. B assente, remexendo o conhaque no copo. Ela insistira em usar os melhores copos de Augustus.

— E eu não me sinto culpada por ter contado essa versão para minha irmã inúmeras vezes ao longo dos anos e por ter dito que foi um acidente.

— *Foi* um acidente — interrompe a Sra. B.

Ambas sabem que é mentira, mas Janice pensa em como é bom ter essa mulher ao seu lado. Ah, se elas tivessem se conhecido quando ela era mais nova... Ou será que não teria dado certo? Será que alguns relacionamentos só vão para a frente porque são formados em um momento específico da vida?

Ela volta a falar da irmã:

— Eu jurava que Joy acreditava nessa versão e que, por ela ser muito nova na época, era disso que se lembrava.

— Mas? — A Sra. B percebe que Janice quer dizer mais alguma coisa.

— A última vez que vi a minha irmã, quando fiquei na casa dela no Canadá, ela fez uma coisa no final da visita e... Bem, eu não sei o que pensar.

A Sra. B aguarda.

— Nós nos divertimos muito. Tive a oportunidade de conhecer melhor meu sobrinho, minhas sobrinhas e meu cunhado, e, quando eles estavam no trabalho ou na escola, Joy e eu passávamos o dia todo juntas. Foi maravilhoso. Ela estava mudando de emprego na época, então conseguiu tirar três semanas de férias. Joy é enfermeira pediátrica. Ela é muito inteligente. — Janice acha que vale a pena mencionar isso. — Nós conversamos sobre a maneira como fomos criadas, óbvio que isso ia acontecer, mas foi bom. Mesmo que as memórias não fossem ótimas, e algumas eram bem difíceis, conversar sobre isso e compartilhar com a única pessoa que sabia como era ajudou a nós duas. Mas ela nunca mencionou aquele dia especificamente, e tudo o que ela dizia que tinha a ver com esse dia me fazia acreditar que a versão que eu havia lhe contado era a que ela lembrava. Então, na última noite, estávamos só nós duas e ela foi até a mesa, pegou um papel e uma caneta-tinteiro antiga e escreveu: "Eu lembro o que você fez." Mais nada, só isso.

— Ela disse alguma coisa depois?

— Não, só começou a fazer comida.

— Ela parecia estar chateada?

— Nem um pouco. Na verdade, até deu um sorrisinho.

— Talvez ela realmente se lembre e estivesse dizendo que estava tudo bem? — sugere a Sra. B.

— Não, foi tudo muito estranho. Se queria conversar sobre Ray, teve muitas oportunidades enquanto eu estava lá. E um sorrisinho não combina com chegar para sua irmã mais velha e confessar: "Olha, eu sei que você o matou..."

— Mas?

— Agora estou preocupada com a possibilidade de eu estar errada e ela ter vivido com essa informação esse tempo todo. E, ainda assim, não sei como perguntar a ela sobre isso. E o problema é que eu sei que não nos falamos tanto por telefone ou por chamada de vídeo como fazíamos e... Eu sinto falta dela.

— Acho que você precisa ligar para ela quando chegar em casa hoje e conversar. Depois de tudo que vocês passaram, não há nada que não possa perguntar para a sua irmã. Ela está feliz agora?

Janice fica emocionada pela Sra. B querer saber isso.

— Sim, sim, está. Não acho que um dia ela vá voltar a ser como era quando criança, a irmã que eu conhecia antigamente, mas ela poderia ter crescido e mudado mesmo que isso não tivesse acontecido. Conhecer o marido fez uma enorme diferença na vida dela. Acho que foi como a senhora e Augustus: eles só precisaram se conhecer. E os filhos só melhoraram tudo. Sim, creio que eles contribuíram muito, porque ela teve a oportunidade de ser uma mãe bem diferente para eles.

A Sra. B assente, como se estivesse satisfeita com a resposta.

— Você precisa perguntar a ela, Janice. Não pode desistir da relação de vocês. Eu não tenho irmãos e teria amado ter uma irmã. Hoje em dia, a distância não precisa ser um grande obstáculo.

Janice concorda, mas pensa que o obstáculo parece muito maior a partir do momento em que seu marido gasta todo o dinheiro que você juntou e que você precisa lidar com a possibilidade de pagar uma hipoteca e ao mesmo tempo tentar achar outro lugar para morar.

— Agora me conta o outro lado de tudo isso. Você falou do que não sente culpa. O que é que te aflige tanto? — A Sra. B se estica e serve uma segunda dose de conhaque para elas.

— Como a senhora sabe que algo me aflige?

— Ah, Janice, eu soube desde o momento em que te conheci. — Ela sorri. — Eu sou uma espiã, sou treinada para perceber essas coisas.

Janice respira fundo. Ela espera que a Sra. B esteja à vontade, porque isso pode demorar.

— Eu passo a maior parte do tempo me sentindo culpada e passei praticamente a minha vida inteira convivendo com esse sentimento. Eu me sinto culpada por não ter protegido minha irmã de verdade. Agora que sou adulta, entendo que não tinha muita coisa que eu pudesse ter feito, mas ainda me sinto mal por ela não ter vivido a infância que merecia. Eu me sinto culpada pelo que aconteceu depois de a morte de Ray ter tornado a vida dela mais difícil, e senti, sim, que foi responsabilidade minha.

— O que aconteceu?

— Eu te contei que, quando papai morreu, minha mãe basicamente partiu junto com ele. O que entendo agora é que essa era a maneira dela de lidar com a situação, mas uma parte dela ainda estava lá. Pois, quando Ray morreu, ela de repente ganhou uma presença, uma força, se é que posso colocar dessa maneira. Mas não estava concentrada na gente, tudo girava em torno da sua dor. Era como se não importasse quanto ele havia batido nela, ela estava inconsolável. Mesmo com o passar do tempo e do choque inicial, ela ainda estava tão mal que dava a impressão de ser algo físico. Eu me perguntava se câncer também era assim. Será que meu pai sentiu tanta dor assim quando morreu? Ela não enxergava nada além do próprio sofrimento, então Joy, que tinha oito anos na época... Quer dizer, ela era só uma criança, querendo e precisando de amor e...

— Você também estava lá, Janice. Você era só uma adolescente.

— Eu sabia que não merecia nada melhor que aquilo, mas Joy merecia, ela não tinha feito nada de errado.

— Achei que você tinha dito que não se sentia culpada? — desafia a Sra. B.

— Talvez a culpa seja como uma doença, você pode tê-la sem saber que ela existe. — Janice percebe que nunca tinha pensado nisso. Será que a culpa vai fazer parte dela para sempre? — Enfim, eu tentei de tudo com a minha mãe, mas eu era a última pessoa que ela queria ter por perto. Acho que ela sabia. Nunca disse nada, mas sabia que aqueles pesos não estavam na escada. Ela nunca contou isso para a polícia. Às vezes, ela passava um tempo com Joy e as duas ficavam abraçadas no sofá. Eu tentava criar momentos como esse, procurava os DVDs certos, trazia os doces de que gostavam. Eu não precisava estar ali com elas. Eu podia simplesmente sentar na outra poltrona e observá-las enquanto viam o filme. — Janice se pergunta quanto tempo da sua infância passou observando os outros.

— Ah, Janice — diz a Sra. B, retomando a tristeza de antes.

— Então, minha mãe voltou a sair e não retornar, às vezes passava dias fora de casa. Eu tentava deixar tudo em ordem. Sempre tinha um trocado e uns cupons pela casa, e no início ela até deixava um dinheiro com a gente. Mas, quando começou a beber muito, acho que só se esqueceu da gente. Eu me sinto culpada por isso também. Se as coisas tivessem sido diferentes, talvez ela não precisasse beber tanto.

— E talvez Ray tivesse matado sua mãe ou você ou a sua irmã. Já pensou nisso? — pergunta a Sra. B com ironia.

Ela dá de ombros; já pensou em todos os cenários possíveis. Ela se vira para a Sra. B; precisa dizer uma coisa.

— Eu nunca achei que a senhora fosse alcoólatra. Eu conheço alcoólatras muito bem.

A Sra. B sacode a cabeça como se isso fosse irrelevante.

— Ainda estou irritada por você se sentir culpada por tudo isso, Janice.

— A culpa não pede permissão para entrar. Ela não bate à porta e espera educadamente no capacho.

— É como a planta sanguinária-do-japão — diz a Sra. B. Janice sabe que ela está tentando fazê-la sorrir e quase consegue. — Pelo que mais você se sente culpada? — pergunta a senhora.

— Eu me sinto mal por nunca ter enxergado minha mãe como uma vítima de tudo isso: ela tinha se mudado para outro país, seu marido havia morrido, teve que trabalhar com algo de que não gostava, não recebeu muita ajuda da irmã bêbada, sofreu abusos e depois teve que lidar com outra morte. Eu me sinto culpada por não ter entendido isso ou por não ter tido mais empatia por ela.

— E?

Janice acha que a Sra. B deve ter sido uma boa interrogadora; ela sempre sabe quando tem mais alguma coisa a ser dita.

— Eu me sinto culpada pelo fato de que, quando o Serviço Social interveio, acho que foi um vizinho que chamou, eu fiquei aliviada. E, apesar de o sistema de acolhimento familiar não ser perfeito, eu não carregava mais aquele peso. Mas mesmo assim eu não desapeguei desse sentimento, de que decepcionei Joy.

— Que bobagem! — esbraveja a Sra. B, como se estivesse muito irritada com isso.

Antes que a Sra. B possa dizer mais alguma coisa, Janice continua:

— E o principal motivo pelo qual me sinto culpada é o fato de que, quando a minha mãe morreu quinze anos atrás, uma alcoólatra, em um abrigo do Exército de Salvação, eu não só não fui capaz de salvá-la, como também não me senti mal por ela ter morrido.

— Minha querida, você fez tudo que pôde. Não pode se culpar por isso, vai por mim. Não tinha ninguém do seu lado, cuidando de você esse tempo todo?

Ela não sabia como explicar. Janice conheceu Mike no escritório onde trabalhava quando tinha dezoito anos. Ela achou que ele cuidaria dela, ou que eles cuidariam um do outro. Ela não fazia ideia de como estava enganada. Não quer revisitar os anos com o marido, então explica isso para a Sra. B da única maneira que consegue.

— A menina da história realmente conheceu um homem que ela esperava que fosse ajudá-la. O homem não era um príncipe ou um rei, mas a menina não se importava. O que ela mais queria era um cara gentil. Mas, no fim das contas, o homem achava que era um imperador. Que vestia roupas novas. E assim nasceu *A roupa nova do imperador*.

A gargalhada estrondosa funciona melhor que o conhaque, e Janice sorri enquanto se estica e aperta a mão da Sra. B.

33

Os dois lados de toda história

—Eu não sabia que você conhecia Geordie Bowman! Ela está sentada na cadeira de Geordie perto do fogão Aga, e por um instante aquela voz a deixa desnorteada — Janice tinha acabado de pensar na irmã, e ouvi-la enquanto está na casa de Geordie lhe dá a impressão de que está no meio de um sonho estranho.

— Mana, você está aí?

— Ah, estou. Inclusive estou sentada na cadeira dele neste exato momento.

— Mas ele está no Canadá. Não vá me dizer que está namorando com ele!

Seu coração acelera com a empolgação da irmã mais nova.

— Não, não, estou tomando conta da casa dele na Inglaterra.

— Mas como vocês se conheceram?

— Eu sou só a faxineira dele.

— Ah, duvido muito. Você precisa ver o e-mail que ele me mandou. Ele conseguiu ingressos VIP para nós no sábado e quer que a gente se encontre para beber depois. Você sempre foi de esconder o jogo, mana.

— É tão bom ouvir sua voz, Joy. — Janice coloca os pés na cadeira de Geordie e abraça os joelhos. Ela acha que vai chorar. De novo.

— Você está bem, mana? Está com uma voz esquisita.

— Eu me separei do Mike.

— O quê? Para sempre?

— Sim. — Por que tanto Joy quanto Simon precisaram de confirmação?

— Até que enfim!

Será que só ela não enxergava que deveria ter largado o marido faz tempo?

— Você está bem, mana? — repete Joy, parecendo mais feliz agora. Feliz, pensa Janice, por sua irmã ter finalmente largado o marido babaca.

— Estou. Ia te ligar hoje à noite. Queria te perguntar uma coisa.

— Diga... Peraí, primeiro deixa eu pegar minha taça de vinho. Já pegou a sua?

— Não, mas vou pegar agora. — Na verdade, Janice não quer beber mais, só que compartilhar uma taça de vinho enquanto conversam ao telefone é uma tradição delas. Ela se dá conta de que não faziam isso há um tempo.

— Pronto, o que você quer saber? — Sua irmã está de volta.

— Na última noite da viagem, quando eu fui te visitar aí no Canadá. Você escreveu uma frase em um papel, e eu não tenho certeza do que você quis dizer.

Sua irmã soltou uma leve gargalhada. Não é o som de alguém que acabou de lembrar a irmã de que havia matado alguém.

— Eu não sabia se você ainda lembrava. Mas você fez tanta coisa pela gente.

— Lembrava de quê?

— Foi em uma das vezes que mamãe tinha saído. Acho que ela ficou fora umas duas semanas naquela época. Só sei que foi há muito tempo. Eu devia ter uns dez anos. Isso significa que você tinha quantos?

— Quinze.

— Você não lembra? — insiste a irmã.

Janice não faz ideia do que sua irmã está falando, mas agora sabe que não pode ser sobre Ray e está tremendo de alívio. Ela dá um gole no vinho tinto que está ao seu lado, sobre o fogão.

— Como eu disse, mamãe havia saído e deixado um dinheiro, mas não muito. Foi depois do Natal. Hope, não é possível que você não lembre — insiste a irmã outra vez.

E, com seu antigo nome, a lembrança lhe vem à mente. Ela achara que sua mãe voltaria para o Natal, mas não voltou. As aulas terminaram um ou dois dias antes do Natal, e Janice tinha trabalhado até tarde da noite decorando a casa. Sua irmã a ajudara, e depois, enquanto ela dormia, Janice inseriu uns detalhes extras para surpreendê-la. Ela tentou fazer alguns presentes para Joy e restaurou coisas da irmã que achou que ela fosse gostar. Janice não tinha muito dinheiro e gastava a maior parte com comida, mas também comprara um presente para a irmã, algo novo. Ela havia escolhido algo que achava que seu pai poderia ter lhe dado.

— Sim, eu lembro agora — diz ela para a irmã que ama mais que tudo no mundo.

— Você comprou uma caneta-tinteiro pra mim. Eu ainda a tenho. Foi por isso que escrevi aquele bilhete com aquela caneta. Achei que você ia ver e entender.

— Agora eu entendi. — É tudo que consegue dizer. — Joy?

— Oi.

Ela precisa perguntar para a irmã, precisa descobrir de uma vez por todas.

— Você se lembra do que aconteceu com Ray?

— Claro, não dá para esquecer uma coisa dessas.

— Mas você sabe mesmo?

— O quê? — pergunta ela, desconfiada.

Silêncio. Janice não consegue encontrar as palavras.

Sua irmã a ajuda:

— O quê? Que você matou ele?

Ela solta o ar rapidamente. Como Janice sempre diz: sua irmã é muito inteligente.

— Você está aí, mana? — Joy parece preocupada.

— Desde quando você sabe?

— Desde sempre. Eu sabia que os pesos e a corda não estavam na escada. Eu só achava que você não queria falar sobre isso.

Janice não sabe por onde começar.

— E você... você lida bem com isso?

— Claro. Ele ia nos matar, Hope. Não se engane achando que pararia por ali. Você sabe que é a melhor irmã do mundo, né? Sabe quanto eu te amo? Você *nunca* me decepcionou.

Janice não consegue segurar o choro.

— Me desculpa pelas coisas não terem sido melhores para você.

— Eu tinha você do meu lado, estava tudo bem.

Janice pensa em Fiona e que dissera a mesma coisa para ela.

— Posso te perguntar uma coisa que eu sempre quis saber? — pergunta a irmã.

— Qualquer coisa.

— Você matou o cachorro também?

Janice está rindo agora. Apesar de amar cachorros e de achar que a morte de um animal não deveria ser engraçada, ela não se segura e diz:

— Não. Foi você.

Sua irmã também está rindo.

— Porra, ele era terrível. Bem, dizem que os cachorros ficam parecidos com os donos.

Janice sabe que isso não pode ser uma verdade absoluta — basta olhar para alguns fox terriers.

— Dá pra você vir me visitar logo? — pergunta Joy.

— Eu quero muito, mas tenho que encontrar um lugar para morar e... — Janice não consegue admitir para sua irmã mais nova que está com problemas financeiros.

— Dane-se isso. Vamos pensar em algumas datas e eu te mando uma passagem.

— Mas você não pode fazer isso.

— É claro que eu posso. Você é minha irmã.

E Janice percebe que não tem como retrucar.

34

O menino e o cachorro

Janice consegue limpar basicamente a casa toda sem esbarrar na Sra. Sim-Sim-Sim. Quando a ouve entrando num cômodo, ela corre para outro. Acha que o barulho que o assoalho de madeira faz com os passos é uma coisa boa, pois fica fácil saber quando a patroa está se aproximando. Enquanto vai de um cômodo a outro da maneira mais silenciosa que consegue (ela deixou os sapatos na porta da frente), Decius a segue. Ele a está encarando com seu olhar de: "Porra, mulher, qual é o seu problema?" Mas ela não se importa. Está pensando em sua irmã (e em como é inteligente) e na Sra. B. Ela sabe que algo mudou dentro dela só de contar sua história para a Sra. B — isso e falar com sua irmã. Na verdade, nada mudou, mas tudo se transformou — de um jeito bom.

Ela recebeu uma mensagem de Euan, e eles vão se encontrar mais tarde para passear com Decius e Adam. Ela não sabe se conseguiria contar sua história para ele. Queria acreditar que sim, mas não enxerga um cenário — e já pensou em vários — em que acharia as palavras certas. Então, em vez disso, ela cogita outras duas coisas: a possibilidade de aprender tango com ele e de irem ao Canadá juntos. Ao imaginar tudo isso, ela se dá ao luxo de não ter problemas financeiros e, sim, um guarda-roupa todo renovado.

— Ah, aí está você.

Ela se vira com as palavras de Tiberius. Não o ouvira se aproximando. Ela vê que o homem está usando mocassim de couro de carneiro e, pela primeira vez, Janice também percebe que ele tem pernas muito arqueadas.

— Você pode me dizer o que significa isso? — pergunta ele, segurando uma garrafa de conhaque com apenas um quarto do líquido. Ela não é nenhuma especialista em conhaque, mas tem certeza de que é a garrafa que ela e a Sra. B dividiram ontem.

Ela continua em silêncio, apesar dos pensamentos que disparavam em sua cabeça como uma metralhadora.

Você andou enchendo o saco da Sra. B de novo?
A Sra. B está bem?
Você é um filho de merda.
Será que o Mycroft está aprontando alguma coisa?
Você tem pernas extremamente arqueadas.
Esse é o conhaque do Stan.
Não posso falar nada para não arrumar problema para ele.
Por que ele acha que pode falar comigo desse jeito?

O último pensamento foi o que ficou: o que faz esse homem esnobe achar que pode falar com as pessoas como se fossem lixo?

— Eu disse: o que significa isso?

Decius encosta na perna dela no mesmo instante. Ela olha para o cachorro para se lembrar do que está em jogo. Seu rosto está particularmente expressivo esta manhã: "Deixe isso pra lá."

— Desculpe, não faço ideia do que o senhor está falando — responde Janice, limpando o chão ao passar por ele com o esfregão de cabo longo com um design especial (e filamentos de caxemira).

Tiberius segura o braço dela. Não é um aperto forte, mas mesmo assim ele está encostando nela e Janice sente a humilhação crescendo dentro de si. Ela fica imóvel e olha para a mão dele, depois para o seu rosto. Ele rapidamente tira a mão.

— Nunca, *nunca* mais se atreva a colocar a mão em mim — diz ela com um tom de voz que não esconde a sua raiva.

Do chão, logo à sua esquerda, ouve-se um rosnado gutural. Decius perdeu todo o seu carisma, e Janice sabe que se colocasse a mão no corpo dele o sentiria tenso. O cachorro não tira os olhos de Tiberius nem por um segundo. Ela sabe que está encrencada, mas parte dela comemora o fato de que, assim como encontrou sua leoa interior, o cachorro que ama é um lobo ao seu lado.

O encanto é quebrado quando Tiberius começa a sair do cômodo.

— Não acho que isso esteja funcionando, né? — Não é uma pergunta. — Termine seu trabalho até o fim desta semana. Minha esposa pagará o que devemos.

Movida pela raiva, Janice vai até a porta dos fundos onde pega seu casaco e a coleira de Decius. O sentimento a faz percorrer a rua, atravessá-la e ir para o parque. Quando chega à metade do caminho da casa de Fiona e Adam, sua raiva já está diminuindo e se transformando em náusea. Ela não quer olhar para Decius, que está saltitando todo orgulhoso ao lado dela. Não consegue ver o rosto dele, mas sabe o que diz.

— Ai, Decius, o que foi que a gente fez? — pergunta ela em voz alta.

Ele se vira para encará-la, e ela estava certa, sua expressão era exatamente o que esperava: "Nós mostramos para aquele escroto como é que se faz, porra."

Como você diz para um fox terrier que deu tudo errado e eles não vão mais se ver?

E Adam? Ai, meu Deus, o que ela vai falar para o Adam? Isso a deixa mais chateada do que seus motivos, ela tem a impressão de que está traindo a confiança de uma criança. E Adam ainda é uma criança. Ela precisa dar um jeito nisso. Sabe que Tiberius nunca a aceitará de volta. Decius escolheu o seu lado e não tem como voltar atrás. Mas talvez Janice consiga fazer com que Adam aborde a Sra. Sim-Sim-Sim e se ofereça para passear com o cachorro? Ela não precisa saber que Adam a conhece e terá de contratar alguém para substituí-la.

— O que aconteceu? — Euan está vindo em sua direção antes que ela percorra o caminho que dá na porta da frente de Fiona e Adam.

É tão óbvio assim? Ou talvez o homem do barco salva-vidas tenha experiência em identificar um problema. Ela tenta formular as frases que precisa dizer, mas elas saem como palavras isoladas que não fazem sentido. Euan se aproxima dela e a abraça, aquecendo-a com seus braços e seu casaco (que aqueceria uma pessoa numa escalada no Snowdon). Enquanto chora, ela sente o fleece do casaco dele em seu rosto, e o queixo e a bochecha dele em seu cabelo. Mas, acima de tudo, sente o conforto de ser amparada pela pessoa por quem está se apaixonando.

Por fim, eles se afastam, e precisam girar para se desvencilhar da coleira de Decius, que está enrolada em suas pernas.

— A gente vai dar um jeito — diz ele para Janice. Ela quer acreditar nele, mas ele não conhece Tiberius.

Ela respira fundo.

— Vamos ver. — É tudo que consegue dizer.

A essa altura, Adam já está na rua e ele e Decius estão fazendo o ritual de saudação deles, saltitando e rodando. Isso só piora a situação. Ela vai precisar dar um jeito para que pelo menos Adam veja Decius.

Janice avista Fiona parada na soleira da porta e segue em sua direção. Ela explica o que aconteceu da maneira mais rápida que consegue.

— Mas isso é terrível. — Fiona coloca a mão no braço dela, e ela fica impressionada com a diferença do toque de Tiberius. — Olha, eu estava querendo falar com você sobre uma coisa já faz um tempo e agora pode ser um bom momento para contar para você e para o Adam. — Fiona chama o filho. — Adam, Janice estava me contando que talvez não consiga mais passear com Decius. Ela espera encontrar uma solução para que você ainda o veja, mas eu tive uma ideia. Eu já até falei com uns criadores. O que você acha de ter um cachorro como Decius?

Janice prevê antes de Fiona o desastre que está prestes a acontecer. Mas isso porque ela ama esse fox terrier e sabe que não existirá outro cachorro como Decius.

Adam fica imóvel por uns trinta segundos. Em seguida, ele berra:

— O quê? E você acha que pode simplesmente me dar um novo pai também? É só comprar um novo pra mim. Novo pai, nova porcaria de cachorro. — Ele está alternando o peso de um pé para o outro. — Qual é o seu problema? — Agora ele está gritando com todo mundo. Janice olha para a direita e vê o rosto de Fiona completamente pálido e a boca aberta. — Qual é o seu problema? — repete ele. — Você nunca fala sobre o papai, ou então, quando fala, ele precisa ser um super-herói perfeito que nunca fez nada de errado. Só que às vezes ele era um merda. Por que ninguém diz isso? Às vezes, ele nos decepcionava. Ele não conseguia levantar de manhã ou fazer qualquer coisa porque estava muito dopado. Mas não, é o papai, o cara perfeito. — Ele bate o pé com força no chão, metade dele é um menininho e a outra metade, um adulto furioso. — Você acha que eu o amo menos porque ele era um merda às vezes, ou que não vou sentir saudade dele se você disser essas coisas? — Ele se vira para Janice. — Ninguém nunca fala dele. Você... você... — grita para ela. — Achei que você seria diferente. Achei que você me perguntaria sobre ele. — Adam está chorando agora e ela repara que Euan firmou os pés no chão ainda mais e, mesmo durante seu choque, isso a fez pensar em um homem se equilibrando antes que outra onda chegue.

— Como você pôde achar que eu gostaria de ter outro cachorro? E você acha que eu não sei por que nunca podemos ir ao bosque? É sempre o parque ou o campo. O que você acha que eu vou fazer? Encontrar uma porra de uma árvore e me enforcar igual ao papai? Qual é o seu problema?

E, com isso, ele se vira e corre. Desvia de Euan e, com Decius correndo rapidamente ao seu lado, ele dispara como se sua vida dependesse daquilo. Janice observa o menino aumentar a distância entre ele e as pessoas que o decepcionaram. No silêncio perplexo que se segue, Janice só consegue pensar que está aliviada de Decius estar com ele.

Fiona desaba e senta no murinho do canteiro. Parece que suas pernas desistiram dela sem dar nenhum aviso. Ela começa a se balançar para a frente e para trás. O som que a mulher faz não é parecido com nada que Janice tenha ouvido; é como escutar um animal agonizando. Ela dá um passo na direção de Fiona e então, sem muita certeza, dá outro na direção de onde Adam sumiu. De repente, Euan está ao lado dela.

— Vamos entrar com a Fiona. — Ele se vira para a mulher no murinho e se agacha em frente a ela. — Fiona, venha comigo e com a Janice. Vamos encontrar Adam e ajudá-lo, mas antes você precisa ajudar a gente.

Ela continua chorando depois de recobrar o fôlego, então olha para Euan. Ele repete:

— Eu vou te ajudar, Fiona, mas precisamos da sua ajuda.

Ela para de se balançar e olha para Janice, indecisa. Janice pega as mãos dela e a ajuda a se levantar.

— Vamos lá para dentro.

Fiona vai com eles para dentro da casa aos tropeços, e Janice leva todos para a cozinha, já que não sabe aonde mais poderia ir. Ela coloca

Fiona sentada à mesa da cozinha. Euan puxa outra cadeira para olhar diretamente para a mulher.

— Agora, Fiona, aonde você acha que Adam pode ter ido? — Ela balança a cabeça. Parece que perdeu a capacidade de se comunicar. — Ele foi para a casa de algum amigo ou é mais provável que esteja sozinho?

— Ele não tem muitos amigos. — Fiona consegue dizer e começa a chorar. Janice segura sua mão.

— Então é mais provável que esteja sozinho. Aonde ele iria? Ele mencionou o parque, o campo e o bosque. — Fiona estremece com a menção ao bosque, mas Euan continua: — Você consegue pensar em algum outro lugar? — Fiona sacode a cabeça. — Ele tem celular?

Nesse momento, Fiona se anima.

— Sim, a gente consegue rastreá-lo pelo celular?

Euan começa a dizer alguma coisa, mas Janice o interrompe. Ela sabe qual é o celular de Adam e vê que está na bancada da cozinha.

— Não precisa se preocupar — diz Euan a Fiona, então pega um caderno e uma caneta ao lado do telefone. Em seguida, olha a hora. Ele escreve rapidamente uma lista. — Fiona, eu quero que você faça isto.

Ela olha para ele, e Janice fica com o coração partido ao ver a esperança e a ansiedade nos olhos da mulher.

Euan sorri para ela.

— Vai ficar tudo bem, Fiona. Adam é um menino sensato, ele só está chateado e precisa de um tempo sozinho. O que a gente vai fazer agora é só por precaução, ok? Ele vai ficar bem. — Euan mostra a lista que fez. — Janice e eu vamos fazer uma ronda rápida nos três lugares que ele mencionou. Você precisa ficar aqui, caso ele volte. Vamos todos anotar nossos números de celular para nos mantermos em contato. — Ele olha a hora mais uma vez. — O pôr do sol é daqui a uma hora, isso nos dá quarenta minutos no máximo para procurar, depois voltaremos para cá. Enquanto estivermos fora, quero que você preencha essa lista para mim e pegue algumas coisas. Precisamos de uma foto recente...

Fiona olha para ele, alarmada.

— Isso é só por precaução. No trabalho me chamam de "Checkpoint Charlie". Eu simplesmente preciso estar sempre preparado para tudo. — Ele sorri para ela. — Eu trabalhava na Royal National Lifeboat Institution. É só um procedimento-padrão, mas é melhor prevenir do que remediar. Provavelmente não precisaremos de nada disso.

Fiona solta o ar e assente.

— Então, você vai arrumar uma foto para mim, escrever uma descrição do que ele está vestindo...

Fiona o interrompe.

— Ele estava sem casaco, estava só com a blusa da escola.

— Mais uma razão para ele voltar logo — diz Euan de um jeito tranquilizador. — Também quero que você faça uma lista dos amigos dele: nomes e telefones. E de todas as redes sociais que ele tiver. Você sabe as senhas dele?

Fiona assente.

— Ótimo. Então eu quero que você pense em outros lugares aonde ele possa ter ido, principalmente algum lugar que seja importante para ele e o pai. É só escrevê-los aqui. — Ele aponta para o caderno. — Certo, nós estamos indo, mas voltaremos em quarenta minutos, ou antes. Ele não deve ter ido longe. E está com Decius. Não vai deixar nada acontecer com aquele cachorro, pode ter certeza. Ele não o colocaria em perigo.

Fiona olha para ele.

— Onde eu estava com a cabeça? Não acredito que fui tão burra... Eu só achei que... — Ela não consegue terminar.

Janice dá um abraço rápido nela.

— Você só estava pensando no que o deixaria feliz. Não há nada de errado nisso. Vai dar tudo certo, ele só precisa de um tempo.

Janice segue Euan até o hall.

— O que a gente faz agora?

— Sabe onde fica o bosque? Eu conheço o parque e o campo porque estive lá com você. Tudo bem se você fosse até lá?

— Tudo. É pertinho — responde ela.

— Tem certeza? — pergunta Euan, se sentindo ansioso de repente.

— Tenho. Vou ficar bem.

— Ok. Quarenta minutos, e então voltamos para cá.

— E depois? E se não o encontrarmos?

— Nós ligamos para a polícia.

— O quê? Assim tão rápido? Não temos que esperar algumas horas ou algo assim?

— Não, com certeza, não. Nós ligamos para eles imediatamente. Adam é uma criança, está abalado e não está com uma roupa adequada para uma noite de frio. Os policiais têm recursos dos quais podemos precisar. — Ele se inclina para a frente e dá um beijo rápido na bochecha dela. — Eu disse *podemos* precisar. Eu só estou sendo o Checkpoint Charlie. E lembre-se: eu estava falando sério quando disse que ele não deixaria nada acontecer com Decius.

Eles se separam no fim da rua, Janice começa andando, mas depois dá uma leve corridinha até o bosque. Agora que está sozinha, ela pensa em tudo que Adam disse. Por que ela nunca perguntou nada sobre o pai dele? Ela certamente já havia percebido que ele tinha muito mais noção da situação do pai do que Fiona estava preparada para admitir. Então por que não perguntou nada? Será que ela não queria deixar o menino chateado? Ou será que achou que isso não cabia a ela porque era "só a faxineira"? Janice fica com raiva de Mike por enxergar apenas as limitações e os estigmas associados à sua profissão. Será que ela também se escondeu atrás deles? *Não se apegue, Janice, você é só a faxineira.*

Ela chega à entrada do bosque e segue pelo caminho principal, as últimas folhas do outono sendo esmagadas sob os seus pés. Conforme desce pela trilha, ela vê a névoa se acumulando no ar e isso a deixa muito mais assustada que as sombras escuras das árvores que se elevam ao seu redor. E se Adam for até o rio? Será que ele poderia se perder, escorregar na neblina intensa? Ela o chama enquanto anda e, de vez em quando, grita "Decius" para a escuridão. Já nem se importa mais com o que os outros possam pensar. Sabe que o cachorro lhe responderia. E, ao pensar nisso, ela percebe que uma parte de si está desmoronando. Ele ficou do lado dela e a defendeu, e agora ela não pode nem passar umas horinhas com o cachorro. Ela interrompe esse pensamento. Precisa encontrar Adam. Não é hora de ficar se lamentando.

— Adam! — grita ela o mais alto que consegue, várias e várias vezes, até sua garganta doer.

Ela segue pela trilha, correndo até os limites do bosque, que tem uma vista para a vasta província de Cambridge. Ela sabe exatamente aonde está indo. É uma das maiores árvores perto de um morrinho. É o carvalho que o pai de Adam, John, escalou antes de se enforcar. Ele escolheu um dos galhos mais altos, então Janice presume que ele ficou um tempo no tronco admirando a paisagem. No que aquele pobre homem estava pensando? Ou talvez já não estivesse mais pensando em nada? Ela acha a árvore que estava procurando e dá a volta nela, esperando ver uma figura agachada, abraçando um cachorrinho. Nada.

⊙—⚹

Quando volta para a casa, Euan já está lá falando com a polícia pelo telefone. Fiona já está mais calma, oferece uma caneca de chá para Janice e lhe agradece.

— Você está bem? — pergunta Janice.

— Estou, Euan está sendo incrível.

Janice tem de concordar com ela. Está abalada demais para refletir melhor sobre isso neste momento, mas tem noção de que ele é um homem que costuma estar discretamente no controle das coisas. É um homem comum que é extraordinário. E não é esse o foco principal de suas histórias? Ela se distrai com a chegada de outras pessoas na cozinha. Fiona faz umas apresentações rápidas. Euan pediu a ela que reunisse todos os vizinhos que poderiam ajudar em uma busca. Precisam estar prontos quando a polícia chegar. Sem saber o que fazer, Janice começa a organizar as canecas e pega água e garrafas térmicas.

0—🔑

As horas seguintes demoram a passar. Às vezes há uma agitação, outras vezes as coisas empacam enquanto ligações são feitas ou grupos são reorganizados. Janice precisa deixar a polícia cuidar disso, eles são ótimos — calmos, gentis, profissionais e, o que ela não esperava, divertidos de vez em quando, o que animava Fiona. Nada parece muito complicado, e Janice não encontra o menor sinal de que eles esperam algo diferente de um resultado positivo. Ela puxa Euan para o canto quando ele volta para a casa depois de uma de suas saídas.

— Você acha que eles estão preocupados? — São onze horas da noite, a temperatura caiu e as viaturas e suas luzes fazem Janice pensar em uma cena de crime.

— Eles estão sendo muito meticulosos — diz Euan, antes de sair de novo. Mas ela percebe, pelo tom de sua voz, que ele também está ansioso.

Ela escuta o grito da cozinha. O barulho atravessa a noite, e ela esbarra em um vizinho para sair da casa. Na rua, Fiona está de joelhos no asfalto, abraçando o filho. Adam está curvado sobre ela e é impossível dizer onde começa a mãe e termina o filho. Eles balançam juntos suavemente. Janice ouve a voz de Adam repetindo "me desculpe, mãe". Parado logo atrás das duas silhuetas, está Tiberius. Não há nenhum sinal de Decius e de repente Janice fica com medo. A cena é desmanchada abruptamente. A polícia cerca as figuras, ajudando a levá-los para dentro; um vizinho se vira para o outro e o murmúrio de conversas aliviadas sobrepõe o som das viaturas dando partida. Corpos atravessam seu campo de visão. Ela não consegue encontrar um cachorro em lugar algum e não consegue encontrar Euan.

Tiberius a está encarando do outro lado da rua. Janice abre caminho entre as pessoas que ainda estão ali para chegar até ele. Ao se aproximar, ela vê que ele está tenso de raiva. Não a espera ficar a trinta metros de distância e diz:

— Você tem usado um menino de doze anos para passear com nosso cachorro de raça enquanto recebe pelo trabalho. Como se não bastasse ser um gesto desonesto e malicioso, você também colocou um animal valioso em risco...

Ela o interrompe:

— Onde está Decius?

— Está em casa, onde ele deveria estar, mas não graças a você. Ele esteve desaparecido por sete horas, e você não teve a gentileza nem a decência de nos ligar...

Ela o interrompe outra vez, seu alívio tornando-a corajosa:

— Vocês estavam em casa?

— Isso não é relevante.

— Eu fiquei ligando para a casa de vocês de hora em hora para avisar sobre o que estava acontecendo, mas ninguém atendeu.

— A gente estava em uma degustação de vinhos...

— Quem levou Decius para casa?

— O menino.

Ah, Adam deve ter lido as informações na coleira dele. Euan tinha razão — ele não colocaria Decius em perigo.

— Então ele estava esperando vocês quando chegaram em casa?

— Estava...

— Por quanto tempo ele ficou esperando?

— Não sei nem quero saber. O problema não é esse.

Mas esse é um problema para Janice. Ela está aflita só de pensar em Adam esperando sentado no degrau da escada, no frio, enquanto Fiona estava morrendo de preocupação. É óbvio que Adam não sabia que havia uma chave reserva escondida que podia ser usada quando não tinha ninguém em casa, com a qual ele poderia ter entrado na varanda dos fundos e na área de serviço. Seu único consolo é pensar que Decius estava com ele. De repente, ela se sente totalmente exausta.

— Certo, o importante é que agora Adam está em casa e Decius está bem. Então está tudo bem.

— Está tudo muito longe de estar bem...

— Olha só, *está* tudo bem. O senhor não tem ideia do que Adam passou. — Apesar do seu enorme cansaço, ela faz um esforço para tentar ajudar Adam. — Ele realmente ama o seu cachorro, nunca deixaria que nada acontecesse com Decius. Eu entendo o senhor não querer que eu trabalhe mais para vocês. Mas, por favor, *por favor*, será que poderia considerar a possibilidade de ele passear com o seu cachorro? É um menino muito sensato. Digo, ele achou o seu endereço e levou Decius de volta para casa em segurança.

Tiberius bufa e sacode a cabeça como se não acreditasse no que está ouvindo.

— Você tem algum problema? Tem algum tipo de deficiência? Você acha que eu confiaria meu precioso animal àquele garoto, só porque você acha que seria....

Janice de repente ergue os braços, todo seu cansaço desaparecendo por intervenção divina. Ela estende a palma da mão para Tiberius, como se fosse um daqueles policiais na rua e começasse a

299

direcionar o tráfego de carros. Tiberius para no meio da frase e olha de um lado para o outro sem entender nada.

— Será que você poderia fazer um favor para mim e para o mundo e calar a boca, seu bundão metido a besta? — esbraveja Janice, deixando as formalidades de lado. Todos em volta param, como se brincassem de estátua. — Vou te falar, eu nunca conheci uma pessoa tão grossa, arrogante, esnobe e que se achasse a dona da verdade em toda a minha vida. Você é, sem sombra de dúvida, o homem mais ignorante que já conheci. E olha que eu era casada com um imbecil, então vai por mim, sei do que estou falando. E, quanto a eu ser maliciosa, se enxerga, você não passa de um ladrãozinho medíocre. Você sabe disso, e eu sei disso. — Ela se vira para encarar as pessoas na rua que de repente ganham vida. — E eles também sabem.

Tiberius está vermelho como um pimentão.

— Isso certamente tem cunho difamatório e estou disposto a...

Janice se aproxima dele, e Tiberius dá um ligeiro passo para trás, pisando num canteiro.

— Tenta só para você ver. Você não é nem maluco, seu projeto patético de ser humano. E é só por respeito à sua mãe, que é cem vezes melhor do que você, que eu não mando você IR SE DANAR!

Ela se vira mais uma vez e sai batendo o pé em direção a Euan.

— Um final insensato, mas ainda assim magnífico. — Ele está rindo. — E, Janice?

— Sim! — berra ela.

— Nunca me deixe tirar você do sério.

35

Palavras escritas no papel

Dessa vez, o tom de verde do teto é mais claro. Janice está se acostumando a acordar em camas diferentes. Esta não é muito macia nem muito dura, e ela pensa na história de *Cachinhos dourados e os três ursos*. Está deitada sozinha, mas não sabe se isso é uma coisa boa ou ruim. Quando as pessoas foram embora e Janice terminou de fazer sanduíches de bacon com ovos para Fiona, Euan, Adam e para ela, já eram duas e meia da manhã e Fiona insistiu para que eles dormissem lá. Ela puxou Janice para o canto de maneira estratégica e perguntou quantas camas deveria arrumar. Por um breve instante, Janice ficou tentada, mas agora está agradecida por ter optado por quartos separados — ela acha. Adam foi até a cozinha para falar com Euan e Janice. Ele agradeceu a Euan e pediu desculpas para Janice antes de pegar sua comida e bebida e voltar para o quarto. Estava tão pequeno, pálido e abalado — mas Janice acha que viu por um momento o homem que se tornaria no futuro. Havia certa dignidade na maneira como falava, e ela sentiu que ele estava sendo sincero. Janice também foi sincera quando lhe pediu desculpas por nunca ter perguntado sobre John e disse que adoraria saber mais sobre seu pai e esperava que ele pudesse mostrar umas fotos qualquer dia desses. Nenhum deles mencionou Decius.

Deitada nessa nova cama, encarando o teto, ela tenta imaginar o que vem pela frente, mas não chega a nenhuma conclusão — há muita coisa indefinida. Em vez disso, pensa em como se sente em relação aos acontecimentos das últimas semanas. É difícil separar as coisas, mas, ao mesmo tempo, ela se sente dividida entre dois extremos. É como se suas emoções tivessem sido jogadas de um lado para o outro em uma máquina de pinball e só existissem dois lugares aonde elas pudessem ir parar. No buraco vencedor (com muitas estrelas piscando) ou, então, sendo catapultadas para dentro da máquina. Ela se pergunta por que um dia reclamou que sua vida era sem graça — não seria melhor se fosse? Ela afasta o pensamento na mesma hora. Pelo menos agora sabe que está viva.

No lado bom do seu pinball de emoções estão, com certeza, Euan — ela gosta de começar com ele e se dá conta de que gostaria de terminar a lista com ele também. Então a Irmã Bernadette estava certa quando sussurrou no ouvido dela no café com vista para o King's College.

Além disso, no lado positivo também estão os sentimentos ligados à sua irmã e à Sra. B. Ela inclusive adiciona suas outras amigas à lista e, naquele momento, decide parar de falar que é só uma faxineira. Não há nada de errado em ser faxineira, mas ela pode ser uma amiga também. Afinal de contas, é uma mulher multitarefas que sabe usar um maçarico, uma lixadeira e uma serra.

Em seguida, tem a maneira como ela se sente sobre seu passado, sobre sua história. Sabe que nem tudo são flores, mas admira o fato de ter se livrado de um pouco da culpa. Agora está em paz com a maneira como cuidou de sua irmã. E, se não está exatamente em paz com o que fez com Ray, pelo menos sabe que consegue viver com isso. Ela pondera se o fato de contar histórias tem a ver não só com compartilhar as coisas boas da vida, como também despachar as coisas ruins, permitir que elas se dissipem como partículas ao vento.

Ela também pensa em Simon. Ele teve de adiar o almoço deles, mas virá a Cambridge em breve para sair com Janice e passar uns dias. Ele com certeza está no lado bom. Ela está empolgada em vê-lo e, agora que se separou de Mike e Simon confessou o que o afastava dela, está ansiosa para que o filho faça parte de sua vida. Agora também consegue encarar a infância dele com um olhar menos acusatório. Ela foi, sim, uma boa mãe para ele e acha que, assim como Joy, se certificou de que seu filho tivesse uma criação completamente diferente da dela.

É muito mais difícil pensar nas coisas que voltam para dentro da sua máquina pinball de emoções. Mas sente que também precisa colocá-las para fora e analisá-las. Ela pensa no mais fácil primeiro. O que vai fazer quando Geordie voltar em menos de uma semana? Ela não tem muito dinheiro nem um lugar para onde ir no momento. Cogita voltar para o carro em frente aos celeiros abandonados — e lá está a sensação de pânico de sempre, mas ela percebe que não há mais o sentimento de desespero. Ela vai dar um jeito. Agora tem pessoas a quem pedir ajuda. Tem amigos e... Ela trava nesse instante, como chamaria Euan? Não dá para chamar um homem de cinquenta e cinco anos de namorado, e eles não são "amantes". Pelo menos, não ainda. O pensamento faz seu coração bater mais rápido e o pulso acelerado a faz pensar nos passos ligeiros do tango. Ela tenta se concentrar. "Amante" não, então... o quê? Certa vez, ela leu uma história sobre um casal escocês — bem pertinente para um homem de Aberdeen —, e, apesar de a história não ser tão marcante a ponto de entrar para sua biblioteca mental, ela se deparou com uma frase da qual gostou. O casal, que não era casado, morava junto e dizia que eles eram "companheiros". Ela gostaria que Euan se tornasse seu companheiro um dia.

As últimas duas coisas que sabe que precisa botar para fora e analisar são mais difíceis de lidar. Uma é bem recente, a outra é do passado. Há um fox terrier que ela ama e não pode mais ver. E tem o fato de que um menino que perdeu o pai não pode vê-lo também. E não há o que fazer a respeito. Tudo que resta é a tristeza e o luto. Ela sabe que é errado dizer que Decius "é só um cachorro". E, de qualquer forma, ela agora o enxerga como um lobo.

Sua mãe é a última pessoa em quem pensa. Janice sabe que esse é o cerne da culpa que a consome como um câncer há anos. Ela consegue fazer as pazes com seus sentimentos relacionados à irmã, mas no fundo acredita que decepcionou a mãe. Principalmente quando ela sofria com o alcoolismo. Lógica e razão não adiantam de nada aqui. Não a ajudam. Janice acha que suas ações fizeram com que sua mãe começasse a beber e, por fim, morresse. O fato de não ter sofrido com a morte dela só aumentava sua culpa, como o corte de uma faca.

Janice escuta uma batida, e a cabeça de Fiona surge por trás da porta.

— Trouxe chá para você.

A volta repentina para o presente faz Janice se sentir otimista por Fiona. Ela tem a chance de corrigir onde errou com Adam. Durante o lanche deles tarde da noite, ela contou para Janice e Euan que tivera uma longa conversa com Adam no quarto dele quando ele voltou. Disse que rolaram muitas lágrimas, mas o que tinha acontecido os forçou a serem mais honestos um com o outro. Ela disse que tinha certeza de que no futuro, quando se lembrassem dessa noite terrível, pensariam nela como uma coisa boa.

Ela senta na beira da cama.

— Então, me fala mais sobre o Euan. Ele é *um amor*.

Enquanto Janice conta um pouco sobre como se conheceram e a atual situação deles, ela percebe que só ouviu duas das suas quatro (ou possivelmente cinco) histórias.

— Mas já está rolando algo sério entre vocês? — pergunta Fiona.

Janice não está pronta para compartilhar sua ideia de ter um "companheiro", então apenas ri e agradece a ela pelo chá.

Adam dá as caras no café da manhã, por um breve instante. É sábado, então ele não precisa sair correndo para a escola. Está quieto e retraído, e Janice pensa em tudo com que aquele rapazinho está lidando em termos de perda: seu pai, John, e agora Decius. Enquanto serve mais café para si mesma, ela vê Euan ir até Fiona. Ele diz algo baixinho para ela, e Fiona o encara com surpresa, mas tem alguma coisa em seu olhar que Janice não consegue decifrar. Ela assente para Euan e dá um tapinha no braço dele, então ele se retira. Janice olha para Fiona com uma expressão curiosa.

— Euan me perguntou se podia dar uma palavrinha com Adam.

Elas ficam sentadas ali por um tempo, tomando café juntas e conversando sobre como os policiais e vizinhos foram legais.

Fiona quer encontrar uma forma de agradecer a todos, e Janice lhe garante que saber que Adam está de volta em segurança é o suficiente. O tempo passa, e Janice está cada vez mais intrigada com o que Euan está conversando com Adam.

0—⚷

Por fim, depois de mais ou menos uma hora, a porta se abre e os dois aparecem. Nenhum deles fala nada ou age de maneira estranha, mas Janice nota algo diferente em Adam e sabe que a mãe dele também viu. Adam não se transformou em uma criança feliz de doze anos, mas parece menos emburrado e mais relaxado. As duas reparam que ele esteve chorando. Adam faz uma torrada e senta em uma das cadeiras confortáveis perto da porta francesa. Janice e Fiona continuam conversando, mas prestam atenção em tudo.

— Mãe, a gente pode ir ao centro hoje?

— Pode, claro — responde Fiona depressa. Então, ela espera; será que ele vai falar mais alguma coisa? Explicar por que quer ir lá?

Adam come sua torrada tranquilamente, e, depois de um tempo, Fiona olha para Janice e dá de ombros. Pelo visto é assim que crianças normais de doze anos se comunicam.

Quando Janice e Euan estão indo embora, ela pergunta:

— O que você disse pro Adam?

Ele olha para trás como se estivesse com medo de que o menino pudesse escutar.

— Depois eu te conto.

0—¤

Eles seguem para um bar perto do rio Cambridge para um almoço tardio. O dia está ensolarado, mas algumas nuvens de chuva se acumulam; pelo visto vai ser um típico dia chuvoso de primavera.

O bar está cheio de estudantes e turistas, mas eles conseguem uma mesa perto de uma das paredes e pedem um mix de aperitivos para acompanhar o vinho tinto.

— Você ia me contar sobre o Adam — diz Janice, antes de lembrar que não lhe agradeceu pelo que fez ontem à noite. Ela mesma se interrompe para acrescentar esse comentário, mas ele a impede de completar a frase. Está na cara que ficou constrangido com o agradecimento, e ela se lembra de como as pessoas podem ser diferentes; tímidas em um momento, extremamente confiantes em outro. — Então...? — encoraja ela outra vez.

Ele está olhando para o vinho com o cenho franzido, e Janice se lembra de quando Euan lhe contou sobre o menino que se afogou quando ele trabalhava na Royal National Lifeboat Institution, na Irlanda.

— Eu só perguntei sobre o pai dele. — Euan olha para cima. — Eu sei que ele disse que o amaria com todos os seus defeitos, mas percebi como é difícil para ele. Afinal, Adam é só um menino e quer ficar com as melhores lembranças do pai. Por outro lado, deve haver momentos em que fica muito irritado por ele ter abandonado os dois.

Janice concorda com a cabeça; ela compreende.

— Eu o fiz escrever de um lado de um papel as coisas boas sobre seu pai, boas lembranças e o motivo pelo qual o amava. Depois, e essa parte era mais difícil, do outro lado, ele tinha que escrever as coisas que o deixavam chateado e que o irritavam. Acho importante ele saber que isso também era uma parte do pai. — Euan volta a analisar o vinho em sua taça. — Você acaba tendo um retrato melhor do homem. Os dois lados são verdade, mas não dá para separá-los. Não dá para ter um sem o outro. Você pode fazer um rasgo no meio do papel, mas não pode rasgá-lo ao meio por completo. — Ele olha para cima — Eu não sei se isso ajudou. Acho que um pouco. A questão é que eu sei que Fiona errou em relação ao cachorro, mas ela sempre estará do lado dele. Uma boa mãe ou um bom pai faz muita diferença.

Enquanto Euan toma seu vinho e olha para o rio, Janice se pergunta o que aconteceu com a mãe dele. Ele já falou sobre o pai, mas nunca sobre a mãe. Ela também acha que talvez, apenas talvez, um homem sensível consiga entender sua história. Ela sabe que não suportaria estar com outro homem de quem tivesse de esconder sua história.

Ele volta a encará-la.

— Talvez eu deva te contar a minha terceira história. Não fui eu que tive essa ideia do papel. Alguém me ensinou.

— O que aconteceu? Sua mãe?

— Sim. — Ele respira fundo. — Quando eu tinha sete anos, minha mãe pôs um fim à vida dela. Por isso que meu pai quis uma mudança radical. Ele deixou de ser um pescador que gostava de ler para ser o dono de uma livraria que gostava de pescar. No início, ele fez uma baita confusão com os livros, mas depois pegou o jeito, e eu acho que, de alguma forma, foi isso que o salvou.

— Tenho certeza de que ter você ao lado dele também o ajudou. — Ao dizer isso, ela deseja que sua mãe tivesse visto a sua irmã daquela maneira.

Euan assente.

— Sim, eu acho que a gente foi pegando o jeito juntos. Eu comecei a amar livros, e neles dá para encontrar de tudo. Acho que essa ideia do papel veio de um livro que meu pai leu. Nem sempre eu lidei bem com a minha situação e arrumei muitas brigas e coisas assim. Roubei *muitos* doces — diz ele, abrindo um sorriso fraco. — Eu sentia muita raiva. Então, quando ouvi Adam gritando, entendi um pouco como ele se sentia.

Janice se dá conta de que ele deve ter contado isso para Fiona na cozinha. Ela percebe agora que a expressão no rosto de Fiona era empatia.

— Eu guardo a morte da minha mãe como uma das minhas histórias porque o que aconteceu faz parte de quem eu sou, fez com que eu e meu pai nos tornássemos pessoas diferentes juntas e... — Ele faz uma pausa. — Eu guardo essa história porque amava a minha mãe.

— Você sabe por que sua mãe pôs um fim à vida dela?

— Ela perdeu um bebê. Seria uma menina. Meu pai me contou o restante da história quando cresci. Quando eu era criança, não tinha muita ideia do que estava acontecendo. Sabia que tinha perdido uma irmã e, logo em seguida, sabia que meus pais andavam discutindo por causa de bebida.

— Sua mãe bebia?

— Bebia. Acho que minha mãe não conseguia lidar com qualquer sinal de recuperação do meu pai em relação à perda da filha, e ela não tinha mais para onde ir. O luto a deixou à deriva. A família foi solidária, mas naquela época era só: "Agora é vida que segue." Nós éramos de uma comunidade de pescadores, e a vida era difícil. Ela não tinha o suporte de que precisava e, aos poucos, foi se embebedando até a morte. Mas acontece que não foi tão aos poucos assim. Minha mãe era uma mulher pequena e muito determinada. Acho que, se ela tivesse arrumado uns comprimidos ou uma arma, teria dado um fim à própria vida antes que a bebida o fizesse.

Janice sente a cor sumir de seu rosto enquanto sua esperança se dissipa. Ela sabe, da mesma maneira que sabe que tem uma taça em sua mão, um rio correndo do lado de fora da janela e um sol no céu, que nunca poderá contar a este homem que ela é responsável pelo acontecimento que fez com que sua mãe se embebedasse até a morte. E dizer a ele que não se sentia mal pela morte da mãe seria impossível. Ela olha pela janela e pensa que existem certos arrependimentos que vão além das lágrimas.

Ela se levanta. Percebe que está incrivelmente controlada. É o resultado de uma calma desesperança.

— Eu não consigo fazer isso, Euan. Achei que conseguiria, mas é impossível.

Ele olha para cima, confuso, e ela consegue ver a dor em seus olhos. Então, pega sua bolsa e seu casaco na cadeira.

— Janice, não, por favor. Não podemos conversar?

Janice acha que vai cair no choro, se ele pedir a ela que fale sobre livros e histórias... talvez ela fique... mas Euan não diz mais nada; apenas a observa. Ela não consegue encará-lo.

O—⚷

Ela se vê parada no fim de uma rua, num cruzamento. Havia levantado da cadeira da cafeteria e andado sem parar. Observa os carros passarem por ela — pretos, cinza, depois com alguma cor vibrante em contraste com a rua escurecida por causa de um temporal de março. Bicicletas seguem rentes ao meio-fio e desviam de uma poça. Elas passavam tão perto dela que bastava esticar o braço para empurrá-las.

Seu celular toca. Ela acha que vai ser Euan, mas vê na tela que é Stan. Assim que ouve a voz dele, sabe o que aconteceu e começa a correr. E, quando vira a esquina da rua que dá na faculdade, ela vê a ambulância chegando.

36

O fim de uma era

A capela está cheia, e Janice tem a impressão de que está assistindo a um filme antigo em preto e branco. Preto para as pessoas de luto. Branco para as flores — lírios, narcisos, rosas, e ela sente o cheiro de algo parecido com jacintos. Janice acha que esse arranjo não combina com a mulher que conhecia. Cada uma das flores em separado talvez combinasse, mas o misto de fragrâncias de todas juntas é enjoativo — sufocante. Mas admite que não conseguiria achar nada bom hoje.

Em frente à capela, ela avista uma mulher de sobretudo — preto como carvão. Ela está chorando, e isso deixa Janice surpresa. Durante a maior parte do tempo, Janice achava que elas não se gostavam. Ela chora de soluçar, e Janice a vê tirar um lencinho do bolso. Em seguida, a mulher se vira e faz um gesto para ela se aproximar. Isso a surpreende mais do que o choro. A mulher estica o braço quando Janice se aproxima e sussurra:

— Guardei um lugar para você. — Então se vira para o homem robusto ao seu lado. — Este é o meu marido, George. Não sei se vocês chegaram a se conhecer. — Janice senta ao lado de Mavis e agradece. — Carrie-Louise gostava muito de você. Ela vivia dizendo isso. Dizia que você era uma mulher que escondia seus talentos.

Janice sente os olhos se encherem de lágrimas; ela consegue ouvir Carrie-Louise falando isso, mas sabe que teria acrescentado um "querida" no final.

Carrie-Louise teve um derrame. Aconteceu de repente, e pela primeira vez Janice acha que a frase "foi rápido demais" pode ser entendida como uma bênção. Ela não teve o trauma de uma deterioração longa nem teve de lidar com a perda da voz. Janice sabia que Carrie-Louise teria passado por tudo isso com elegância e bom humor, mas acha que ela preferiria dessa maneira. Só está triste por ela não saber que Mavis, sua amiga mais antiga, realmente a amava. Ela consegue ouvi-la dizer: "Bem... querida... bom para ela... então ela era mesmo... adorável... no fim das contas." Ela também preferiria que tivessem escolhido rosas brancas para seu caixão. Carrie-Louise era uma mulher muito elegante. Janice não consegue deixar de pensar que ela acharia isso tudo um exagero e um pouco vulgar. "Ah, querida... prefira sempre... o simples... esse é o jeito certo."

0—⚷

Enquanto Janice anda pelo corredor da capela depois da cerimônia, vê uma figura familiar sentada no último banco: a Sra. B. Tiberius está em pé ao seu lado. Ela está toda de preto, exceto pelo gesso branco no braço. A escada em espiral a derrotara pela primeira vez, e ela caíra de cara no chão. Ela também exibia um belo olho roxo. Janice quer ir até ela para conversar, mas se lembra muito bem de seu último encontro com Tiberius. A Sra. B se inclina e diz algo para o filho, que olha para a mãe. Ele assente da maneira mais sutil possível, então se vira e sai da capela. Janice não consegue deixar de se perguntar se ele trouxe o cachorro. A Sra. B gesticula para que ela se aproxime.

— Sente aqui comigo, Janice, enquanto Tiberius pega o carro.

— Eu não sabia que a senhora conhecia Carrie-Louise.

— Cambridge é um ovo e o marido dela, Ernest, e Augustus eram amigos. Imaginei que Augustus gostaria que eu viesse.

— Ela era uma mulher adorável. Você teria gostado dela.

A Sra. B assente.

— Nome interessante — comenta ela.

— Combinava com ela, era uma mulher interessante. Corajosa também. — Seus pensamentos começam a viajar por nomes; ela nunca deixou de se identificar com seu nome de batismo. — Você tem um nome do meio? — pergunta ela, afastando-se das próprias reflexões.

— Mary.

Janice sorri.

— Que sorriso é esse? Você está pensando na virtuosa Virgem Maria ou na pecadora Maria Madalena?

— Ah, não. Mary, Maria, quem diria! — Apesar do dia e da tristeza que sente por tantos motivos, Janice continua sorrindo e experimenta um pequeno consolo para seu coração. — Enfim, como a senhora está?

— Como você pode ver, na ativa outra vez. Obrigada pelas flores e pela visita.

— A senhora não foi uma paciente muito boa, né? — comenta Janice.

— Eu disse quando nos conhecemos que não aceitava ficar cercada de idiotas. E no hospital no qual fiquei internada havia muito mais idiotas do que seria aceitável. Acho que um dos médicos deve ter caído de cabeça quando nasceu.

Janice adoraria ver a briga da Sra. B com um médico.

— Os voluntários não eram muito melhores. Tinha uma mulher esnobe que insistia em usar camisas com dizeres como: "Por favor, seja gentil com os animais." Eu lhe agradeci pelo lembrete e disse que pensaria duas vezes antes de jogar meu próximo gatinho no lixo.

— Ah, Sra. B. — Janice está balançando a cabeça, mas não consegue conter o riso.

— Ah, eu não ficaria com tanta pena dela se fosse você. Tenho quase certeza de que ela cuspiu na minha sopa.

— Então ela só se preocupava com os animais mesmo, né?

A Sra. B bufa.

— E agora? — pergunta ela para a senhora.

— Eu ia te fazer a mesma pergunta.

— Ah, está tudo indo aos pouquinhos. Meu filho, Simon, veio passar uns dias aqui, o que foi maravilhoso, e também foi bom porque ele falou com Mike e o fez concordar em me deixar ficar com o carro e o persuadiu a vender a casa.

Ela não menciona que Mike ficou reclamando porque achava que Geordie Bowman poderia muito bem comprar a parte dele. Ou que viu Mike dirigindo a BMW da dona do pub que frequenta. Pelo visto ele não teve nenhum problema em achar uma substituta e parece estar encontrando consolo nos braços de uma viúva cheia de curvas com seus cinquenta e muitos anos. O que a surpreende é ela não ter previsto isso. Ela quase chega a sentir pena da viúva. Quase. Ela sempre olhava para Janice como se fosse "só uma faxineira" quando ia ao pub com Mike.

Ela percebe que estava olhando para o nada e volta a encarar a Sra. B.

— Encontrei um lugar pequeno para morar até fecharmos a venda. — Ela não conta para a Sra. B que é um albergue e que odeia o lugar. Não conta isso para ninguém. Talvez seja um orgulho sem sentido, mas torce para que não fique lá por muito tempo. Em vez disso, acrescenta: — Minha amiga, Fiona, é ótima e eu fico na casa dela às vezes. O filho dela é o Adam, o menino do qual falei.

— Ah, sim. Como ele está?

— Está bem. Acho que está se acostumando com a ideia de eles terem um cachorro. — Janice nota que não precisa explicar mais nada para a Sra. B. Ela sabe tudo sobre quando Adam fugiu e até tentou convencer Tiberius a deixar Adam passear com Decius; tudo em vão.

— E a senhora? Como estão as coisas? Como está Mycroft?

— Acho que podemos dizer que eu demiti Mycroft. Estou me mudando.

— Ah, não, Sra. B! Seus livros... Augustus... por favor, deve haver alguma maneira de evitar que isso aconteça. — Ela não admite para a Sra. B que a ideia de não poder passar um tempo entre os livros dela é inconcebível, mas não deixa de pensar nisso.

— Não, chega uma hora em que você tem que aceitar que a mudança é inevitável. Eu não consigo usar a escada... e Tiberius...

— Sim?

— Eu sei que o meu filho é o culpado de tudo isso, mas ele é meu filho, então preferi chegar a um acordo com ele. Não foi tão difícil...

Aposto que não, pensa Janice, lembrando-se dos dois milhões de libras.

— Para onde a senhora vai?

— Nós achamos um apartamento em um andar térreo perto do rio. Tem um tamanho bom, então vou poder levar muitos livros comigo, e Tiberius aceitou devolver parte dos meus vinhos. Vou ficar lá sentada, tomando meu vinho clarete e admirando o rio. — A Sra. B arqueia a sobrancelha. — Acho que eles organizam uma noite de carteado às quartas-feiras.

— Aposto que também organizam tardes de artesanato. A senhora vai adorar — sugere Janice.

— Não, porque eu certamente não comparecerei — diz a Sra. B, chateada.

— Noites de quiz?

— Vai se danar, Janice.

Ela segura as mãos de Janice nas suas.

— Você vai continuar sendo minha faxineira, não vai? E, mesmo que não seja, vai lá tomar um gim comigo?

— Vou fazer os dois, Sra. B — concorda Janice.

— Você está diferente.

Janice sabe que disso não sairá boa coisa.

— E?

— Na última vez que falei isso, você disse que estava feliz — comenta a Sra. B.

— E? — incentiva Janice enquanto a Sra. B continua em silêncio.

— É que agora você não parece nem um pouco feliz. Quer conversar?

— Acho que não consigo, Sra. B.

Como ela poderia dizer que chegou tão perto de conseguir tudo, mas, no fim, sua culpa, ou o que restou dela, a privou de seu final feliz? Ainda assim, ela acha que não tem muito do que reclamar. Afinal, a família foi o que mais lhe fez falta na infância e agora ela tem a chance de construir um novo futuro com seu filho e com sua irmã. Joy já se encarregou de pesquisar datas para sua visita.

— Tem certeza?

Janice assente. Ela sabe que não pode contar para a Sra. B sobre Euan. Ele ainda manda mensagens para ela com frequência. Ela não consegue excluir o número dele, mas tem dias que só lê suas mensagens quatro ou cinco vezes. Ela tenta não pensar em Decius. Carrega essa perda como uma ferida que nunca irá cicatrizar.

— Eu andei pensando no *Feira das vaidades*... — diz a Sra. B, apertando sua mão. Janice está aliviada por ela ter mudado de assunto. — Você não é a Amelia. Mas a parte trágica é que sua mãe era e não teve um final feliz. Você era filha de sua mãe e não responsável por ela, Janice. O fato de que não havia um fiel William Dobbin para salvá-la prova que a vida é muito mais cruel que a ficção. Mas isso com certeza não foi culpa sua.

— Então eu sou Becky Sharp?

— Não, ela era basicamente uma mulher egoísta, e você é a pessoa mais altruísta que eu já tive o prazer de conhecer. Mas às vezes eu queria que você encontrasse um pouco mais de "Becky" dentro de você e reivindicasse um pouco de felicidade para sua vida. — Quando a Sra. B diz isso, Janice se pergunta como ela pôde ter se imaginado como uma leoa. — Enfim, chega disso, lá vem o meu filho bundão metido a besta.

Janice olha para ela, surpresa.

— Ele te contou o que eu disse?

— Contou, ele estava furioso. — A Sra. B está rindo agora.

— O que a senhora falou?

— Nada. Eu não conseguia falar. Quase fiz xixi nas calças de tanto rir. — A Sra. B relembra, se divertindo. — É melhor você ir embora, mas vai lá me visitar segunda-feira? Até lá já devo ter me mudado.

— Posso ajudá-la com a mudança, Sra. B?

— Nem pensar. Deixe que Tiberius pague por isso. Afinal, ele pode bancar.

37

Somos todos contadores de histórias

O novo apartamento da Sra. B fica em um prédio enorme, em estilo georgiano, ao redor de um pátio. Há um chafariz no meio do pátio e diversas estátuas muito bem posicionadas pelos extensos jardins. Janice tem certeza de que a Sra. B odiou aquilo logo de cara. Uma área de recepção enorme se conecta com as áreas comuns e com os corredores que seguem até os apartamentos individuais. Janice fica feliz ao perceber que não há cheiro de urina ou de repolho, mas tem um cheiro forte de fragrância de difusores de ar elétricos. Ela espera que a Sra. B não tenha de passar muito tempo nos lounges ou no salão de jantar.

A porta da frente da Sra. B dá num vasto hall de entrada, com espaço suficiente para uma mesa e duas cadeiras. Enquanto a senhora a conduz para dentro, Janice pensa que é um bom presságio de como será o restante de seu novo lar, que a Sra. B lhe contou que é composto por uma cozinha, um banheiro, dois quartos e uma sala grande. Ela diz que a maioria dos cômodos tem vista para os jardins e para o rio. A Sra. B está de excelente humor e conversa toda boba com Janice. Como isso não é nem um pouco comum, Janice se pergunta se ela andou bebendo — mas sabe que não deve perguntar. Ao entrar no hall, ela se lembra de quando conheceu essa mulher (vestida de roxo e vermelho) e a seguiu passando por esquilos de pelúcia, didjeridu, malas e uma bolsa com tacos de golfe antigos.

— O que a senhora fez com todas as coisas que estavam no depósito?

— Eu doei para a faculdade — responde a Sra. B, alegre.

— Ah, aposto que eles adoraram — comenta Janice de maneira elogiosa.

Então, ela para, e a Sra. B faz o mesmo. Na cadeira, perto da porta que leva para a sala, está um capacete de ciclista. Ela se vira para encarar a Sra. B.

— O que a senhora fez? Quem está aqui? — Ela aponta para a porta com o polegar.

— Como você é uma mulher inteligente, presumo que já saiba a resposta. — A Sra. B não está se mostrando exatamente culpada, mas desafiadora.

— O que a senhora fez? — pergunta Janice mais devagar.

Ela consegue sentir o coração batendo mais rápido e a palma das mãos suando frio.

— O rapaz que está ali dentro entrou em contato comigo porque estava preocupado com você. Ele também tem um presente para lhe dar. Confesso que o achei muito simpático e surpreendentemente culto para um motorista de ônibus. Mas, hoje em dia, a educação avançou muito.

Janice sabe que a Sra. B está tentando ganhar tempo, mas tem dificuldade em se concentrar sabendo quem está atrás da porta. Imagina que Euan deva estar ansioso e isso só piora as coisas. Ela diz em um tom descontraído:

— Ele tem cinquenta e cinco anos, então não é exatamente um rapaz. O pai dele tinha uma livraria, e ele era o timoneiro de um barco salva-vidas.

— Olha só que interessante! Ele me contou sobre a livraria, mas não sobre o barco. Isso me leva a crer que alguém estaria em ótimas mãos na companhia dele.

Agora Janice está realmente preocupada. Ela percebe, pela fala da Sra. B, que a outra está nervosa, e isso não é muito comum.

— Janice, eu preciso confessar uma coisa. — Ela faz uma pausa. — Eu quero que você saiba que eu refleti muito sobre isso e por bastante tempo. Senti que, nessa situação, eu precisava ser uma contadora de histórias também. E eu contei a sua para o Euan.

— A senhora fez *o quê*? — berra Janice, depois olha para a porta e repete em um sussurro zangado: — A senhora fez o quê? Como pôde fazer isso?

A Sra. B afunda na cadeira e coloca o capacete de Euan em seu colo. Janice resiste à tentação de perguntar se ela está bem.

— Entendo que ao fazer isso eu traí a sua confiança e botei em risco a nossa amizade. Não é algo que eu faria sem pensar, juro. Refleti bastante e por um bom tempo, desde a primeira visita do Euan. Eu tomei essa decisão drástica por dois motivos. — Janice percebe que ela está segurando o capacete como se fosse uma boia salva-vidas. — Primeiro porque acho que o que está impedindo você de dizer a esse homem o que ele claramente precisa ouvir é uma culpa sem fundamentos, e acredito que, mesmo que superasse isso em algum momento, o que eu duvido muito, você ainda não contaria a história como deve ser contada. — Janice tenta interromper, mas a Sra. B ergue a mão para impedi-la. — Eu sei, Janice, que você vai colocar sua irmã no centro da narrativa. Mas essa é a *sua* história, e eu queria que você enxergasse isso pelo menos uma vez. Você era uma criança que não recebeu o cuidado do qual precisava. Você não foi responsável pela morte da sua mãe nem pelo alcoolismo dela. — A Sra. B está sacudindo a cabeça ao dizer isso, e Janice consegue ver sua revolta. —

Eu fico muito, muito irritada só de pensar que ninguém te ajudou. Você era uma criança, Janice. Você *nunca* deveria ter carregado um fardo tão grande assim. — Ela passa a mão trêmula nos olhos e respira fundo. Janice não está mais tentando interrompê-la e afunda na outra cadeira do hall. — O segundo motivo pelo qual contei sua história foi porque pude ver, durante o tempo que passamos juntas, como esse homem te transformou. Ele te fez feliz. E, se existe uma mulher que merece ser feliz, é você. Eu faria qualquer coisa, *qualquer coisa*, para ter mais uma hora com Augustus. Não desperdice uma oportunidade como essa por causa de um sentimento de culpa bobo e sem fundamentos. Agora, faça um favor ao Euan e aos meus nervos e vá falar com o pobre coitado.

Janice não sabe o que dizer, então fica calada. Mas levanta e abre a porta. Ela entra no cômodo e fecha a porta. Euan está em pé, de costas para ela, olhando o jardim que vai até o rio. Ele se vira para encará-la.

— Se você não quiser me ver, eu vou embora. — Ele faz um gesto na direção do hall de entrada. — Eu ouvi quase tudo que a Rosie falou.

Ela só conseguiu pensar em "Rosie!" e em como é bom vê-lo de novo. Ele está com cara de cansado.

— Ela está certa, sabia? Não foi culpa sua, Janice. Mas nossa opinião muda alguma coisa? Na verdade, não importa o que a gente acha.

— Você não acha que foi minha culpa? — pergunta ela.

Ele se vira para admirar o rio outra vez.

— Claro que não, Janice. Eu só me sinto péssimo pelo que aconteceu com você... e triste. — Ele se vira e olha rápido para trás. — Como está o Adam?

Ela é pega de surpresa com a mudança de assunto, mas fica aliviada de certa maneira. É claro que ele queria notícias de Adam.

— Está indo. Espero que ele fique bem — responde ela.

— Pode ser que fique, ou não — diz ele.

— Sei que isso leva tempo — pondera ela. Ele dá de ombros, ainda de costas para Janice. — Mas eu realmente espero que ele fique bem, no fim das contas — completa ela, confusa com o pessimismo incomum de Euan.

Ele continua virado de costas.

— Pode ser, mas talvez ele devesse ter passado um pouco mais de tempo com o pai. É bem provável que ele pense nisso — diz Euan.

— Tenho certeza de que John fez tudo que pôde. Sei que eles acampavam juntos. — Ela fica perplexa com a mudança dele.

— Ele me contou que percebia muito mais coisas do que a Fiona desconfiava. Se ele tivesse conversado com alguém que fosse capaz de ajudar o pai, o desfecho poderia ter sido um pouco melhor.

— De onde você está tirando tudo isso, Euan? — Ela está começando a ficar irritada, além de confusa.

— Bem, só estou dizendo que ele poderia ter feito mais alguma coisa.

— Do que você está falando?

— Alguma coisa deve ter feito com que John fosse do jeito que era. E, você sabe, pais e filhos...

Janice explode.

— Pelo amor de Deus, ele só tem doze anos. Adam é uma criança. — E ela grita isso para ele. A leoa está de volta.

Ele se vira para encará-la.

— Exatamente, Janice. Ele é uma criança. Ele tem a mesma idade que você tinha. Se vai lutar por Adam, por favor, será que você poderia lutar pela Janice de doze anos?

Ela olha para ele.

— Por favor, lute por ela, Janice. Alguém precisa fazer isso — diz ele de um jeito mais gentil, estendendo o braço para ela.

Janice coloca a mão sobre a dele, e Euan a puxa para perto de si. Ao envolvê-la em seus braços, ele murmura em seu cabelo:

— Eu lutaria contra todo mundo por você, Janice, mas acho que você é a única pessoa que pode fazer isso de verdade.

Enquanto está ali, ela consegue sentir as batidas do coração dele e de repente se lembra de uma das poucas fotos que tem com a irmã de quando eram crianças. Janice precisa pegar aquela foto e olhar para aquela menininha, olhar para si mesma. A menina chamada Hope. Ela era muito nova, como disse Euan — tão nova quanto Adam, e ele é só um menino.

Depois de um tempo, como se lesse os pensamentos dela, ele diz:

— Tenho uma foto para te dar.

Ela se afasta.

— O quê? Uma foto minha? — Ela está confusa.

— Não, mas adoraria ver uma. — Ele coloca a mão no bolso do casaco e saca uma foto sépia de uma jovem. — Esta é Becky.

— Sério?

A mulher que a encarava tinha olhos grandes e escuros e um queixo firme e determinado. É impossível ler sua expressão. Será que esta é a mulher que atirou no marido de quem havia se cansado? É difícil dizer pela foto. Será que esta é Becky Sharp? Sim, é bem provável que seja. Janice olha ao redor do cômodo e se dá conta de que deixou a Sra. B no hall. Ela abre a porta e a outra ainda está sentada na cadeira. Janice repara que ela parece muito orgulhosa de si.

— Estou perdoada? — pergunta ela com uma voz animada.

— Possivelmente — responde Janice e se inclina para dar um beijo nela. Então acrescenta: — Ardilosa. Muito ardilosa. — Em seguida, ajuda a senhora a se levantar e a conduz até sua velha poltrona na sala ao lado de uma nova lareira com efeitos de chamas e moldura em mármore. A Sra. B olha para o objeto com desgosto enquanto se senta.

— A senhora viu isso? — Janice entrega a foto de Becky para ela. A Sra. B olha a imagem e a devolve.

— Eu vi. Muito interessante. Você quer saber o nome verdadeiro dela?

Janice balança a cabeça e olha para a foto do rosto jovem à sua frente.

— Não é uma beldade, mas eu diria que tem uma ótima presença. A Sra. B bufa.

— Você tem certeza de que não quer que eu faça as devidas apresentações?

— Não, quero que ela seja simplesmente "Becky". Não sei por que isso é importante, mas prefiro deixar do jeito que está.

Janice olha para a frente enquanto a Sra. B se aproxima e analisa a foto outra vez.

— É claro que essa foto não faz jus a quem ela era de fato — diz a Sra. B e encara Janice com um olhar enigmático.

— O quê? — Janice e Euan exclamam ao mesmo tempo. "Ardilosa" não chega nem perto de descrever essa mulher. — A senhora a conheceu? — pergunta Janice.

A Sra. B inclina a cabeça para o lado.

— Acho que seria mais correto dizer que eu a vi. Ela estava bebendo no Ritz um dia, com um cachorrinho muito desagradável no colo e um norte-americano enorme e escandaloso. Augustus a reconheceu. Claro que ela já era uma senhora de idade na época, mas ele a havia conhecido quando comandava a estação de trem de Paris.

— Ai, meu Deus! E como ela era?

— Ela era uma dessas mulheres que você sabe que são mais profundas do que suas aparências puramente superficiais. Ela tinha algo especial.

— Foi por isso que a senhora me contou a história dela? Porque já a tinha visto pessoalmente? Eu me perguntei uma vez por que a tinha escolhido.

— Na verdade, eu não sei explicar — pondera a Sra. B. — Pode ter sido o destino... se eu acreditasse nisso. Talvez tenha sido porque eu estava pensando em Augustus, e quando nós comentamos sobre histórias...

— *A senhora* comentou sobre histórias — interrompe Janice.

— Ah, sim, quando *eu* comentei sobre histórias, por algum motivo, me lembrei de Augustus falando dela quando estávamos jantando no Ritz naquela noite. Ele costumava ser muito discreto, mas já tínhamos bebido um pouco de champanhe e ele sabia que eu acharia a história dela fascinante.

— A senhora acha que ele sabia sobre as cartas e o que tinha acontecido?

— Não me surpreenderia, mas ele manteve um sigilo profissional. — A Sra. B olha para Janice com suas sobrancelhas desgrenhadas, e ela se pergunta se a outra estava contando toda a verdade.

A campainha toca, e Janice diz:

— Salva pelo gongo?

A Sra. B continua inexpressiva e começa a se levantar com dificuldade.

— Quer que eu atenda? — oferece Janice, percebendo que não vai conseguir tirar mais nada da ex-espiã.

— Não, é melhor não. É o Tiberius com o vinho. Eu só aguento uma pequena quantidade de emoção por um dia e acho que você chamando meu filho de ladrão pode ser demais para mim. — A Sra. B volta a sorrir.

Janice abre a porta da sala para a Sra. B sair e a fecha. Ela e Euan ficam sozinhos mais uma vez.

— Rosie é uma mulher fascinante — comenta ele, indicando a porta com a cabeça.

— Rosie? — Janice não consegue evitar.

— Eu não vou chamá-la de Sra. B, e ela disse que "lady" era muito formal. — Ele abraça Janice. — Está tudo bem entre a gente?

— Ah, eu diria que mais do que bem.

— A gente não precisa apressar as coisas, Janice, vamos só aproveitar um dia de cada vez. Podemos fazer isso?

Ela concorda com a cabeça.

— Um passo de cada vez. — E não é a primeira vez que ela se pergunta se esse homem gostaria de dançar com ela.

Eles conseguem ouvir as vozes no hall e ficam sentados em silêncio no sofá. Janice se sente como uma aluna travessa se escondendo do diretor. Ela escuta a porta do apartamento se fechar e em seguida, com um barulho repentino, a porta da sala se abre. Um fox terrier saltitante entra às pressas, todo posudo, a cabeça erguida. Ele avança na direção de Janice como se tivesse sido puxado até ela por uma corda tensionada. Quando deita no colo dela, sua expressão diz tudo: "Você demorou, hein, cacete."

Por alguns minutos, Janice não consegue falar com mais ninguém; está ocupada demais dizendo a Decius como sentiu falta dele. Por fim, ergue a cabeça.

— Ah, *obrigada*, Sra. B. A senhora o trouxe para me ver.

— Trouxe, não. Comprei.

— Não entendi.

— Ah, as freiras realmente perderam o tempo delas com você.

— Como assim?

— Eu disse que eu o comprei, não só o trouxe aqui. Parte das minhas negociações com o meu filho, que provavelmente venderia a própria avó se tivesse uma, era que, como eu moraria sozinha em outro lugar, precisaria da companhia e da segurança de um cachorro. E acontece que eu tinha um cachorro específico em mente.

— Mas a senhora não quer um cachorro! — exclama Janice. — Eu nem sabia que a senhora gostava de cachorros.

— Não seja ridícula. É claro que eu não quero um cachorro — esbraveja a Sra. B enquanto senta em sua poltrona, mas Janice repara no músculo da mentira na lateral do seu rosto. — Ele é seu. E espero que cuide bem dele, porque acredito que esse fox terrier valha uns bons dois milhões de libras.

Janice não consegue se mexer; ela só continua olhando para a frente. Em seguida, se joga em cima da outra, tentando não a esmagar, e a abraça.

— Eu te amo, Sra. B!

Enquanto a abraça também, a Sra. B começa a fazer uns barulhinhos com a garganta. Seus grunhidos se transformam em palavras ininteligíveis, e Janice se lembra de quando contou à Sra. B que o filho dela tinha nomeado o cachorro de Decius. Janice se afasta e observa a Sra. B bater com os dois braços na cadeira e lágrimas começarem a escorrer pelo seu rosto enrugado de tanto que ela ri.

— O que foi, Sra. B? — pergunta Janice, mas parece que isso só faz com que ela ria ainda mais e só consiga dizer com a voz esganiçada:

— Mycroft.

— Mycroft fez alguma coisa? — questiona ela, sentada no tapete em frente à Sra. B, uma das mãos no joelho dela e a outra segurando Decius.

A Sra. B só consegue assentir e balançar para a frente e para trás. Janice olha para Euan, que balança a cabeça sem entender nada.

A Sra. B dá uma última gargalhada e acaricia a cabeça de Decius.

— Posso ter exagerado um pouco no valor desse cachorro bonzinho, agora que parei para pensar. — Ela sorri. — Não sei se chega a um total de dois milhões de libras.

Janice senta nos calcanhares.

— Como assim?

— Jarndyce *versus* Jarndyce — declara a Sra. B e produz um som muito parecido com uma risadinha. Janice sacode a cabeça. — Vou explicar.

— Acho bom — diz Janice, levantando e sentando-se no sofá ao lado de Euan. Decius acomoda o traseiro no pé dela, todo contente.

A Sra. B começa a cantarolar melodias alegres.

— Acho que meu filho pode ter negligenciado os custos legais referentes ao fundo do pai dele...

— Os dois milhões? — pergunta Euan em busca de confirmação.

A Sra. B assente e continua:

— Sim, todos os custos são descontados do montante do capital antes de o legado ser passado adiante. E parece que Mycroft é um advogado extremamente caro. Mas vale cada centavo, é claro.

Janice está confusa.

— Mas eu achei que ele não ia cobrar nada da senhora.

— Ah, aquele querido não ia, até se dar conta de que a quantia iria para o meu filho perverso. — Nesse momento, ela encara Janice com um olhar triste. — Então pensou que seria uma boa se aproveitar disso.

— E a senhora não se importa? — Euan está tão confuso quanto Janice.

A Sra. B olha de um para o outro.

— Você nunca, nunca, deve subestimar Mycroft. — Então, se vira especificamente para Janice. — E nunca deve deixar de ter esperança, porque a esperança muda tudo. — Ela faz uma pequena reverência para Janice, que retribui o gesto. A Sra. B continua: — Acontece que Mycroft doou sua comissão para a faculdade ao fechar um acordo para que eu e ele participássemos da transformação da minha antiga casa em uma biblioteca. Haverá grandes investimentos nesse projeto, e Mycroft tem conversado com o diretor para que a nova biblioteca tenha o nome de Augustus. — A Sra. B sorri de um jeito enigmático.

— Ah, Sra. B, isso é incrível. Ninguém sabe quando Mycroft vai entrar em ação, não é mesmo? — murmura Janice.

— Não mesmo, minha querida. E não — acrescenta a Sra. B, como se estivesse lendo os pensamentos de Janice —, eu não vou te contar sobre aquela vez em Madagascar.

Janice para de rir.

— Tiberius não vai ficar com raiva? Ele não pode pegar Decius de volta?

— Ah, não, minha querida. Mycroft foi bem severo ao inclui-lo nos termos do acordo que assinamos. Acho que pegá-lo de volta levaria um bom tempo e poderia custar algumas centenas de libras para Tiberius. — A Sra. B olha vagamente para o teto, e Janice tem uma lembrança vívida do amigo dela, Fred Spink. — É impressionante como despesas podem virar uma bola de neve — diz a Sra. B, como se estivesse delirando. — Agora, acho que deveríamos abrir uma garrafa especial de vinho para comemorar — acrescenta ela, voltando a olhar para os dois.

O━━⚷

Depois de tomarem uma boa garrafa de um pinot noir de Augustus, Euan e Janice se despedem e, com Decius ao lado deles, voltam para a cidade; Euan andando ao lado da bicicleta, e Janice segurando a coleira de Decius com firmeza, como se ele fosse desaparecer de repente se ela o soltasse.

— A gente precisa ver o Adam.

— Estava pensando nisso — diz Euan, passando pelos postes de amarração na calçada. — Decius tem pedigree, não tem?

— Claro — diz Janice, olhando com carinho para a cabeça cacheada de Decius.

— O que acha de um "Filho de Decius" para o Adam?

— Ah, acho uma ótima ideia. Mas talvez seja melhor não mencionar isso logo de cara. Você sabe o que aconteceu da última vez.

Eles caminham em silêncio. Em seguida, Janice se lembra de uma coisa.

— Você nunca me contou sua quarta história.

— Ah, não sei, talvez eu não precise mais. E você? Ainda pretende continuar colecionando histórias?

Ela assente.

— Acho que não consigo parar. Nem gostaria. Acho que é nas histórias das pessoas que descobrimos o melhor que podemos ser.

— E o que você quer ser? — pergunta Euan, olhando para o perfil de Janice.

Janice não sabe ao certo, mas tem certeza de que, com esse homem ao seu lado, ela vai descobrir. Então apenas sorri para ele e balança a cabeça.

— Uma nova história? — sugere ele, esperançoso.

— Ah, acho que sim. E pode ser que você esteja certo, talvez eu tenha três ou quatro histórias. Acho que preciso rever umas coisas. — Ela se estica e segura a mão de Euan. — Enfim, conta logo, achei que você tinha dito que seriam cinco histórias?

— Bem, eu estava sendo otimista. — Ele a encara. — Está bem, você quer a história em que o motorista de ônibus aprende a dançar? Ou a história na qual ele ganha na loteria?

— Ah, acho que a dança, não?

— A que você preferir — concorda Euan.

Eles andam em silêncio.

— Você gostaria de sair para dançar? — convida ele.

— Gostaria. Você tem algum lugar em mente? Conhece algum lugar que tenha aulas de tango?

— Estava pensando em ir para a Argentina — sugere ele.

— Argentina? Fala sério.

— Estou falando sério. A gente poderia até voltar pelo Canadá. Tenho certeza de que o Adam tomaria conta de Decius.

Janice olha para ele uma vez e depois uma segunda.

Só então percebe que Euan está levando ao seu lado uma bela bicicleta de fibra de carbono novinha em folha.

Nota da autora

Eu me deparei com a história de "Becky" — que, na verdade, era uma mulher chamada Marguerite Alibert — enquanto lia um livro excelente de Adrian Phillips sobre Edward VIII, *The King Who Had to Go*. Uma breve menção é feita a Marguerite, mas fica evidente que se trata de uma mulher que se envolveu com o futuro rei e escapou da acusação de assassinato. Eu fiquei fascinada, querendo saber mais, e recorri ao livro de Andrew Rose sobre o escândalo, *The Prince, the Princess and the Perfect Murder*, além de investigar reportagens de jornal e documentários sobre o assunto.

Há controvérsias sobre as intenções de Marguerite, se ela realmente queria chantagear o Príncipe de Gales, além do papel que as cartas tiveram no julgamento dela e em sua absolvição. Entretanto, não há dúvidas de que ela foi uma mulher importante no início da vida sexual do príncipe e que ele lhe enviou muitas cartas indiscretas. Tenho de admitir que concordo com a percepção da Sra. B sobre o caráter de Marguerite — uma Becky Sharp, sem dúvida. E tenho certeza de que a Sra. B sabe mais sobre aquelas cartas do que está contando...

Agradecimentos

Eu gostaria de agradecer aos meus amigos e às minhas filhas, que leram minhas diversas tentativas de escrever algo criativo. Obrigada pela tolerância, pela paciência e pela gentileza ao fazerem seus comentários. Gostaria de agradecer particularmente ao meu pai, que revisou cada página que eu escrevi com entusiasmo e incentivo incansáveis.

Gostaria de agradecer a todas as pessoas que me emprestaram suas histórias. Por um ano, eu fui uma colecionadora de histórias, assim como Janice. Quase todas as histórias deste livro são reais ou baseadas em algo real. Em certos momentos, adaptei as histórias para que elas se encaixassem melhor na narrativa ou para mascarar a identidade da pessoa cuja história eu estava contando. Mas as partes principais são baseadas na vida real. O que só prova que Janice tem razão — é dentro de pessoas simples que se encontra o extraordinário.

Obrigada à minha agente, Tanera Simons. Hoje em dia, penso que tenho duas vidas como escritora: uma antes e outra depois de Tanera. Escrever em um vazio e lidar com a rejeição pode ser deprimente e solitário. Depois de ter sido aceita por Tanera, da Darley Anderson, eu descobri que tinha uma amiga ao meu lado, me dando conselhos inteligentes e inestimáveis.

Eu também gostaria de agradecer à minha editora, Charlotte Ledger, e à equipe da One More Chapter, pois sem eles Decius nunca teria encontrado sua voz. O que eu acho que seria uma p*** pena.

Por fim, eu não poderia escrever um livro sobre uma faxineira sem mencionar a minha, Angela. Por muitos anos, Angela facilitou a minha vida e deixou a minha casa muito mais limpa. Então, obrigada, Angela.

Este livro foi composto na tipografia Minion Pro,
em corpo 11,5/16, e impresso em
papel off-white no Sistema Cameron da
Divisão Gráfica da Distribuidora Record.